AF388035

Unternehmungen im Herbst

Die malerische Kleinstadt Little Falls liegt im Herzen von Connecticut und versprüht zu jeder Jahreszeit ihren ganz besonderen Charme. Doch besonders schön ist es bei uns, wenn sich die Blätter bunt färben und endlich unsere liebste Jahreszeit anbricht.

Ob Natur oder doch lieber Kultur und Unterhaltung. Wir haben für Groß und Klein das passende Angebot.

Die Top 5 Unternehmungen im Herbst

1. Einkaufsbummel auf der herbstlich geschmückten Main Street

2. Halloweenparty im Bed & Breakfast (nicht nur für Gäste)

3. Verkostung der neuesten Zimtschnecken-Kreationen in der örtlichen Bäckerei

4. Lesung in Josephines Buchladen bei leckeren Snacks

5. Wandern mit den Senioren des Schachclubs

Prolog

Jenna

„Na, wer schleicht sich denn da in die Backstube?" George Collins schaltete die große Knetmaschine aus und sah seine Enkeltochter Jenna amüsiert an.

„Ich bin's, Grandpa", klärte sie den grauhaarigen Mann lächelnd auf und kam näher. „Hab ich doch richtig gehört, das Monstrum ist in Betrieb." In sicherer Entfernung blieb sie vor der riesigen Maschine stehen, die nicht nur ziemlich laut war, sondern ihr auch etwas Angst machte. Mit Neugier in der Stimme fragte sie: „Probierst du einen neuen Keksteig aus?"

George wischte sich die mehlbestäubten Hände an der Schürze ab, anschließend winkte er das Mädchen zu sich. „Mmh, eine ganz neue Kreation. Du kommst genau richtig zum Kosten."

Jenna warf einen schnellen Blick über die Schulter, ob ihre Mom nicht in der Nähe war – sie mochte es nicht so gerne, wenn sie rohen Teig naschte –, dann lief sie zu ihrem Grandpa.

„Was ist dieses Mal drin?" Sie stellte sich auf die Zehenspitzen, konnte aber nichts erkennen.

„Karamell und Schokodrops", informierte dieser sie mit geheimnisvoller Stimme, danach hob er mahnend den Zeigefinger. „Aber nur ein bisschen, hörst du?"

Jenna nickte eilig und verfolgte, wie der Bäckermeister mit einem Löffelchen eine kleine Portion abmaß. Mit erwartungsvoller Freude nahm sie den Löffel entgegen und probierte. Dabei verzog sie kritisch das Gesicht. Im ersten Moment schmeckte sie nur die leicht herbe Schokolade, die sie nicht besonders überzeugte. Sie schloss die Augen, um sich zu konzentrieren, schließlich wartete ihr Grandpa auf eine fachkundige Meinung, und dann passierte es. Der süße Karamell vermischte sich mit der Schokolade und löste eine Geschmacksexplosion auf ihrer Zunge aus. „Grandpa, du bist ein Genie! Wann geht diese Geschmacksrichtung in Produktion?"

George lachte laut. „Immer langsam, meine Kleine. Ich muss das erst mit deiner Grandma absprechen."

„Grandma wird begeistert sein und die Cassidy-Brüder auch", bemerkte sie voller Zuversicht.

„Das glaube ich sofort." Er legte den Kopf schief, gleichzeitig breitete sich ein liebevolles Lächeln auf seinem Gesicht aus. „Du bist gerade auf dem Weg zum Diner?"

Jenna drehte sich einmal im Kreis, denn sie liebte es wie sich der Stoff aufbauschte. „Ja, wie immer am Sonntagnachmittag ... Und mit meinem neuen Kleid."

„Das ist mir gleich als Erstes aufgefallen. Es sieht sehr hübsch aus. Aber du solltest dich besser beeilen, Cole wartet bestimmt schon."

„Grandpa, das ist doch kein Date!" Sie schüttelte in gespielter Fassungslosigkeit den Kopf, wandte sich jedoch trotzdem zum Gehen. Sie wollte auf keinen Fall riskieren, dass er ihre Verspätung als Absage sah und ging.

„Weiß ich doch, mein Schatz", rief ihr der ältere Mann amüsiert hinterher und schaltete kurz darauf erneut die Knetmaschine an. „Bis später und viel Spaß!"

„Danke, Grandpa!" Jenna verließ eilig die Backstube, durchquerte die Bäckerei und rannte geradezu über die Main Street auf den Diner zu. Für einen Moment vergaß sie sogar, dass sie in ihrem besten Sonntagskleid steckte und mit ihrem Spurt einen alles andere als damenhaften Eindruck machte. Erleichtert atmete sie auf, als sie die drei Brüder hinter der Scheibe entdeckte und kurz darauf den Diner betrat.

„Hallo, Jenna!", begrüßte Emilia Marsh das Mädchen erfreut. „Einen Erdbeershake, wie immer?" Die Chefin des Diners steckte wie jeden Tag in einer gestärkten Schürze, die grauen Haare zum Dutt hochgesteckt, während ihre Lesebrille an einer Kette um ihren Hals baumelte.

„Sehr gerne, Mrs Marsh", erwiderte Jenna höflich und grinste Coles Grandma an. Sie fühlte sich sogleich erwachsener, wenn sie selbstständig ihre Bestellung aufgab und nicht ihre Eltern. Ob man ihr auch ansah, dass sie heute unter ihrem Kleid zum ersten Mal einen Mädchen-BH trug, an den sie sich erst noch gewöhnen musste? Aber mittlerweile besaßen all ihre Freundinnen ein derartiges Stück, auch wenn die meisten von ihnen nicht mal ansatzweise in der Pubertät waren – schließlich waren sie erst zehn.

„Dann nimm schon mal Platz, dein Drink kommt sofort." Emilia zwinkerte ihr zu und verschwand anschließend in der Küche, in der ihr Ehemann Larry geschäftig mit dem Geschirr klapperte.

„Hi, Jungs!", begrüßte Jenna die drei Brüder und setzte sich zu ihnen an den Tisch. Bei Coles Anblick, der heute ein Superhelden-T-Shirt trug und Reste seines Schokoshakes am Kinn hatte, machte ihr Herz einen kleinen Hüpfer.

„Da bist du ja endlich", maulte Clayton, der Mittlere, mit dem größten Ego von allen. „Noch eine Minute länger und ich wäre zum Baseballspielen gegangen."

„Ich auch", stimmte ihm der erst vierjährige Chase zu, der mal wieder in seinem heiß geliebten Woody-Kostüm steckte und mit dem kleinen Cowboyhut und dem roten Halstuch einfach zu drollig aussah.

„Lasst sie in Ruhe", mischte sich Cole grimmig ein, dabei verdrehte er angesichts seiner jüngeren Brüder genervt die Augen.

Jenna konnte sich als Einzelkind nicht vorstellen, ob es nun eher Vorteile oder Nachteile mit sich brachte, Geschwister zu haben. Für den Moment beschloss sie, dass die Nachteile überwogen, denn Chase hatte mittlerweile seinen Zeigefinger in die Nase gesteckt, um etwas, weiß Gott was, herauszuholen, während Clayton ungeniert rülpste.

Jenna atmete tief durch, dann beugte sie sich über den Tisch und kniff die Augen zusammen. „Stellt euch nicht so an, ihr beiden. Wir haben Sonntag, da besteht kein Grund zur Eile. Außerdem habe ich einen guten Grund fürs Zuspätkommen."

„Und der wäre?" Clayton hob fragend eine Augenbraue. „Konntest du dich nicht für ein Kleid entscheiden?"

Jenna reckte stolz das Kinn. „Im Gegenteil, ich konnte mich nicht für einen Keksteig entscheiden." Dass sie mit dieser Antwort maßlos übertrieb, störte sie überhaupt nicht – Clayton hatte es nicht anders verdient.

„Ein neuer Keksteig?" Chase zog den Finger wieder aus der Nase und sah Jenna freudestrahlend an. Automatisch rückte sie mit ihrem Stuhl weiter zu Cole, da der älteste der Brüder von allen auch der zivilisierteste zu sein schien. Geheimnisvoll senkte sie die Stimme. „Mein Grandpa ist in diesem Moment dabei, eine neue Kekssorte zu backen – ist alles noch streng geheim."

„Und du verrätst uns nicht, was drin ist? Wir sind doch Stammkunden", kam es nun von Cole, der sie mit einem Blick bedachte, der sie beinahe schwach werden ließ. Nein, sie würde nichts verraten und ihrem Grandpa in der Rücken fallen, schließlich gab es so etwas wie Betriebsgeheimnisse. Schwärmerei hin oder her.

„Jungs, quetscht Jenna doch nicht so aus!" Emilia schüttelte amüsiert den Kopf und servierte ihr den Erdbeershake, der in einem pokalförmigen Glas kam und obenauf mit Sprühsahne und einer Kirsche verziert war. „Bitte schön, meine Liebe, lass es dir schmecken."

Dankbar nahm sie das Getränk entgegen, das ihr einige Sekunden Ablenkung verschaffte. „Mmh, sehr lecker." Genussvoll sog Jenna an dem rot-weiß-gestreiften Strohhalm und erzeugte dadurch laute Schlürfgeräusche.

„Jungs, ihr hattet für heute genug. Für euch gibt es ab sofort nur noch Wasser", informierte Emilia ihre Enkelsöhne, die mit sehnsuchtsvollen Blicken den Shake anschmachteten.

„Wasser ist nur für Kamele", maulte Chase und verschränkte trotzig die Arme vor der Brust.

Liebevoll lächelnd legte Emilia den Kopf schief. „Du, mein Lieber, kommst jetzt besser mit mir. Wir können in der Küche eine helfende Hand gebrauchen."

Erleichtert, dass sie wenigstes einen der beiden los war, schnappte sich Jenna die Kirsche, die erst auf ihrem Kleid landete, bevor sie in ihren Mund wanderte. Mist, das gab Ärger. Vor allem, weil ihre Mom nicht einmal wusste, dass sie heute in ihrem neuesten Sommerkleid steckte, das gerade mal vierundzwanzig Stunden alt war. Zerknirscht sah sie zu Emilia, die Chase an die Hand genommen hatte, um ihn mitzunehmen. Besonders der jüngste der Brüder hatte es sich zur Aufgabe gemacht, jede Kleinigkeit ihrer gemeinsamen Treffen auszuplaudern. Klar, er war noch ein halbes Baby, aber niemanden, wirklich niemanden in der Stadt ging es etwas an, dass sie für ihr Leben gern gepunktete Unterhosen trug. Leider war ihr beim letzten Baseballspiel ein kleines Missgeschick passiert, was ebendiese Vorliebe zu Tage gebracht hatte.

Sie bekam immer noch rote Ohren, wenn sie an Coles überraschten Blick dachte. Zumindest hatte er sehr geistesgegenwärtig reagiert und ihr in Rekordzeit eine neue Hose organisiert, damit sie nicht halb nackt durch Little Falls hatte laufen müssen. Sie konnte es nicht mit Bestimmtheit sagen, aber es musste seine Ritterlichkeit an jenem Tag gewesen sein, dass sie ihn auf einmal mit anderen Augen sah.

„Ich komme mit in die Küche", riss Clayton sie aus ihren Träumereien und folgte Emilia. „Hier ist es mir zu schnulzig."

Jenna sah entgeistert zu Cole, der mit einem Mal knallrot angelaufen war und seine Augen starr auf den Milchshake vor sich richtete. Ganz offensichtlich schämte er sich so sehr für die beiden, dass er sie nicht einmal mehr anschauen wollte.

Nach einer gefühlten Ewigkeit drehte er sich zu ihr. „Tut mir leid. Ich weiß auch nicht, was heute mit denen los ist."

Jenna verzog mitfühlend den Mund, dann erwiderte sie trocken: „Vielleicht zu viel Zucker oder Sonne!"

Bei Jennas Kommentar zuckte es belustigt um Coles Mundwinkel, bevor er losprustete. „Ich denke beides ... Dazu noch Grandpas neues Sandwich mit Spezialsoße."

„Dein Grandpa hat ein neues Sandwich?", fragte sie mit großen Augen. Sie liebte Larrys Sandwiches für ihr Leben gern.

„Mmh", antwortete Cole und grinste wie ein Honigkuchenpferd. „Truthahn mit Speck!"

Schon allein der Gedanke an ein Sandwich, das beide Zutaten vereinte, ließ ihr das Wasser im Mund zusammenlaufen und ihren Magen laut knurren. Der Erdbeershake war für einen Moment vergessen. „Und was ist in dieser Spezialsoße drin?"

„Betriebsgeheimnis", erwiderte Cole und zwinkerte ihr frech zu.

Für einen Moment klappte ihr der Mund auf. Ok, Cole war gewiefter, als sie gedacht hatte. Er wollte ihr eindeutig die Zutaten des Keksteigs entlocken. Unentschlossen nagte Jenna auf ihrer Unterlippe und warf einen nachdenklichen Blick zur Bäckerei, die auf der gegenüberliegenden Straßenseite lag. Ihr Grandpa würde es ihr sicher nicht übel nehmen, bei ihrer Grandma Francis war sie sich dagegen nicht ganz so sicher. Jedoch war ihre Neugierde geweckt und seine Brüder außer Reichweite.

„Okay, du hast gewonnen", zischte sie ihm zu und lehnte sich dann verschwörerisch zu ihm rüber. „Karamell mit Schokodrops."

„Lecker, ich liebe Karamell", bemerkte dieser im Flüsterton und fuhr sich mit der Zunge kurz über die Lippen.

„Aber kein Wort an deine Brüder!"

Cole hob wie zum Schwur die Hand, danach grinste er verlegen. „Versprochen, das bleibt unser Geheimnis."

Die Tatsache, dass sie jetzt so etwas Wichtiges wie ein Betriebsgeheimnis miteinander teilten, verursachte ein aufgeregtes Flattern in ihrem Bauch – oder war es Coles Lächeln?

„So jetzt bist du dran", forderte Jenna ihn ungeduldig auf und hob eine Augenbraue. „Was ist in der Spezialsoße drin?"

Cole drehte den Kopf zur Küche, aus der es immer noch geschäftig klapperte, dann hob er entschuldigend die Arme. „Die ist so geheim, dass ich es auch nicht weiß."

„Du hast mich reingelegt?" Jenna boxte ihm empört in die Seite. Sie konnte nicht glauben, dass ausgerechnet

Cole mit ihrem Vertrauen spielte. Kurz darauf sah sie das amüsierte Zucken um seinen Mund.

„Du weißt es doch!" Sie boxte ihm erneut auf den Oberarm, den er sich anschließend mit gespielt schmerzverzerrter Miene rieb.

„Okay, ich verrat es dir ja", erwiderte er lachend und sah erneut zur Küchentür. „Er mischt Parmesanraspel und Zitronensaft unter die Soße."

„Mmh, diese Kombination muss mich erst noch überzeugen", antwortete Jenna mit kritischer Miene, als wollte sie in Larry's Diner Michelin-Sterne verteilen. „Aber der Truthahn und der Bacon sind schon mal nicht schlecht."

Sie schnappte sich ihren Shake und schlürfte die letzten Reste mit dem Strohhalm aus, dabei beobachtete sie Cole aus dem Augenwinkel, der wieder verstummt war und nervös mit der Serviette spielte. Ihr Schulkamerad und bester Freund war ihr ehrlich ein Rätsel. In einem Moment machte er Witze und im nächsten Moment wirkte er so schüchtern, dass sie sich fragte, ob sie irgendetwas Falsches gesagt hatte.

Sie wollte ihn gerade darauf ansprechen, als er sich plötzlich zu ihr drehte und ihr einen Schmatz auf die Wange gab. Okay, sie nahm alles zurück. Das hatte sich noch keine Junge getraut.

Jenna starrte ihn überrascht an, während ihr Herz aufgeregt klopfte – hatten sie jetzt ein Date? Nur gut, dass Larry und Emilia gleich nebenan in der Küche waren, denn jetzt hatte es sogar ihr die Sprache verschlagen.

1

Cole

Achtzehn Jahre später

„Einmal Rührei mit Speck, zwei Pancakes mit Heidelbeeren und Kaffee."

Cole servierte die vollbeladenen Teller wie immer mit einem knappen Lächeln auf den Lippen und wandte sich nach einem kurzen „Lasst es euch schmecken" wieder zum Gehen.

„Danke, Cole, das werden wir", antwortete die Frau mit bereits vollen Backen und hob kurz den Arm, wobei die schlaffe Haut an ihrem Oberarm munter wackelte. Cole nickte Martha und deren Ehemann Eugene zu und verschwand eilig hinterm Tresen. Sicher war sicher, denn die Bürgermeisterin von Little Falls konnte sehr aufdringlich sein. Einmal in ein Gespräch verwickelt, war es schon zu spät – die Gute redete über nichts lieber als sich selbst.

Am Tisch daneben schien es genau andersherum zu sein. Wie jeden Samstagmorgen hatten sich die Golden Girls von Little Falls zum gemeinsamen Frühstück versammelt, um den neuesten Dorftratsch auszutauschen. Cole schüttelte über die eingeschworene Truppe schmunzelnd den Kopf. Wie praktisch, dass die Damen allesamt direkt an der Quelle saßen. Wo sonst konnte man mehr erfahren als in einer Bäckerei, einem Bed & Breakfast oder einem Buchladen? Er selbst hielt sich aus derlei Tratsch heraus. Dennoch kam es vor, dass er den ein oder anderen Satz aufschnappte, da manche Gäste – insbesondere die älteren Damen – mit der Mäßigung ihrer Stimmen so ihre Probleme hatten.

Das dumpfe Stimmengewirr, das Geklapper von Geschirr und die leise Musik im Hintergrund wirkten beruhigend auf ihn, weswegen er sich für einen kurzen Moment eine Pause gönnte und sich zufrieden umschaute. Dabei stützte er sich lässig mit einer Hand auf der Theke vor ihm ab. Die Einrichtung stammte noch aus der Zeit, als sein Grandpa – der mittlerweile im Ruhestand war – den Diner in den Siebzigern eröffnet hatte. Dazu gehörten die verchromten Tische samt passenden Stühlen und eine holzverkleidete Bar mit vier Hockern. Hier und da hatte Cole ein Regal oder eine Ablage erneuert, aber es war ihm wichtig gewesen, den ursprünglichen Charme des Diners zu erhalten.

Sein Blick wanderte zum großen Sprossenfenster, das von einer halbhohen Bistrogardine geziert wurde, nach draußen. Ein strahlendes Lächeln breitete sich auf seinem Gesicht aus, als er den grauhaarigen Mann mit Schnauzbart entdeckte, der geradewegs auf ihn zukam. Automatisch sah er auf die Uhr. Ja, sein Grandpa war pünktlich wie ein Uhrwerk. Kurz darauf schwang die hellblaue Holztür auf und Larry trat gut gelaunt ein. Der ältere Herr steckte in einer groben Strickjacke und derben Stiefeln, unter seinem Arm klemmte ein klappbares Schachbrett aus Mahagoniholz. Nach einer kurzen Begrüßungsrunde nahm er am Tresen Platz.

„Hallo, Grandpa! Dein Essen ist gleich so weit."

„Guten Morgen, Cole! Das Wetter ist herrlich, nicht? Perfekt für eine morgendliche Runde Schach unterm Pavillon." Behutsam legte Larry die kunstvoll verzierte Holzkiste auf dem Tresen ab und schnappte sich die Speisekarte.

Verwirrt sah Cole seinen Grandpa an. „Kein Sandwich heute?" Er wunderte sich, dass Larry überhaupt einen Blick in die Karte warf, schließlich aß er immer dasselbe – außer mittwochs, am Pancake-Tag.

Sein Grandpa schaute zerknirscht auf. „Ganz ehrlich? Mir kommt das Truthahn-Sandwich zu den Ohren raus. Ich dachte, du würdest hier mal frischen Wind reinbringen, mein Junge."

In diesem Moment wurde Larrys Sandwich von der Küchenhilfe durch die Durchreiche geschoben. Der knusprige Speck, der noch immer brutzelte, verströmte einen herzhaften Duft, der Cole das Wasser im Mund zusammenlaufen ließ. Er schnappte sich den Teller und stellte ihn vor seinem Grandpa auf dem Tresen ab. „Warum etwas ändern, wenn das Alte funktioniert? Wir haben Stammgäste, die genau deshalb kommen."

Larry drehte sich kurz zu den Golden Girls um und flüsterte in verschwörerischem Ton: „Die Karte ist so altbacken wie unsere Damen." Dennoch griff er hungrig nach dem Sandwich. „Ich hab mich auf Reisen inspirieren lassen oder bei der Konkurrenz geschaut. Heutzutage sollte es Dank des Internets einfacher sein."

„Es ist ja nicht so, dass ich gar nichts geändert habe. Den French Toast gibt es mittlerweile sogar mit Erdbeeren“, erwiderte Cole lässig, während er einen Becher mit Kaffee füllte und ihn seinem Grandpa reichte. Kopfschüttelnd wandte sich Larry wieder seinem Sandwich zu, erwiderte darauf aber nichts.

Erleichtert, dass sein Grandpa endlich Ruhe gab, überprüfte Cole, ob die übliche Morgenrunde versorgt war, und gönnte sich dann ebenfalls einen großen Schluck von seinem Kaffee, den er sich bereits vor dem großen Ansturm eingegossen hatte.

„Foodporn! Das war’s“, stieß Larry lauthals aus und schlug mit der flachen Hand auf den Tresen. „Letztens kam was im Fernsehen darüber – da läuft einem das Wasser im Mund zusammen!“

Cole prustete los, dabei schwabbte der lauwarme Kaffee über den Becherrand und ein großer brauner Fleck breitete sich auf seinem T-Shirt aus. So ein Mist. „Na vielen Dank! Musst du mich so erschrecken, Grandpa?“ Doch sein amüsiertes Grinsen strafte die Rüge Lügen.

Wie ein begossener Pudel sah Larry zu seinem Enkelsohn auf. „Oje.“

„Kein Problem“, winkte Cole lapidar ab. „Wozu hab ich kartonweise T-Shirts für den Diner bestellt – übrigens noch eine weitere Neuerung.“ Mit einem Augenzwinkern drehte er sich um, öffnete den Karton, der hinter ihm im Regal stand, und fischte ein frisches Exemplar heraus. Als er sich wieder umdrehte, hatten sich die Golden Girls und die Bürgermeisterin hinter seinem Grandpa versammelt.

„So kann man sich das Waschen sparen“, bemerkte Martha mit einem amüsierten Lachen.

„Dann zieh dich mal schnell um und weich es ein, sonst bleiben Flecken!", flötete Josephine. Die Buchhändlerin ließ ihn keine Sekunde aus den Augen. „Keine Sorge, wir schauen dir schon nichts ab."

Den erwartungsvollen Augenpaaren nach zu urteilen, hegte Cole daran Zweifel. Aus Mangel an Alternativen zog er das feuchte Shirt dennoch und trotz Unwohlseins eilig über den Kopf, schlüpfte in das neue und brachte die Damen so für einen Sekundenbruchteil in den Genuss seines durchtrainierten Oberkörpers.

„Wie schön das Logo zur Geltung kommt", schwärmte Dorothy aus dem B & B, während sie auf Coles definierten Brustkorb starrte. „Du solltest die Shirts zum Verkauf anbieten und Tassen drucken lassen!"

Cole sah die Dame, die vom Alter her seine Großmutter sein könnte, skeptisch an.

„Eine tolle Idee, Dorothy. Das wär auch was fürs Stadtfest!" Martha hob in ausladender Geste die Hand, als sähe sie die Vision schon vor sich. „Cole's Diner – die besten Burger in Little Falls."

Cole und Larry wechselten einen amüsierten Blick. Tatsächlich gab es bei Cole nicht nur die besten Burger der Stadt, sondern die einzigen.

„Ich weiß nicht, wer sollte Geld für ein T-Shirt meines Diners ausgeben?", gab Cole zu bedenken.

„Also ich würde eines kaufen." Überrascht drehten sich alle zu Eugene um, der immer noch an seinem und Marthas Tisch saß. Es kam äußerst selten vor, dass sich dieser einmischte. Die meiste Zeit über fiel er nicht einmal auf, besonders wenn er sich, wie jetzt, hinter der Tageszeitung verschanzte.

„Wenn Eugene eins bekommt, will ich auch eins." Larry zwinkerte Cole zu. „Ich muss meinen Enkel schließlich unterstützen. Besorg mir eins in ‚Large', ich muss meine Plauze verstecken."

„Wird gemacht! Am besten bestell ich gleich mehrere. So wie ich die Damen kenne, wird die Neuigkeit schneller die Runde machen, als mir lieb ist." Cole schenkte den Golden Girls und der Bürgermeisterin ein strahlendes Lächeln, das – wenn es zum Einsatz kam – nie seine Wirkung verfehlte.

Martha mimte für einen kurzen Moment die Gekränkte, dann lächelte sie. „Deine freche Antwort sei dir verziehen, Cole. Euch Cassidy-Brüdern kann man nie lange böse sein. Wenn ich mich da an eure Flausen von früher erinnere!"

„Na, sie haben ja vom Besten gelernt", brüstete sich Larry und sprang leichtfüßig vom Barhocker. „Eugene, wie sieht's aus, kommst du mit zum Pavillon?" Ohne dessen Antwort abzuwarten, schnappte er sich seinen Schachkasten, nickte den Damen zu und lief in Richtung Tür.

„Ja, nimm mich mit. Kannst mich doch nicht zurücklassen", scherzte der leicht untersetzte Mann übermütig.

Martha schnappte mit gespielter Empörung nach Luft, was ihr Doppelkinn zum Beben brachte. „Pah, und das, nachdem ich dir meinen zweiten Pancake überlassen habe."

„Du warst doch ohnehin satt, mein Liebling", erwiderte Eugene fröhlich.

Einen Augenblick später verließen die beiden Männer den Diner und liefen in Richtung Park, wo sich der inoffizielle Treffpunkt der Schachfreunde befand.

Cole kam hinterm Tresen hervor und drehte das Türschild auf „Geschlossen", anschließend räumte er die letzten Tische ab.

„Für mich wird es Zeit, Ladys. Ich muss zurück zur Bäckerei. Außerdem halten wir Cole nur auf!", stellte Francis nach einem Blick auf die Uhr fest.

Cole schenkte ihr ein dankbares Lächeln – offenbar war ihm der Wink mit dem Zaunpfahl gelungen. Seine Vormittagsschicht war beendet und er hatte keine Lust, seine Pause mit Klatsch und Tratsch zu verbringen.

„Tschühüs!", flötete Martha, als sie endlich hinausschwebte. „Und vergesst morgen Nachmittag ja nicht die nächste Stadtversammlung!"

„Wie könnten wir die vergessen, Martha? Little Falls wird schließlich nur einmal 250 Jahre", antwortete Francis mit einem Strahlen im Gesicht und hakte sich bei ihren Freundinnen unter. „Ich kann es kaum glauben. Sind wir tatsächlich schon so alt?"

„Auf Wiedersehen, die Damen!", rief Cole den Freundinnen hinterher, die zu sehr in ihre Erinnerungen vertieft waren, um sich zu verabschieden.

„Tschüß, Cole, bis dann", kam es im Chor zurück, während sich die hellblaue Holztür hinter ihnen schloss.

Cole atmete tief durch und warf einen Blick in die Küche. So wie es aussah, hatte sich sein Mitarbeiter unbemerkt durch den Hinterausgang in die Pause verabschiedet – welch ein Glückspilz. Schmunzelnd schaltete

Cole im gesamten Diner das Licht aus, schloss die Vordertür ab und stieg die knarzende Holztreppe in den ersten Stock hinauf, wo sich seine Wohnung befand. Diese wirkte auf den ersten Blick chaotisch, da die Einrichtung keinem einheitlichen Stil folgte. Es war ein Mix aus alt und neu, Erbstücken, einem abgewetzten Ledersofa und einem Bücherregal, das aus allen Nähten platzte.

Nach dieser Unterhaltung dröhnte ihm der Kopf. Geschafft ließ er sich auf die Couch fallen und schloss die Augen, als ihm das Gespräch mit seinem Großvater durch den Kopf ging. Cole hatte nichts gegen Veränderungen, aber manche Dinge waren eben perfekt, so wie sie waren – und dazu gehörte die Speisekarte seines Diners. Ehrliches Essen ohne den ganzen Schnickschnack. Er wollte niemanden beeindrucken, sondern hungrige Mägen füllen.

„Foodporn" war ihm natürlich ein Begriff, dennoch war ihm das Wort zuwider. Sofort musste er an das Bild eines perfekt in Szene gesetzten Gerichts denken, professionell ausgeleuchtet, um es in den sozialen Medien zu teilen. Pah, ohne ihn. Außerdem hatte er so einen Quatsch nicht nötig. Cole's Diner war eine Institution, ein Ort der Zusammenkunft mit großzügigen Portionen. Hier störte es niemanden, wenn der Eigentümer von Zeit zu Zeit etwas mürrisch war oder schlecht gelaunt.

Cole setzte sich auf, da er sich heute nicht entspannen konnte, und lief zum Fenster. Sein Mund verzog sich zu einem breiten Lächeln. Von hier oben aus hatte man einen grandiosen Blick auf den Park. Die Bäume trugen ein buntes Blätterdach, sodass man den weißen Pavillon im Zentrum des Parks nur erahnte. Auch wenn er sie heute nicht zwischen den Blättern erkennen konnte, sah er die älteren Herren bildlich vor sich. Die Schachkästen zeremoniell auf den Holztischen aufgeklappt, schweigend in ihre Partie vertieft. Er liebte diese kleine Stadt mehr als alles andere und konnte sich keinen schöneren Ort zum Leben vorstellen. Genau aus diesem Grund hatte er sich vor Jahren für Little Falls entschieden und sich mit der Übernahme des Diners einen Traum erfüllt. Wie praktisch, dass seine Brüder andere Pläne gehabt hatten. Clayton arbeitete mittlerweile im elterlichen Baubetrieb und Chase war vor Kurzem zum Deputy Sheriff ernannt worden.

Kurz fragte er sich, ob seine jüngeren Brüder wussten, auf was sie sich da eingelassen hatten. Das idyllische Kleinstadtleben ging schließlich oft zu Lasten der Privatsphäre und – schlimmer noch – Frauen in ihrem Alter waren Mangelware. Entweder waren bereits alle unter der Haube oder abgehauen.

Unbewusst presste Cole die Kiefer zusammen, ehe sein Blick automatisch zur Bäckerei wanderte, was seine Laune vollends auf einen Tiefpunkt sinken ließ.

2

Jenna

Gut gelaunt packte Jenna ein weiteres Kleid in den kleinen Koffer, in dem sich bereits zwei Bikinis, Flipflops, eine leichte Strickjacke und zwei Chinoshorts befanden. Sie konnte gar nicht beschreiben, wie sehr sie sich auf das kommende Wochenende und die gemeinsame Zeit mit Eric freute. Ihr Freund gönnte sich nur selten ein paar freie Tage. Als Juniorpartner einer Anwaltskanzlei hatte er alle Hände voll zu tun und musste sich zudem noch beweisen. Ein Lächeln schlich sich auf Jennas Lippen, als sie an ihre erste schicksalhafte Begegnung dachte.

Wie jeden Morgen hatte sie sich im Erdgeschoss des Bürokomplexes, in dem sie als Anwaltsgehilfin arbeitete, ihr Frühstück besorgt. Doch an jenem schönen Sommertag fielen ihr weder die üblichen Verdächtigen noch die schlecht gelaunten Kollegen der Kanzlei auf. Ihre ganze Aufmerksamkeit hatte einem hilflos dreinblickenden Mann gegolten, der kurz vor einer Panikattacke stand. Ihr armer Eric hatte sich ausgerechnet an seinem ersten Arbeitstag einen doppelten Espresso über das gestärkte Businesshemd gekippt und sah einfach zum Schießen, aber auch supersüß aus – natürlich war sie ihm gleich zu Hilfe geeilt.

Bei dem Gedanken daran musste Jenna immer noch schmunzeln. Eric wirkte mit seinen sonnengebleichten Haaren und dem gebräunten Gesicht überhaupt nicht wie ein Jurist, sondern vielmehr wie jemand, der sich lieber am Strand herumtrieb, statt sich mit langweiligen Akten zu beschäftigen. Diese Mischung aus cool und lässig, gepaart mit seinem geschäftsmäßigen Auftreten, hatte sie sofort umgehauen.

Umso größer war die Überraschung gewesen, nachdem ihr Boss ihn kurze Zeit später als den neuen Anwalt vorgestellt hatte. Obwohl Jenna sich einmal geschworen hatte, nie mit einem männlichen Kollegen auszugehen, war sie seinem Charme kurze Zeit später erlegen und hatte seine Einladung zum Essen angenommen, mit der er sich für ihre Hilfe hatte revanchieren wollen. Wie gut, dass sie immer ihren Fleckenstift „to go“ dabeihatte.

Zuletzt verstaute Jenna noch ihre Kosmetiktasche im Koffer und zog anschließend den Reißverschluss zu. Mit einem verträumten Seufzer ließ sie sich aufs Bett fallen, schnappte sich ihr Handy und bewunderte erneut das wunderschöne Strandhaus, in dem sie das Wochenende verbringen würden und das Erics Eltern gehörte. Soweit sie wusste, nutzten die Ashcrofts das Anwesen auf Cape Cod nur sporadisch, sodass es die meiste Zeit über leer stand – welch Verschwendung. Jenna konnte sich nicht einmal ansatzweise vorstellen, wie es war, in solch einem Luxus zu leben, geschweige denn, mit ehemaligen Präsidenten zu dinieren.

Wenn sie dagegen an ihr Elternhaus in Little Falls dachte, in dem sich zudem die Bäckerei ihrer Grandma Francis befand, wurden die Unterschiede nur allzu deutlich. Sofort hatte sie den vertrauten Duft von Gebäck in der Nase, der sie seit ihrer frühesten Kindheit begleitete. Sie kannte es gar nicht anders, als schon morgens von frischen Zimtschnecken geweckt zu werden, deren Aroma bis hoch ins oberste Stockwerk stieg. Wehmut überkam sie, sobald sie an ihre Familie dachte, der sie so abrupt den Rücken gekehrt hatte.

Auch wenn sie es nie öffentlich zugeben würde, vermisste Jenna ihr altes Leben ab und an. Aber wie sagte man so schön: „Du kannst nicht zwei Hasen gleichzeitig jagen." Und mit dem Umzug nach Boston vor drei Jahren und der Stelle als Anwaltsgehilfin hatte sie sich schließlich ihren Traum erfüllt.

Das Klingeln an der Tür riss sie aus ihren Gedanken ... Eric war endlich da und das Abenteuer konnte beginnen.

***

Gegen Mittag erreichten sie schließlich die malerische Halbinsel, die nur eine Autostunde von Boston entfernt lag und zum Staate Massachusetts gehörte. Jenna konnte sich geradezu bildlich vorstellen, wie es hier zur Hauptsaison aussehen mochte. Wohlhabende Familien, die in Scharen zu ihren Feriendomizilen ausströmten, Gartenpartys auf gepflegten Anwesen feierten und ihren Freunden voller Stolz das neue Segelboot präsentierten. Natürlich wurde dieses direkt mit einem

Ausflug nach Nantucket oder Martha's Vineyard eingeweiht.

Mittlerweile war der größte Ansturm jedoch vorbei und Jenna bedauerte für einen Moment, dass sie es nicht früher hierhergeschafft hatten. Wie gerne hätte sie sich selbst ins Getümmel gestürzt und sich outfittechnisch inspirieren lassen, insbesondere vom klassischen Preppy-Stil mit seinen Blautönen und maritimen Streifen, der hier gang und gäbe war. Vielleicht hatte sie wenigstens die Gelegenheit, sich in einer der exklusiven Boutiquen nach einem schönen Kleid im Polo-Stil umzuschauen.

Sie verzog kurz den Mund und sah nachdenklich aus dem Fenster. Zwischenzeitlich war es Ende September und in den Ortschaften dementsprechend leer. Der Herbst hatte die Ostküste zwar noch nicht gänzlich erreicht, dennoch kühlte es in den Abendstunden schon ziemlich ab. Doch dieses Wochenende war das Glück auf ihrer Seite, die Sonne strahlte mit voller Kraft vom Himmel und auch die Temperaturanzeige im Cockpit zeigte wohlige 25 Grad an.

„Noch eine Viertelmeile, dann haben wir unser Ziel erreicht", bemerkte Eric mit einem entspannten Lächeln, während er die Klimaanlage ausschaltete und die Fensterscheibe herunterließ. Warme, salzige Luft drang sofort ins Wageninnere und ließ Jennas Herz vor Aufregung klopfen.

„Es ist noch viel schöner, als ich es mir vorgestellt habe. Die malerischen Fischerorte, die langen Sandstrände mit ihren Leuchttürmen und die charmanten Läden an jeder Ecke."

Erneut warf Jenna einen Blick auf das glitzernde Wasser des Atlantiks, das immer wieder zwischen den Häusern und Bäumen hindurchblitzte. „Ich kann es kaum erwarten, ins Meer zu springen!"

Eric zwinkerte ihr gutgelaunt zu und bog kurz darauf scharf rechts auf einen Schotterweg ab. „Kannst du gleich machen, wir sind nämlich gerade angekommen."

Mit großen Augen bewunderte Jenna das zweigeschossige Haus im New-England-Stil, das nur wenige Meter vor ihr aufragte. Es war noch schöner als auf dem Foto, das Eric ihr geschickt hatte. Die Holzfassade, die durch Wind und Wetter bereits leicht ergraut war, schimmerte silbern in der Sonne und harmonierte perfekt mit der umlaufenden weißen Veranda, die zur Strandseite hin breiter wurde.

Eric parkte seinen SUV mitten in der Einfahrt und sprang glücklich aus dem Wagen. „Wie ich das vermisst habe! Kaum zu glauben, dass ich es ein ganzes Jahr lang nicht mehr hierhergeschafft habe!"

Jenna, die ebenfalls ausgestiegen war, schenkte Eric ein liebevolles Lächeln, denn sie wusste nur zu gut, wie hart er in den letzten Monaten gearbeitet hatte. „Wirklich ein Traum und diese unglaubliche Ruhe – ich hoffe, du kannst dich etwas entspannen."

„Mit dir an meiner Seite, mein Schatz, wird mir das bestimmt gelingen", antwortete Eric und kam auf Jenna zu.

Seine Worte ließen ihr Herz vor Freude hüpfen. Sie konnte sich nicht erinnern, dass er jemals etwas in der Art zu ihr gesagt hätte. Umso mehr hoffte sie, dass sie hier, fernab von Boston und der Kanzlei, etwas Erholung fanden.

„Lass uns reingehen, bevor wir noch in der Sonne schmelzen", fuhr Eric lächelnd fort. „Geh schon mal vor, während ich das Gepäck auslade."

Jenna ließ sich nicht zweimal bitten, nahm den Schlüssel mit dem verspielten Walanhänger und schloss die Haustüre auf. Sofort schlug ihr klimatisierte Luft entgegen und beim Anblick der geschmackvollen Einrichtung blieb ihr beinahe die Spucke weg. Die weiß gebeizten Holzmöbel harmonierten perfekt mit der beigefarbenen Couch und den blau-weiß gestreiften Sesseln, die zwanglos im riesigen Wohnzimmer verteilt waren. Aber es war die Deko, die diesem Haus den letzten Schliff gab. Hier und da entdeckte Jenna maritime Elemente wie Muscheln, Treibholz oder sogar ein riesiges Segelboot in einer Flasche. Auf den Beistelltischen fanden sich Kerzen und wunderschöne Tischlampen mit Rattanschirmchen. Doch nirgends konnte Jenna einen persönlichen Gegenstand oder gar ein Familienfoto entdecken. Es wirkte beinahe zu perfekt und steril, wie aus einem Immobilienkatalog und von einem Dekorateur durchgeplant. Nichtsdestotrotz fühlte sie sich sofort wohl.

„Na, was sagst du?" Übermütig packte Eric Jenna von hinten und drückte sich an sie.

„Ehrlich gesagt bin ich noch nicht weit mit meiner Haustour gekommen", erwiderte sie, überrascht von Erics ungewohnter Gelöstheit. Sie konnte seine Hitze und Lebensfreude förmlich spüren. Ob es an diesem Haus oder einfach nur an der längst überfälligen Auszeit lag?

„Dann solltest du dir als Nächstes die Küche und das Schlafzimmer ansehen. Die Küche werden wir dieses Wochenende zwar nicht brauchen – ich hab für heute Abend einen Tisch im ‚Seastar‘ reserviert –, aber das Schlafzimmer“, raunte er ihr ins Ohr.

Jenna drehte sich mit einem Schmunzeln zu ihrem Freund um. „Eins nach dem anderen, mein Lieber, wir sind gerade erst angekommen und haben noch das ganze Wochenende vor uns.“

„Du hast ja recht, tut mir leid, Liebling. Aber eine Abkühlung wäre nicht schlecht. Was hältst du davon?“, fragte Eric und deutete mit dem Kopf zum Wasser.

„Prima Idee! Ich zieh mich schnell um, danach können wir los.“

„Warte, ich komme mit“, erwiderte er schnell und schnappte sich das Gepäck, das er zuvor am Boden abgestellt hatte. „Ich kann's kaum erwarten, dich endlich im Bikini zu sehen.“

Jenna verzog skeptisch den Mund. Ja, heute war tatsächlich das erste Mal, dass sie sich ihm in Badebekleidung präsentierte. Was er wohl zu ihrem gestreiften Zweiteiler sagen würde? Plötzlich schlug ihr das Herz bis zum Hals; auch wenn es ziemlich albern war, schließlich hatte er sie schon öfters nackt gesehen.

Gemeinsam stiegen sie die Stufen zum Schlafzimmer hinauf, wo Jenna kurz darauf mit ihrem Bikini im angrenzenden Badezimmer verschwand. Sie war sehr neugierig, auf welche Art von Badehosen Eric wohl stand. Hoffentlich nichts Altbackenes. Wenn sie an den wild gemusterten Badeslip ihres Vaters dachte, mit dem er sich bereits seit den Achtzigern am Badesee von Little Falls präsentierte ...

Überrascht riss sie die Augen auf, als Eric einen Moment später in mintgrünen Shorts vor ihr stand.

„Sehr schick", bemerkte sie mit einem amüsierten Zwinkern, während sie ihren Blick über seinen gut definierten Körper wandern ließ, der sonst nur in maßgeschneiderten Anzügen steckte. Das blasse Grün war zwar nicht ihr Ding, dafür machten sein knackiger Hintern und der flache Bauch die Farbe wieder wett.

„Wow, du siehst heiß aus", erwiderte Eric mit glänzenden Augen. „Warum sind wir nicht schon früher schwimmen gegangen?"

„Hm, vielleicht, weil du an den Wochenenden immer zu beschäftigt warst?", erwiderte Jenna mit hochgezogener Augenbraue.

Eric nickte schuldbewusst und setzte seinen Dackelblick auf, den er auch gerne bei ungeplanten Überstunden anwandte. „Ja, ich weiß, mein Liebling. Deshalb werde ich jetzt alles wiedergutmachen, was ich versäumt habe, versprochen." Er zog sie an sich und drückte ihr einen fordernden Kuss auf den Mund, gleichzeitig glitt seine Hand nach unten in ihr Bikinikörbchen.

„Wollten wir nicht an den Strand?", fragte Jenna atemlos. Auch wenn sie von Erics Leidenschaft förmlich überrollt wurde, ärgerte es sie doch, dass er schon wieder an das Eine dachte.

„Ja, du hast recht. Du machst mich gerade einfach zu scharf", antwortete er mit heiserer Stimme, zog sich aber zurück und griff nach ihrer Hand. „Lass uns los, bevor ich dich noch hier auf der Stelle nehme."

Wer war dieser Mann und was hatte er mit Eric gemacht? Sie konnte sich nicht erinnern, dass ihr Freund jemals so direkt gewesen war. Sie kannte ihn eigentlich als sehr beherrschten, beinahe nüchternen Mann. Ehrlich gesagt wusste sie in diesem Moment nicht so wirklich, was sie von alldem halten sollte.

Jenna schnappte sich ihr Badetuch, dann machten sich die beiden auf den Weg ins Erdgeschoss, wo sie über die Veranda das Haus verließen. Die Sonnenstrahlen und die leichte Brise, die ihr übers Gesicht strichen, brachten sie direkt auf andere Gedanken. Tief atmete sie die frische Meeresluft ein, während sie über einen schmalen Holzsteg auf den Privatstrand zusteuerten. Dieser war perfekt gepflegt und von beiden Seiten vor neugierigen Blicken durch hohe Gräser geschützt.

Als sie den Steg verließen und der Sand unter ihren Flipflops leicht knirschte, weckte dies sogleich ihre kindliche Freude auf einen ausgelassenen Nachmittag. Sie konnte nicht behaupten, jemals ein schöneres Fleckchen Erde gesehen zu haben. Mit einem tiefen Seufzer ließ sie sich auf der Liege nieder und sah gedankenverloren auf den Ozean hinaus, der geheimnisvoll in der Mittagssonne glitzerte.

„Und, hab ich zu viel versprochen?", fragte Eric in die Stille hinein und nahm ebenfalls Platz.

„Es ist wunderschön hier", erwiderte Jenna ehrlich. „Ich kann nicht glauben, dass deine Eltern so selten herkommen."

„Na ja, im Sommer schon, wenn es Partys gibt", bemerkte Eric zwinkernd, „aber ansonsten würde sich meine Mom hier nur schrecklich langweilen."

Jenna verzog das Gesicht zu einem Lächeln und verkniff sich einen abfälligen Kommentar. Sie wusste, dass Eric sehr empfindlich war, was seine Mutter anging. Er hatte sie auf ein imaginäres Podest gestellt, auf dem sie sich pudelwohl fühlte.

„Hm, ich würde wohl den ganzen Tag lesen und am Strand spazieren gehen", erwiderte Jenna deswegen im Plauderton.

Eric schenkte ihr ein knappes Lächeln und tätschelte ihren Arm. „Ist halt nicht jeder so ein Bücherwurm wie du." Mit diesen Worten streckte er sich auf der Liege aus und starrte aufs Meer.

Jenna lehnte sich ebenfalls zurück und versuchte, Erics Kommentar nicht persönlich zu nehmen. Sie schloss für einen Moment die Augen und hörte nur das Rauschen der Wellen und die Möwen, die über ihnen kreisten.

Sie war kurz davor wegzudösen, als sie plötzlich aus ihrer Ruhe aufschreckte. Ärgerlich sah sie sich nach den Störenfrieden um, die mit ihrem dröhnenden Auto und der laut aufgedrehten Anlage einen Heidenlärm veranstalteten. Es handelte sich um zwei Männer in Erics Alter, die mit ihren bunten Poloshirts und den Segelschuhen wie aus dem Ei gepellt waren und sich mit ihrem Gehabe wie pubertierende Teenager aufführten.

„Eric, du Penner, warum gehst du nicht ans Telefon?", rief einer der beiden noch vom Parkplatz, während er aus einem roten Porsche-Cabrio stieg.

Jenna musterte den blonden Mann, der mit unvorteilhaften Schafslöckchen gesegnet war und extrem arrogant wirkte. Er entsprach eins zu eins dem Klischee des „reichen Sohnes", das schon mit einem goldenen Löffel im Mund zur Welt gekommen war und um das sich die ganze Welt drehte.

„Andrew, mein Kumpel, wie geht's dir?" Eric sprang eilig von der Strandliege auf und begrüßte die Männer mit einer Art „Insidergruß", der aus einer Ghettofaust, tanzenden Fingern und einem angedeuteten Highfive bestand.

Jenna, die das Schauspiel bis jetzt nur stumm verfolgt hatte, zog sich schnell ihr Strandkleid über und ging ebenfalls zu den Neuankömmlingen, um Hallo zu sagen.

„Jenna, mein Schatz. Das sind Andrew und Steve, meine Verbindungsbrüder von der Columbia", stellte Eric die beiden vor.

„Hallo, schön, euch kennenzulernen", hieß Jenna die Männer mit einem Lächeln willkommen.

„Du hast uns gar nicht gesagt, dass deine Süße so heiß aussieht", bemerkte Andrew mit einem anzüglichen Grinsen, während er seinen Blick über ihr knappes Strandkleid wandern ließ.

Jenna, der die Situation zunehmend unangenehmer wurde, sah etwas hilflos zu Eric. Der legte nur besitzergreifend seinen Arm um sie und erwiderte mit einem Augenzwinkern: „Hey, du sprichst hier mit meinem Mädchen, also Finger weg. Such dir gefälligst was Eigenes."

Automatisch versteifte sich Jenna in Erics Arm. Sie konnte nicht glauben, wie ungehobelt er sich benahm. Entweder war ihm die Mittagssonne in der kurzen Zeit bereits zu Kopf gestiegen oder er vergaß beim Anblick seiner alten Collegefreunde jeglichen Anstand.

„Wir konnten es einfach nicht mehr bis heute Abend zum Essen abwarten", meldete sich nun auch Steve zu Wort.

Jenna schwante Böses. Hatte sie gerade richtig gehört? Allein der Gedanke daran, das Wochenende mit diesen aufgeblasenen Schnöseln zu verbringen, war ihr zutiefst zuwider. Sie konnte sich nicht erklären, was es war, aber auf einmal fühlte sie sich äußerst unwohl.

„Eric, ich geh mal rein. Ihr habt sicher viel nachzuholen."

„Ja klar, geh nur", antwortete dieser, ohne aufzuschauen. Offensichtlich war ihm die fette Rolex am Arm seines Freundes, die er gerade entdeckt hatte, wichtiger.

Enttäuscht lief Jenna den Holzsteg zurück zum Haus und kämpfte mit den Tränen. So hatte sie sich ihr erstes gemeinsames Wochenende am Strand ganz sicher nicht vorgestellt. Sie fühlte sich verraten, weil er sie nicht in seine Pläne eingeweiht hatte. Von wegen romantische Zweisamkeit.

Sie warf einen letzten Blick über die Schulter und schloss dann die Verandatür. Da sie im Moment ganz klar abgemeldet war, konnte sie sich genauso gut frisch machen und ein wenig lesen. Doch noch während des Duschens nahm sie das laute Gejohle und Knallen von Korken durch das gekippte Badezimmerfenster wahr. Na toll, die drei feierten wohl eine Wiedersehensparty auf der Veranda. Stühle wurden auf dem Holzdeck hin und her geschoben und die Stereoanlage aufgedreht.

Missmutig trocknete sie sich ab und schlüpfte in ein frisches Kleid. Anschließend machte sie es sich mit ihrem neuen Buch in dem gemütlichen Korbsessel, der vor der geöffneten Balkontür stand, bequem. Aber die Ruhe währte nicht lange, denn die Gesprächsfetzen und vor allem die Erwähnung ihres Namens ließen sie aufhorchen.

„Eins muss man dir lassen Eric, du bekommst immer noch die geilsten Weiber ab – genauso wie früher."

„Übertreib mal nicht, Andrew. Jenna ist höchstens Durchschnitt, aber sie hat Köpfchen und lässt mich die meiste Zeit in Ruhe."

Für einen Sekundenbruchteil hoffte Jenna, sie hätte sich nur verhört, bei dieser Entfernung konnte es ja durchaus möglich sein, doch dann traf sie die Bedeutung seiner Worte mit voller Wucht. Ihr wurde mit einem Mal speiübel, gleichzeitig verfiel ihr Körper in ein unkontrollierbares Zittern. Erics Worte trafen sie bis ins Mark und ließen ihren Atem für einen Moment stocken – wie konnte er sie so verletzen? Tränen schossen ihr in die Augen, welchen sie unkontrollierbar ihren Lauf ließ.

„Was macht sie denn so? Sag bloß, sie ist auch Anwältin", hakte Steven nach.

„Nein, sie ist Anwaltsgehilfin, was so viel heißt wie ‚Mädchen für alles'."

Bei Erics Antwort klappte ihr der Mund auf. Wie bitte? Sie spürte, wie Wut in ihr aufstieg und die Verletzung beiseiteschob.

„Erzähl mir nicht, dass du sie schon mal auf dem Kopierer genommen hast!" Andrews dreckiges Lachen wurde schnell von Eric unterbrochen.

„Psst, etwas leiser. Aber was nicht ist, kann ja noch werden. Ehrlich gesagt habe ich da schon meine Fantasien."

„Und wir dachten, du bist mittlerweile ganz der brave Anwalt mit Stock im Arsch."

„Na ja, in der Kanzlei muss ich natürlich eine gewisse Rolle spielen", bemerkte Eric mit unverkennbarem Stolz in der Stimme. „Ich bin schließlich keine zwanzig mehr. Aber wie sagt man so schön – einmal Alpha, immer Alpha."

Tränenüberströmt legte Jenna ihr Buch, das sie fest umklammert hatte, auf dem Beistelltischchen ab und schloss leise die Balkontür. Sie hatte genug gehört. Wie hatte sie sich nur so in Eric täuschen können?

3

Cole

„Ruhe bitte!" Martha klopfte mit einem kleinen Holzhammer auf das Pult vor ihr und sah sich streng um. Ganz offensichtlich vergaß die Gute mal wieder, dass sie nicht die Vorsitzende eines Gerichtssaals war, sondern nur die Bürgermeisterin von Little Falls.

Cole warf seinen Brüdern, die rechts neben ihm saßen, einen genervten Blick zu, den die beiden mit einem Grinsen quittierten. Sein Bruder Clayton steckte immer noch in seiner Arbeitskleidung, die aus abgewetzten Jeans und einem Flanellhemd bestand, auf dem einige Sägespäne zu sehen waren. Er hatte es gerade rechtzeitig von einer Baustelle hierhergeschafft. Chase, der Jüngste von ihnen, war natürlich wieder der Pünktlichste gewesen und wirkte mit seiner gestärkten und sorgfältig gebügelten Polizeiuniform wie aus dem Ei gepellt.

„Cole, hörst du mir überhaupt zu?" Marthas Organ drang zu ihm durch und holte ihn abrupt zurück zur Stadtversammlung. „Welchen Beitrag möchtest du zum 250-jährigen Jubiläum beisteuern?"

Wie auf Kommando richteten sich rund fünfzig Augenpaare auf ihn und sahen ihn erwartungsvoll an.

„Ähm, na ja, ehrlich gesagt hab ich mir dazu noch keine Gedanken gemacht. Ich öffne meinen Diner, reicht das nicht?"

Sofort fiel Cole der tadelnde Blick seiner Mom auf, die einige Stuhlreihen vor ihm saß. Entschuldigend zuckte er mit den Schultern.

„Ich hoffe doch, das war nur ein kleiner Witz?", fragte Martha mit belustigter Stimme und sah sich sichtlich nervös im Saal um. „Na ja, nichtsdestotrotz kam mir gestern die perfekte Idee für dich."

Cole, der das verhaltene Kichern seiner Brüder neben sich wahrnahm, warf diesen einen bösen Blick zu und wandte sich dann wieder nach vorne. Ihn beschlich eine ungute Vorahnung, denn die Bürgermeisterin war bekanntlich eine Meisterin im Verteilen von Aufgaben.

„Ein Jubiläumssandwich!", rief Martha erfreut und untermalte die Idee mit einer ausholenden Handbewegung, als sähe sie das Bild schon vor sich.

„Oh, das ist eine wundervolle Idee!", fiel ihm ausgerechnet sein Grandpa in den Rücken. Cole drehte den Kopf nach links und hob fragend eine Augenbraue.

„Ich hab ihm erst gestern gesagt, dass er mal was Neues ausprobieren soll!"

Cole konnte kaum glauben, dass sein Grandpa ausgerechnet auf der Stadtversammlung damit anfing.

„Sehr schön. Und dazu deine bedruckten Shirts", fuhr Martha mit leuchtenden Augen fort.

Cole wollte gerade protestieren, als er die wohlwollenden Blicke der Golden Girls bemerkte. Wahrscheinlich hatten sie immer noch das Kopfkino seines Kleidungswechsels vor Augen. Mit dem Verkauf von T-

Shirts konnte er sich geradeso anfreunden, aber ein neues Sandwich?

„Martha, ich hab für so etwas wirklich keine …“

Ohne Coles Antwort abzuwarten, klopfte sie mit dem Hämmerchen erneut auf das Pult vor ihr. „Perfekt, dann wäre das ja geklärt!“

Mist, er hatte sich von den älteren Damen einfach ablenken lassen! Und wenn das Urteil einmal gefallen war, war Protest zwecklos, so lautete ein ungeschriebenes Gesetz in Little Falls.

„Jetzt zu dir, Clayton. So ein fleißiger Mann wie du muss schließlich beschäftigt werden.“

Cole konnte sich nun ein süffisantes Grinsen seinerseits nicht verkneifen, als er Claytons überrumpeltes Gesicht sah.

„Unser Pavillon im Park braucht dringend einen neuen Anstrich. Außerdem müssen einige morsche Stellen ausgebessert werden.“

Aus dem Augenwinkel bemerkte Cole, wie sich auf einmal sein Dad regte. Er wusste, dass die beiden derzeit kaum mit der Arbeit hinterherkamen. Besonders nach dem Sommer wollte gefühlt jeder etwas repariert oder modernisiert haben.

„Puh, gerade ist ein ziemlich schlechter Zeitpunkt. Wir müssen im Moment sogar Anfragen ablehnen“, erwiderte Clayton und blies dabei laut die Luft aus.

„Aber unser Pavillon ist doch das Herzstück von Little Falls. Viele Besucher kommen nur, um sich dort ablichten zu lassen.“

Cole drehte sich nach der weinerlichen Stimme um, die eindeutig von Josephine, der Buchhändlerin, kam.

„Bitte, Logan, könnt ihr es nicht irgendwie einrichten?“, wandte sich die ältere Dame an seinen Dad.

Selbst Cole sah ein, dass der Pavillon eine wichtige Rolle spielte und mit ihm viele schöne Erinnerungen verbunden waren, weshalb er seinen Bruder mit dem Ellbogen leicht anstupste.

„Also gut, wir kommen sowieso nicht gegen euch an“, gab sich Clayton mit einem müden Lächeln geschlagen.

Zufrieden hämmerte Martha erneut auf das Pult und zwinkerte Chase, dem jüngsten Bruder, keck zu. „Wir haben den Ablauf ja bereits besprochen. Danke noch mal für deinen detaillierten Plan. Somit ist die Sicherheit in Little Falls eindeutig gewährleistet.“

Cole schenkte seinem Bruder nur ein Augenrollen, der ob des Lobes der Bürgermeisterin sehr zufrieden wirkte. Warum musste sein kleiner Bruder immer so ein Streber sein und ihm und Clayton in den Rücken fallen? Schon als kleiner Junge war er derjenige gewesen, der sie jedes Mal verpetzt hatte.

Erneut ertönte das Klopfen des Hämmerchens im Saal. Irgendwer musste dieser Frau ihr Spielzeug wegnehmen!

„So, ihr Lieben, und nun zur offenen Fragerunde.“

Kaum hatte die Bürgermeisterin den Satz beendet, erhob sich Dorothy aus dem Bed & Breakfast. „Ich fürchte, wir steuern da auf ein kleines Platzproblem zu. Bis jetzt sind fürs Event schon etliche Reservierungen eingegangen und die letzten drei Zimmer, die ich notfalls anbieten könnte, werden momentan nur als Abstellkammer benutzt.“

Für einen Augenblick rechnete Cole mit weiterer Arbeit für Clayton und seinen Dad, doch überraschenderweise hob seine Mutter die Hand.

„Vielleicht kann ich aushelfen, Dorothy. Es sollte eine Kleinigkeit sein, die Zimmer leer zu räumen und sie notdürftig herzurichten. Wir haben im Lager genügend Wandfarbe und Tapeten.“

„Das hört sich wundervoll an“, jauchzte Dorothy mit glasigen Augen. „Vielen Dank für deine Hilfe, Arianna.“

„Prima, also hat sich dieses Problem geklärt“, fügte Martha mit einem dankbaren Lächeln hinzu, ehe sie Francis zunickte, die sich mit einem Winken bemerkbar machte.

„Ich benötige noch schnell den Rat von euch allen“, meldete sich die ältere Dame zu Wort und erhob sich von ihrem Stuhl. „Weizenmehl oder Roggen? Bedruckte Oblate oder eine Banderole?“

Für einen Moment wusste Cole nicht, auf was Francis hinauswollte, dann fiel ihm das Jubiläumsbrot ein, das extra für diesen Anlass in Produktion gehen sollte.

Dem Stimmengewirr nach zu urteilen, waren die Bewohner von Little Falls sich sehr uneinig, weshalb Martha die Anwesenden kurzerhand abstimmen ließ. Dabei fiel das Ergebnis auf Weizenmehl mit Banderole. Zufrieden sah sich Cole um und freute sich, dass sein Favorit auch bei der Mehrheit der Bewohner so beliebt war.

„Danke für eure Meinung, meine Lieben. Ich werde mich gleich morgen an die Arbeit machen. Das wird das beste Jubiläumsbrot, das Little Falls je gesehen hat“, klärte sie die Anwesenden mit einem breiten Lächeln auf.

Erneut erklang der Hammer, der auf Cole mittlerweile wie ein Folterinstrument wirkte, dann legte Martha diesen nieder und hakte in feierlicher Geste ihre Checkliste ab.

„Von meiner Seite aus wäre alles geklärt. Wenn ihr also keine weiteren Fragen habt, schließen wir für heute die Versammlung." Martha schaute sich noch einmal prüfend um und nickte abschließend. „Prima. Ich wünsche euch allen einen schönen Abend und bis zum nächsten Mal."

Cole stieß erleichtert die Luft aus, wobei sein Blick kurz auf seine Uhr fiel. Es wurde höchste Zeit, den Diner fürs Abendgeschäft aufzuschließen.

„Keine Sorge, großer Bruder", flüsterte Clayton ihm zu, der Coles Gedanken offensichtlich erraten hatte. „Wer sollte denn kommen, sind doch alle hier?"

Ein abschließendes Hämmern, das die Sitzung für beendet erklärte, ließ Cole herumfahren, doch sein leiser Fluch ging in dem Geräuschpegel unter. „Und wenn ich derjenige bin, der heute Nacht hier einbricht und das Scheißding zerstört!"

„Psst, nicht so laut, der Deputy Sheriff steht neben mir", antwortete Clayton mit einem Lachen und erhob sich ebenfalls.

„Das hab ich gehört, Bruderherz!" Chase boxte seinen Bruder spielerisch in den Bauch, dann legte er ihm versöhnlich den Arm auf die Schulter. „O Mann, ich dachte schon, Martha findet heute gar kein Ende mehr."

„Was, ausgerechnet du fällst der First Lady in den Rücken?" Cole hob fragend eine Augenbraue.

„Ich habe nie behauptet, dass ich ihr in allen Punkten zustimme, aber die Sicherheit beim Fest nehme ich sehr ernst!“, stellte Chase mit autoritärer Stimme klar.

„Dagegen sage ich ja auch nichts, weil es wichtig ist. In diesem Jahr gibt es ganz sicher noch mehr Andrang als sonst. Hm, vielleicht solltet ihr zusätzliche Straßenabsperrungen besorgen und die Besucherparkplätze weiter nach draußen verlagern“, bemerkte Cole mit nachdenklichem Blick. „Ich bin letztes Jahr kaum mehr in die Stadt reingekommen und hatte den Truck bis oben hin voll.“

„Ein Punkt, den ich mit der Bürgermeisterin bereits geklärt habe. Wir nutzen dieses Jahr die Wiese neben der Tankstelle“, klärte Chase seine Brüder auf.

„Jungs, lasst mich schnell durch!“, riss sie die panische Stimme eines älteren Herren aus ihrer Unterhaltung.

Die Brüder traten eilig zur Seite und ließen den Mann vorbei.

„Alles klar, Doc?“ Cole sah sich besorgt um und entdeckte dann die aufgeregte Menschentraube am Ausgang. „Irgendetwas ist passiert, hat sich jemand verletzt?“

„Francis … Sie ist auf der Treppe gestürzt!“, informierte sie Josephine, die ihnen vom Ausgang entgegenkam. Mit blassem Gesicht ließ sie sich auf dem nächstbesten Stuhl nieder.

„Oh, Mist! Hoffentlich ist es nichts Schlimmes!“ Cole fuhr sich angespannt übers Gesicht.

„Lasst uns schauen, ob der Doc Hilfe braucht“, schlug Chase geistesgegenwärtig vor und rannte voraus.

Als Cole ebenfalls den Ausgang erreichte und Francis mit schmerzverzerrtem Gesicht auf den Stufen sitzen sah, zog sich sein Herz mitfühlend zusammen. Sie verband nicht nur eine langjährige Nachbarschaft, sondern auch eine Art unsichtbares Band, besonders seit Jenna Little Falls so überraschend verlassen hatte.

Cole atmete tief durch und verfolgte jeden Handgriff des Arztes. Auf den ersten Blick schien es nichts Schlimmes zu sein, denn Francis riss schon wieder einen ihrer Witze, was sein Herz einen Sprung machen ließ. Aber ihr verdrehter Knöchel verhieß dennoch nichts Gutes.

„So, die Versammlung ist beendet", versuchte Martha, die beunruhigte Menge aufzulösen. „Lasst den Doc mal machen und geht nach Hause. Wir können im Moment eh nicht helfen."

Widerwillig verabschiedete sich Cole nach einem letzten prüfenden Blick auf Francis in Richtung Diner. Am liebsten hätte er den Laden für heute geschlossen gehalten, aber er erkannte in der Ferne bereits die üblichen Verdächtigen, die mit den Füßen wie Hühner im Sand scharrten und auf ihn warteten. Einer davon war sein Grandpa, die anderen beiden seine Schachfreunde Dean und Jonathan, die Ehemänner von Dorothy und Josephine.

Nach einem kurzen Fußmarsch erreichte er den Diner, der ebenfalls direkt am Park lag. Die Herren hatten sich allem Anschein nach direkt nach der Versammlung im Bürgersaal auf den Weg gemacht.

„Da hat uns die liebe Francis aber einen richtigen Schrecken eingejagt. Zum Glück hat sie gute Reflexe und konnte sich noch fangen. Mann, Mann, das wäre sonst übel ausgegangen. Sind ja doch einige Treppen hinunter vom Rathaus“, sinnierte Larry sichtlich aufgewühlt.

Cole klopfte seinem Grandpa beruhigend auf die Schulter, der sich offensichtlich das schlimmste Horrorszenario überhaupt durch den Kopf gehen ließ, und schloss dann die Türe zum Diner auf.

„Keine Sorge, Larry, die wird schon wieder. Sieht bestimmt schlimmer aus, als es ist“, versuchte Dean, seinen Freund zu beruhigen.

„Ist nur blöd wegen des Stadtfests. Francis hat sich so darauf gefreut. Aber wenn sie ernsthaft verletzt ist, kann sie wohl kaum in der Bäckerei herumwuseln“, stellte Jonathan zerknirscht fest.

„Uns bleibt nichts anderes übrig, als abzuwarten. Vielleicht ist es nur halb so wild“, erwiderte Cole und hoffte gleichzeitig, dass er recht behielt. Er füllte drei Gläser mit Bier und stellte sie auf den Tresen. „Die gehen aufs Haus. Lasst es euch schmecken.“

„Danke, mein Junge“, erwiderte Dean, nahm als Erster auf dem Barhocker Platz und griff nach seinem Glas. Larry und Jonathan nickten Cole dankend zu und setzten sich ebenfalls.

Während Cole begann, die Spülmaschine auszuräumen, hing jeder für einen Moment seinen Gedanken nach. Kurz darauf fragte Jonathan interessiert: „Wie geht es eigentlich Jenna? Francis hat schon eine Weile nichts mehr von ihrer Enkelin erzählt.“

Bei der Erwähnung seiner Ex-Freundin horchte Cole schlagartig auf.

„Oh, Jenna geht es prächtig. Sie lebt jetzt in Boston in einem hübschen kleinen Appartement in Beacon Hill und arbeitet in einer renommierten Anwaltskanzlei“, informierte Larry seine Freunde auskunftsfreudig. „Es gefällt ihr dort sehr gut und mal unter uns, Boston hat eindeutig mehr zu bieten als Little Falls."

„Das stimmt allerdings. Josephine und mir hat es da auch immer gefallen, allein der Hafen ist schon eine Reise wert", klärte Jonathan seine Freunde auf.

Cole, der gerade ein Glas abtrocknete, hielt nachdenklich inne. Warum erfuhr er erst jetzt etwas über Jenna, wo doch der Diner quasi die Schaltzentrale aller Neuigkeiten war? Dass ausgerechnet sein Grandpa bestens informiert zu sein schien, machte ihn auf einmal stutzig. Dann fiel es ihm wie Schuppen von den Augen. Konnte es sein, dass man ihren Namen absichtlich in seiner Gegenwart mied? Fast so, als hätte sie nie existiert?

Sein Verdacht bestätigte sich, als sein Grandpa seine Auskünfte abrupt unterbrach und seinen Enkel erschrocken ansah.

Mit einem schmerzvollen Ausdruck in den Augen erwiderte Cole dessen Blick, als ihm klar wurde, warum. Man sah in ihm den armen Jungen, der von seiner High-School-Liebe verlassen worden war. Gleichzeitig ärgerte er sich tierisch über sich selbst – war es so offensichtlich, dass er immer noch nicht über Jenna hinweg war?

Stärker als beabsichtig knallte er das Glas, das er gerade in der Hand hielt, auf die Arbeitsplatte und zog so unbeabsichtigt die Blicke der anderen Männer auf sich. Dachten etwa alle, man müsste ihn schonen? Er wollte von niemandem eine Sonderbehandlung oder gar Mitleid!

„Alles klar, mein Junge?", besorgt sah Larry zu seinem Enkel auf.

„Ja, alles bestens", presste Cole hervor. „Das verfluchte Glas ist mir nur aus der Hand gerutscht." Cole warf sich das Geschirrtuch über die Schulter und sah die Männer schließlich mit einem sehr gezwungenen Lächeln an. „Wird Zeit, dass ich mich um eure Burger kümmere."

Mit diesem Satz drehte er sich um und verschwand eilig in der Küche.

„Welche Laus ist dir denn über die Leber gelaufen?", fragte Ricky, der zwischenzeitlich über den Hintereingang die Küche betreten hatte. Der junge Mann, der kurz vor seinem Highschoolabschluss stand, half Cole mehrmals die Woche aus. „War die Stadtversammlung so schlimm?"

„Ja, die auch", erwiderte Cole und beschloss, seinem Mitarbeiter erst mal von dem kleineren Übel zu erzählen. „Nicht nur, dass Francis blöd auf der Treppe gestürzt ist, nein, die gute Martha hat auch eine Spezialaufgabe für uns!" Cole schüttelte aufgebracht den Kopf.

„Oh, die arme Francis. Hoffentlich ist es nichts Schlimmes", bemerkte Ricky mit besorgter Stimme.

„Abwarten. Ich denke, dass wir morgen mehr wissen", erwiderte Cole mit einem Lächeln. Er rechnete seinem Mitarbeiter die ehrliche Besorgnis hoch an.

Ricky nickte betroffen, ehe er skeptisch nachhakte. „Und die Spezialaufgabe hat nicht zufällig was mit unserem Stadtfest zu tun?"

„Du hast es erfasst, Kumpel." Cole lief zum Kühlschrank, holte drei Pattis für die Burger heraus und legte sie auf den Grill. „Sie will, dass wir ein besonderes Sandwich zum Jubiläum entwickeln."

„Okay, das sollte ja keine so schwierige Aufgabe sein." Ricky verzog nachdenklich den Mund.

„So weit kommt es noch, dass ich mir von Martha in meine Arbeit reinreden lasse." Cole lachte sarkastisch auf. „Es reicht schon, dass sie meine Brüder beschäftigt!"

Der Teenager nickte nur zustimmend und ließ das Thema, zu Coles Freude, fallen. Offensichtlich war seine Ansage unmissverständlich gewesen.

„Die Burger sind für deinen Grandpa und seine Freunde?", fragte Ricky kurze Zeit später.

„Mmh", knurrte Cole und drehte die Pattis um. Er zögerte nur kurz und fragte dann betont beiläufig: „Sag mal, hast du mitbekommen, dass einer unserer Gäste mal den Namen Jenna erwähnt hat?"

„Du meinst deine Ex Jenna?", hakte Ricky argwöhnisch nach und wirkte auf einmal sehr unwohl.

„Genau die." Cole kniff die Augen zusammen und forderte ihn schmunzelnd auf: „Also, raus mit der Sprache!" Er konnte kaum glauben, dass selbst Ricky etwas gehört hatte, wo dieser doch nur in der Küche stand.

„Nun ja, viel hab ich nicht mitbekommen. Ab und zu mal einen Satz", stammelte der Teenager kleinlaut, während er drei Brötchen aufschnitt und auf Tellern verteilte. „Ich denke einfach, dass niemand einen wunden Punkt treffen will. Bist ja so schon ziemlich mürrisch."

Cole klappte der Mund auf. „Okay, danke für deine offenen Worte." Er schüttelte fassungslos den Kopf. „Mürrisch. Ich bin halt nicht der übereifrige Kellner, der mit einer gefüllten Kaffeekanne von Tisch zu Tisch läuft und nachschenkt."

„Das will ich mir ehrlich gesagt auch nicht vorstellen, wär schon etwas gruselig – am besten noch mit gerüschter Schürze um die Hüften", bemerkte Ricky amüsiert und verstummte augenblicklich bei Coles grimmigem Blick.

„Ich bin über Jenna hinweg", stellte dieser mit fester Stimme und versteinerter Miene klar. „Sollen doch alle denken, was sie wollen."

Klugerweise widersprach Ricky dieses Mal nicht, sondern schnappte sich die Teller mit den fertigen Burgern und verließ eilig die Küche.

4

Jenna

Völlig erledigt öffnete Jenna die Tür zu ihrem kleinen Appartement, das sich in einem historischen Backsteinhaus im Stadtteil Beacon Hill befand. Erst jetzt fiel ihr die bleierne Müdigkeit auf, die sie schon den ganzen Tag über begleitet und ihr jegliche Energie genommen hatte. Schnell kickte sie ihre Pumps von den Füßen, stellte ihre Tasche auf der Kommode ab und steuerte dann mit der kleinen Papiertüte, die sie in der Hand hielt, die Couch an. Heute konnte sie einfach etwas Süßes vertragen, weshalb sie auf ihrem Nachhauseweg bei der *Magnolia Bakery* gestoppt hatte. Die Filiale der weltbekannten Bäckerei lag unweit vom Bostoner Hafen und ihrer Arbeitsstelle entfernt. An jedem anderen Tag wäre sie für eine Auszeit dort verweilt, hätte es sich auf einer der vielen Bänke im Schatten bequem gemacht und die Leute beobachtet, aber heute wollte sie nur ihre Ruhe.

Niedergeschlagen ließ sich Jenna auf dem Sessel neben dem Fenster nieder und starrte gedankenverloren hinaus. Sie wusste immer noch nicht, was sie vom vergangenen Wochenende und der Unterhaltung zwischen Eric und seinen Freunden halten sollte. Selbstverständlich hatte sie ihn darauf angesprochen, besonders auf den Teil, der sie am meisten verletzt hatte. Doch Eric hatte behauptet, sie nie als durchschnittlich bezeichnet zu haben. Außerdem könne er sich nicht vorstellen, dass man vom Zimmer im ersten Stock aus alles richtig verstehen könne, schon gar nicht bei starkem Wellengang. So hatte sich Jenna zumindest kurzfristig beschwichtigen lassen und das Wochenende mit zusammengebissenen Zähnen durchgestanden.

Sie atmete tief durch und öffnete anschließend die Papiertüte, in der sich ein Cupcake mit dreifacher Geschmacksdröhnung befand. Schoko, Karamell und Erdnussbutter. Schon nach dem ersten Bissen fühlte sich Jenna besser – Zucker verfehlte bei ihr nie seine Wirkung –, auch wenn sie zugeben musste, dass die Leckereien ihrer Grandma einen Ticken saftiger waren.

Sie warf erneut einen Blick nach draußen und beobachtete für einen Moment die Nachbarn gegenüber, während sie den gigantischen Cupcake verspeiste. Sie liebte es hier, besonders die alten Bäume, die die gesamte Straße säumten. Langsam spürte sie, wie die Anspannung etwas von ihr abfiel. Doch der Frieden herrschte nicht lange, denn plötzlich entdeckte sie Eric, der in diesem Moment mit einem riesigen Strauß langstieliger roter Rosen die steinerne Treppe hinaufkam.

Sofort holten sie die nagenden Gedanken wieder ein. Sie hatten sich den ganzen Tag über nicht gesehen, da Eric entweder in Meetings oder vor Gericht gewesen war – was ihr ehrlich gesagt ganz gelegen gekommen war, um sich zu beruhigen. Aber jetzt konnte sie ihm kaum aus dem Weg gehen. Schwerfällig erhob sie sich vom Sessel, zerknüllte die leere Papiertüte und öffnete ihm die Tür.

„Jenna, mein Liebling. Wie gut, dass ich dich daheim erwische." Eric drückte ihr ein Küsschen auf den Mund und übergab ihr dann gewinnend grinsend die Blumen. „Für dich, mein Schatz!"

„Danke, Eric." Mit einem höflichen, aber distanzierten Lächeln nahm Jenna die Rosen entgegen und stellte sie in eine große Vase, die sie in der Küche mit Wasser füllte. Einen Moment überlegte sie, wo sie den gigantischen Strauß abstellen sollte, dann fand sie einen geeigneten Platz vor dem Erkerfenster – auf dem Tisch war er ihr eindeutig zu groß. Erics Aufzug nach zu urteilen, kam er direkt aus der Kanzlei, da er immer noch seinen Anzug trug und die Frisur perfekt saß.

„Na komm schon, setz dich neben mich, wir müssen reden", forderte Eric sie auf, der bereits auf der Couch Platz genommen hatte. „Ich seh dir an, dass das Kapitel noch nicht durch ist."

Doch Jenna setzte sich wie zuvor auch in den Sessel und sah Eric abwartend an.

Kurz lachte dieser auf, dann fuhr er fort. „Ich hab am Wochenende ganz offensichtlich mein gutes Benehmen vergessen. Ich geb's zu, Andrew und Steve haben keinen guten Einfluss auf mich."

„Du sagtest, ich sei nur Durchschnitt … und dass du mich auf dem Kopierer … Du weißt schon …" Jennas Stimme brach, als sie sich an Erics Worte erinnerte.

„Ach komm schon, Baby. Verzeih mir bitte, ich habe mich wie ein pubertierender Teenager aufgeführt. Das war nur dummes ‚Brudergeschwätz', so wie früher an der Uni." Eric stand von der Couch auf und kniete sich vor ihr nieder. Flehentlich sah er zu ihr auf. „Wir kennen uns jetzt ein Jahr, zählt das alles nichts mehr?" Danach legte er die Stirn auf ihrem Oberschenkel ab.

Bei seinen Worten bildete sich ein dicker Kloß in ihrem Hals. Sie konnte ja auch nichts für ihre Gefühle, er hatte sie nun mal verletzt. Dennoch spürte sie, wie die errichtete Mauer allmählich zu bröckeln begann und sich ihr Herz bei seiner liebevollen Geste schmerzvoll zusammenzog.

Jenna überraschte es sehr, den gewieften Anwalt so verletzlich zu sehen. Hatte sie vielleicht zu viel in das Gespräch mit seinen Freunden hineininterpretiert oder sich womöglich verhört? Jenna schluckte den dicken Kloß wieder hinunter. Sie liebte Eric nach wie vor, aber konnte sie ihm so einfach verzeihen?

Mit Tränen in den Augen sah Eric schließlich auf. „Sag doch endlich was, Jenna."

Jenna griff nach seiner Hand und drückte diese kurz. Hatte sie womöglich überreagiert? Bei seinen Tränen überkam sie das schlechte Gewissen. Vielleicht war sie wirklich zu hart mit ihm.

Zaghaft küsste sie ihn auf den Mund. „Versprich mir nur, dass du die beiden nie nach Boston einlädst."

„Versprochen, mein Liebling", erwiderte Eric mit erleichtertem Blick. „Ehrlich gesagt hatte ich für das Wochenende auch ganz andere Pläne im Sinn – die beiden Idioten haben mir einen Strich durch die Rechnung gemacht."

Eric zwinkerte Jenna spitzbübisch zu und zog anschließend eine kleine Schatulle aus dem Jackett, die er langsam öffnete.

„Jenna, willst du meine Frau werden?", fragte er weiterhin kniend, während er sie erwartungsvoll anschaute.

Jenna ließ seine Hand los und starrte ungläubig auf den glitzernden Stein. Panisch versuchte sie, einen klaren Gedanken zu fassen, während ihr Herz wie wild raste. Sie hatte mit allem gerechnet, aber bestimmt nicht mit einem Heiratsantrag und schon gar nicht nach diesem Wochenende.

Das Herz rutschte ihr auf einmal in die Hose, doch anstatt ihm mitzuteilen, dass der Antrag nach dieser Gefühlsachterbahn zu einem gänzlich schlechten Zeitpunkt kam, antwortete sie: „Eric, wir kennen uns gerade mal ein Jahr. Wir wohnen noch nicht einmal zusammen."

„Genau, mein Liebling. Das beweist ja erst recht, dass ich dich über alles liebe." Ungefragt schob Eric ihr den Ring auf den Finger und küsste sie dann leidenschaftlich. „Und ich bin so erleichtert, dass wir unseren kleinen Streit endlich beilegen konnten."

Jenna schenkte Eric ein kurzes Lächeln, danach fiel ihr Blick auf den Ring, der wie heißes Eisen auf ihrer Haut brannte.

„Ich habe doch gewusst, dass er dir gefallen wird", bemerkte er mit einem selbstzufriedenen Grinsen und sprang anschließend auf. „Wir sollten das feiern gehen. Am Samstag im ‚Grenouille'. Wird höchste Zeit, dass du meine Eltern kennenlernst."

Jennas Gedanken wanderten zu dem Nobelrestaurant, in dem ein Stück Fleisch ein halbes Vermögen kostete, und dann zu Erics Eltern. Sie konnte nicht behaupten, dass sie sich auf das Zusammentreffen mit den Ashcrofts freute. Sie war seiner Mutter vor einigen Monaten zufällig in der Kanzlei begegnet, als Eric unterwegs gewesen war. Aber die herausgeputzte Frau mit Louis Vuitton Tasche war ihr nicht gerade sympathisch gewesen. Im Gegenteil, die Gute hatte an jenem Tag einen Riesenwirbel veranstaltet, weil ihr Sohn nicht zu einem spontanen Mittagessen bereitgestanden hatte.

„Hallo, Erde an Jenna", holte Eric sie in die Wirklichkeit zurück. „Bleibt es dabei?"

„Ähm, ja, natürlich. Um sieben im ,Grenouille'", erwiderte sie geistesgegenwärtig.

„Prima, dann ist ja alles geklärt." Eric sah kurz auf seine Armbanduhr und schenkte Jenna anschließend ein entschuldigendes Lächeln. „Ich hoffe, du nimmst es mir nicht übel, aber wenn ich jetzt nicht gehe, wird es zu spät zum Trainieren."

„Nein, geh nur", antwortete Jenna schnell. Sie konnte es kaum mehr abwarten, allein zu sein. Was war hier eben passiert?

„Super, dann sehen wir uns morgen in der Kanzlei!" Kurz darauf war Eric verschwunden.

Hastig streifte Jenna den Ring wieder ab und besah sich die Stelle, als rechnete sie damit, eine Art Brandmal zu entdecken. Sofort übermannte sie ihr schlechtes Gewissen. Hatte sie nicht vor Kurzem noch davon geträumt, mit Eric den nächsten Schritt zu gehen? Aber jetzt fühlte sie sich von ihm dermaßen überrumpelt, vor allem, weil er nicht einmal ihre Antwort abgewartet hatte. Der Montag, der schon bescheiden angefangen hatte, nahm mit diesem Ereignis weiter seinen Lauf.

Jenna legte den Ring auf dem Couchtisch ab und betrachtete ihn im sicheren Abstand vom Sessel aus, während widersprüchliche Gefühle in ihr kämpften. Wäre nur dieses blöde Wochenende nicht gewesen.

Das Smartphone, das plötzlich neben ihr vibrierte, ließ sie aufhorchen. Für einen Moment rechnete sie damit, dass Eric anrief, doch es war ihre Mutter, die wohl schon mehrfach versucht hatte, sie zu erreichen.

„Mom, alles in Ordnung? Tut mir leid, ich hab eben erst aufs Handy geschaut." Ein ungutes Gefühl beschlich sie. Es war selten ein gutes Zeichen, gleich mehrere Anrufe in Abwesenheit zu bekommen. Das Gerät stand auf stumm, sodass sie es vorhin, als Eric da gewesen war, schlichtweg überhört hatte.

„Hallo, mein Schatz, keine Panik. Es ist nichts Schlimmes passiert. Ich würde es eher eine mittlere Katastrophe nennen", beruhigte Claire Anderson ihre Tochter schnell.

„Ok, und das heißt? Streikt wieder die Knetmaschine oder streiten sich zwei Kunden um die letzte Zimtschnecke?", fragte Jenna mit einem Grinsen im Gesicht, weil sie wusste, dass so etwas durchaus öfter geschah.

„Weder noch, Jenna. Es geht um deine Grandma, sie hat sich den Knöchel angebrochen und wird die nächsten vier bis sechs Wochen ausfallen", klärte Claire ihre Tochter betrübt auf.

Schon zum zweiten Mal an diesem Tag schlug Jennas Herz plötzlich bis zum Hals. Sie mochte sich gar nicht vorstellen, dass sich ihre Granny ernsthaft verletzt hatte.

„O nein, das ist ja furchtbar! Aber ansonsten geht es ihr gut? Ich meine, ihr ist nichts weiter passiert?"

„Gott sei Dank nicht. Wir waren gerade mit der Bürgerversammlung fertig, da stolpert sie einfach die Stufen runter", mischte sich nun Jennas Vater Henry lautstark ein. Anscheinend hatte ihre Mutter die Freisprechanlage aktiviert.

„Hallo, Dad. O Mann, Grandma macht Sachen. Wie geht es ihr jetzt? Hat sie starke Schmerzen?"

„Sie muss den Fuß ruhig halten und nimmt ab zu eine Tablette, wenn sie es nicht aushält. Der Doc hat gesagt, wenn sie sich die nächste Zeit konsequent schont, sollte sie in acht Wochen wieder die Alte sein."

„Ok, das hört sich doch schon mal positiv an. Ich hoffe nur, dass sie sich an die Anweisungen von Dr. Sanders hält." Jenna wusste nur zu gut, welch ein Energiebündel ihre Grandma war. Selbst in ihrem Alter half sie jeden Tag in der Bäckerei mit, dazu die Unternehmungen mit ihren Freundinnen.

„Sie wird sich vermutlich nur daran halten, wenn sie weiß, dass alles seinen geregelten Gang geht", antwortete wieder Jennas Mutter und fuhr nach einer kurzen Pause fort: „Ehrlich gesagt wissen wir im Moment nicht, wie wir das alles zu zweit schaffen sollen."

Jenna erinnerte sich nach kurzem Überlegen, dass das 250-jährige Stadtjubiläum kurz bevorstand und ihren Eltern wohl Sorgen bereitete. Sie befanden sich ganz offensichtlich in einer absoluten Notlage, sonst hätten die beiden sie kaum durch die Blume um Hilfe gebeten. Nein, sie konnte ihre Familie nicht hängen lassen, auch wenn das bedeutete, dass sie über ihren Schatten springen und nach Little Falls zurückkehren musste.

Bittersüße Erinnerungen an ihre Heimatstadt stiegen in ihr auf und weckten widersprüchliche Gefühle in ihr, dennoch wollte sie im Moment nirgendwo lieber sein als dort. Sie sehnte sich auf einmal nach Ruhe und Geborgenheit im Kreise der Familie, ja sogar die Abgeschiedenheit dieser Kleinstadt war ihr willkommen.

Ehe sie groß überlegen konnte, überraschte sie sich selbst und auch ihre Eltern mit ihrer Antwort. „Ich habe noch genügend Urlaub. Vielleicht könnte ich spontan frei nehmen und euch unterstützen."

„Wirklich? Oh, Jenna, wir haben so gehofft, dass du das sagst. Wir wüssten sonst wirklich nicht weiter!" Sie hörte, wie ihr Dad am anderen Ende der Leitung erleichtert die Luft ausstieß.

„Jetzt ist erst mal wichtig, dass Grandma wieder fit wird. Außerdem habe ich das Kleinstadtflair schon ein wenig vermisst", erwiderte Jenna mit einem Lächeln auf den Lippen. Dass ihr der Anruf ihrer Eltern gerade sehr gelegen kam, um etwas Abstand von Eric zu nehmen, verschwieg sie jedoch. Sie musste einfach ein paar Tage raus, sich über einige Dinge klarwerden. Was wäre da geeigneter als eine verschlafene Kleinstadt?

„Ich rede morgen früh gleich mit meinem Boss. Ich denke, dass er bei diesem Notfall Verständnis haben wird." Jenna konnte gar nicht beschreiben, wie leicht sie sich auf einmal fühlte. Die Schwermut der letzten Tage fiel Stück für Stück von ihr ab und beim Gedanken an einen kleinen, längst überfälligen Sommerurlaub schlug ihr Herz Purzelbäume.

„Prima, Jenna! Melde dich, wenn du alles abgeklärt hast, damit wir dein Zimmer herrichten können“, bemerkte Claire mit belegter Stimme. „Ich kann gar nicht glauben, dass du endlich wieder nach Hause kommst.“

Jenna verabschiedete sich von ihren Eltern und sprang kurz darauf voller Tatendrang vom Sessel auf. Auch wenn sie noch nicht das endgültige Ok von ihrem Boss hatte, wollte sie gleich mit Packen anfangen. Umso schneller sie ihre Eltern in der Bäckerei unterstützen konnte, desto besser. Nicht dass ihre Grandma doch auf dumme Gedanken kam. Aber zuerst wollte sie ihrer Vermieterin Bescheid geben, dass sie für einige Zeit verreisen würde. Sie pflegte ein freundschaftliches Verhältnis zu der älteren Dame, die ebenfalls im Haus wohnte und ein wachsames Auge auf ihre Mieter hatte.

Jenna schnappte sich den Wohnungsschlüssel, eilte die Treppe hinauf und klopfte dreimal an die Türe. Es dauerte nicht lange, bis diese von einer kleinen weißhaarigen Frau geöffnet wurde.

„Jenna, das ist aber eine Freude! Komm rein!“, wurde sie herzlich begrüßt.

„Hallo, Elisa! Ich will Sie nicht lange stören …“, erwiderte Jenna schnell, als ihr Blick auf das geblümte Nachthemd und die lange Strickjacke fiel.

„Du störst überhaupt nicht, meine Liebe. Ich habe es mir nach dem Baden nur schon gemütlich gemacht.“ Sie winkte Jenna mit der Hand herein und lief dann zum Wohnzimmer voraus, wo sie die Lautstärke des Fernsehers herunterdrehte. „Meine Ohren sind leider nicht mehr die besten und ich will nichts verpassen“, bemerkte sie mit entschuldigender Miene.

Jenna warf einen Blick zum Fernseher, wo sie einen sehr jungen Tom Selleck mit schwarzem Schnurrbart entdeckte, der im Hawaiihemd und gezückter Waffe auf der Lauer lag.

„*Magnum*, meine Lieblingsserie", klärte Elisa ihre Mieterin mit großen Augen auf und nahm auf dem Sofa Platz. „Also, was führt dich zu mir, junge Dame?"

Jenna setzte sich ebenfalls und kam direkt zur Sache. „Ich wollte Ihnen nur Bescheid geben, dass ich für einige Wochen wegfahre, und fragen, ob Sie wohl meinen Briefkasten leeren würden."

„Oh, aber selbstverständlich, das mach ich doch gerne. Wohin geht denn die Reise? In die Karibik? Oder vielleicht in ein hippes Spa?" Elisa sah Jenna erwartungsvoll an.

Jenna verzog den Mund. „Weder noch, ich fahre heim nach Connecticut. Meine Eltern brauchen mich dringend in der Bäckerei."

„Ich hoffe doch, es ist nichts Ernstes?", fragte Elisa mit hörbarer Besorgnis in der Stimme. „Ist jemand krank geworden?"

„So in etwa. Meine Granny hat sich leider den Knöchel angebrochen und fällt für mehrere Wochen aus." Jenna stiegen Tränen in die Augen, als sie jetzt an ihre Großmutter dachte und dass es erst einen Notfall brauchte, um sie zurück nach Little Falls zu locken.

„Ach, das wird schon wieder", erwiderte Elisa in liebevollem Ton und tätschelte der jungen Frau beruhigend die Hand. „Und um die Post kümmere ich mich natürlich, genieß du deine Zeit im Kreise der Familie."

„Danke, Elisa."

Jenna wollte gerade wieder aufstehen, als die ältere Dame mit schief gelegtem Kopf fragte: „Und, gibt es dort jemanden, der auf dich wartet, eine alte Highschool-Liebe vielleicht? Ist doch in verschlafenen Kleinstädten meistens der Fall, wenn man den Filmen glauben schenken darf."

Jenna klappte der Mund auf, weil ihre Vermieterin den Nagel genau auf den Kopf getroffen hatte. Cole! Wie hatte sie in ihrer Sorge um Francis den Gedanken an ihn nur so beiseiteschieben können?

Elisa nickte wissend und verzog den Mund zu einem amüsierten Lächeln. „Na, dann wünsche ich dir in den nächsten Wochen viel Spaß!"

5

Cole

„Und, schon ein paar Ideen für dein Jubiläumssandwich gesammelt?" Clayton sah seinen älteren Bruder mit einem süffisanten Grinsen an und ging vorsichtshalber hinter dem Tresen in Deckung.

„Haha, sehr witzig. Kümmer dich lieber um deine eigene Baustelle, Bruderherz. Sogar von hier aus kann ich die morschen Balken und die abgeblätterte Farbe des Pavillons erkennen."

Clayton folgte Coles Blick, der skeptisch den Pavillon im Park betrachtete. „Da wartet noch 'ne Menge arbeitet auf dich."

„Pah, das Ding ist in einem einwandfreien Zustand. Ich weiß nicht, was Martha will. Etwas abgenutzter Charme ist doch schön, schließlich steht er schon seit einigen Jahren."

Clayton hob entschuldigend die Schultern und wandte sich dann wieder seinem Abendessen, einem doppelten Cheeseburger, zu.

„Einen kleinen Check-up solltest du aber durchführen", bemerkte nun Chase mit gespielter Strenge und erntete prompt einen Rippenstoß von Clayton. Dabei tropfte etwas flüssiger Cheddar aus dem Brötchen, das er immer noch in der Hand hielt, und fiel zu Boden.

„Hey, pass mal auf! Du hättest mir mit deinem blöden Burger beinahe das Hemd versaut", maulte Chase und rückte mit seinem Barhocker vorsichtshalber ein Stück von seinem Bruder ab. „Denkst du, ich hab zwanzig Uniformen im Schrank?"

„Seid ihr bald fertig mit eurem Rumgezicke?" Cole sah seine Brüder mit einem verständnislosen Kopfschütteln an und drehte sich anschließend zur Durchreiche, um einen weiteren Burger entgegenzunehmen.

Mit den Worten „Hier, dein Essen" stellte er Chase den Teller vor die Nase.

„Mann, ist das heute wieder ein netter Service. Ich würde dir glatt fünf Sterne bei Yelp geben", bemerkte dieser trocken.

Cole starrte seinen jüngsten Bruder für einen Moment grimmig an und lief dann wortlos an ihm vorbei, um den letzten Tisch abzuräumen und das Schild an der Tür auf „Geschlossen" umzudrehen. Er hatte für heute genug und da sowieso nichts mehr los und er zufällig der Boss war, nahm er sich das Recht. Er konnte sich auch nicht erklären, warum er heute so schlecht drauf war. Wahrscheinlich immer noch, weil sein Grandpa so gut informiert zu sein schien.

An dem neuen Sandwich fürs Stadtfest konnte es zumindest nicht liegen. Was das anging, hatte er bereits einen Plan. Er würde sein altbewährtes Truthahnsandwich einfach mit einer anderen Käsesorte und einem Fähnchen aufmöbeln und es Martha als Jubiläumssandwich präsentieren. Insgeheim klopfte er sich für diese geniale Idee immer noch auf die Schulter, sodass sich seine Lippen allein beim Gedanken daran zu einem kurzen Lächeln verzogen.

Cole verschwand in der Küche, um die Teller abzuladen, und kehrte zurück zu seinen Brüdern. Für einen kurzen Moment war er versucht, die Idee mit ihnen zu teilen, biss sich aber in letzter Sekunde auf die Zunge. Er wusste genau, was für ein Spielverderber Chase sein konnte.

Stattdessen bemerkte er mit amüsierter Stimme und einem Blick zum Pavillon: „Lasst uns bloß nicht so werden wie die. In jeder anderen Kleinstadt sind es die Frauen, die tratschen. Nur in Little Falls müssen es unbedingt die Männer sein.“

„Die älteren Männer“, stellte Clayton mit Nachdruck klar.

Chase kniff angestrengt die Augen zusammen. „Dass die in der Dunkelheit überhaupt was sehen, ist mir ein Rätsel. Ich würde nicht mal meine eigene Hand erkennen, erst recht nicht die Schachfiguren.“

„Zum Tratschen braucht man kein Licht“, bemerkte Clayton belustigt. „Apropos Tratschen. Habt ihr was Neues von Francis gehört? Wie geht es ihr?“

„Ehrlich gesagt hab ich keine Ahnung“, erwiderte Cole nachdenklich. Erst jetzt fiel ihm auf, dass heute keiner seiner Gäste den Namen Francis erwähnt hatte. Sehr seltsam, sonst bekam er auch alles mit, ob er wollte oder nicht.

„Du hast wirklich nichts gehört?“, fragte Chase erstaunt. „Die ganze Stadt weiß bereits Bescheid und ich dachte mir, du bist deswegen so mies drauf!“

„Warum sollte ich wegen Francis mies drauf sein?“, fragte Cole mit zusammengekniffenen Augen. „Es geht ihr doch gut, oder etwa nicht?“

„Ja, die wird schon wieder. Die Arme hat sich zwar den Knöchel angebrochen, aber wenn sie sich schont, sollte sie bald wieder fit sein“, klärte Chase ihn auf.

„Puh, dann bin ich ja erleichtert. Für einen Moment hast du mir echt Angst gemacht.“ Cole stieß laut die Luft aus und stützte sich am Tresen ab. Nach einem kurzen Moment richtete er sich jedoch schlagartig auf. „Du verschweigst mir doch etwas.“

Chase wechselte einen unsicheren Blick mit Clayton, dann rückte er endlich mit der Sprache raus. „Wie du dir bestimmt denken kannst, werden Henry und Claire kaum in der Lage sein, die Bäckerei ganz alleine zu schmeißen – schon gar nicht am Stadtfest. Weswegen sie ‚Unterstützung‘ angefordert haben.“

Man sah Cole förmlich an, wie sich die Rädchen in seinem Kopf drehten und ihm kurz darauf die Gesichtszüge entglitten. „Du willst mir sagen, dass Jenna nach Hause kommt?“

„So sieht’s aus, Bruderherz!“

Für einen Moment war Cole wie erstarrt, danach löste er sich schließlich aus seiner Schockstarre und lief zum Kühlschrank. Normalerweise trank er im Diner nicht, schon gar nicht während der Arbeitszeit – aber heute war die Situation anders.

Er schnappte sich eine Flasche *Budweiser*, öffnete sie und setzte sich, nachdem er einen großen Schluck genommen hatte, neben seine Brüder an die Bar.

„Dafür dass Jenna mittlerweile seit drei Jahren weg ist, werfen dich diese Neuigkeiten ja ganz schön aus der

Bahn", stellte Clayton mit ruhiger Stimme fest. „Was ist damals eigentlich passiert, dass die ganze Stadt bis heute einen Eiertanz deswegen veranstaltet?"

Neugierig sah Chase, der in der Mitte saß, zwischen den beiden hin und her. „Das würde mich auch mal interessieren."

Angespannt presste Cole die Kiefer zusammen, dann nahm er einen weiteren Schluck aus der Flasche, ehe er mit rauer Stimme antwortete: „Sie hat sich entschieden, gegen mich und ein Leben in Little Falls." Cole lachte zynisch auf. „Und das obwohl wir miteinander glücklich waren. Aber das reichte ihr offenbar nicht aus."

„Scheiße, Mann, sie hat dir das Herz gebrochen", platzte es aus Chase heraus.

Es entstand eine längere Pause, die diesem Satz noch mehr Bedeutung gab. Schließlich fragte Clayton ungläubig nach: „Und du hast sie seitdem nicht mehr gesehen?"

„Yep, genau so sieht es aus." Cole fuhr sich mit der Hand müde übers Gesicht. „Und gehört habe ich auch nichts mehr." *Na ja, bis auf gestern,* fügte er in Gedanken hinzu.

Clayton blies die Backen auf. „In deiner Haut möchte ich nicht stecken. Hat sie denn einen Freund?"

„Woher soll ich das wissen?", herrschte Cole seinen Bruder an, verzog aber kurz darauf entschuldigend das Gesicht. „Und es ist mir auch egal."

„Vielleicht sollte ich zwischen der Bäckerei und dem Diner ein paar Absperrungen aufstellen? Nur für alle Fälle. So egal kann es dir ja nicht sein." Cole spürte

Chase' kritischen Blick. „Und ein Verbrechen kurz vor dem Fest ist das Letzte, was wir hier brauchen können."

Cole starrte seinen Bruder entgeistert an, dann wurde ihm klar, dass Chase nur scherzte. Für einen Moment hatte er ihm die Sache mit den Absperrungen tatsächlich abgenommen. Es war schließlich kein Geheimnis, dass er, was seinen Job anging, einen Hang zu übertriebener Vorsicht hatte.

„Spar dir die Mühe, ich werd ihr schon nichts tun", erwiderte Cole amüsiert.

„Ich nehm dich beim Wort!" Chase klopfte seinem ältesten Bruder gutmütig auf die Schulter und bemerkte nach einem Blick auf die Uhr: „Für mich wirds Zeit, war ein langer Tag."

„Alles klar. Und danke, dass du mich vorgewarnt hast. Wär sonst peinlich geworden."

Clayton nickte zustimmend. „O ja, aber das Gesicht hätte ich zu gerne gesehen!"

Nachdem Cole seine Brüder kurze Zeit später an der Tür verabschiedet hatte, entschied er sich spontan für einen Spaziergang. Mittlerweile war es fast zehn und auch die älteren Herren des Schachtreffs hatten den Pavillon bereits geräumt. Cole atmete tief die laue Abendluft ein, während er die Straße überquerte und auf den Park zusteuerte. Im Trubel des Alltags vergaß er oft, wie idyllisch und friedvoll die kleine Oase im Herzen von Little Falls sein konnte – vorausgesetzt, es tummelte sich nicht die ganze Stadt darin.

Er schlüpfte zwischen zwei Büschen hindurch, die sich abseits des Weges befanden, und lief dann weiter entlang eines schmalen Bachlaufs, der sich quer durch den Park schlängelte. Er konnte kaum seine Hand vor

Augen erkennen, besonders nicht hier, unter dem dichten Blätterdach der alten Bäume. Aber das war nicht weiter schlimm, schließlich kannte er jeden Winkel wie den Inhalt seiner Westentasche. Schon als kleiner Junge hatte er hier mit seinen Brüdern gespielt. Sie hatten sich mit Hilfe von Decken Höhlen gebaut, gepicknickt und in einem Sommer den Bach mit Hilfe eines kleinen Staudamms zum Überlaufen gebracht. Beim Gedanken an seine Kindheit zeichnete sich ein wehmütiges Lächeln auf seinem Gesicht ab, gleichzeitig machte sich große Dankbarkeit in ihm breit.

Cole lief weiter und erreichte den weißen Pavillon, der sich hell von der Dunkelheit abhob. Hierhin hatten sich seine Brüder und er als Kinder nicht sehr oft verirrt, schließlich war dies seit jeher der Treffpunkt der älteren Leute und Verliebten gewesen. Bis es ihn plötzlich an der Junior High selbst eiskalt erwischt hatte. Seitdem waren Jenna und er unzertrennlich gewesen.

Eine besondere Stelle, am Treppenaufgang versteckt, zog ihn auf einmal magisch an. Langsam ging er auf die Knie, schaltete die Taschenlampenfunktion seines Handys ein und beleuchtete die Schnitzerei im Holz. „Jenna & Cole – Forever". Mann, war er damals naiv gewesen.

Mit einem zynischen Lachen stand er wieder auf und steckte sein Handy zurück in die Gesäßtasche. Doch die Erinnerungen und widersprüchlichen Gefühle, die plötzlich in ihm aufstiegen, ließen sich nicht so einfach wegpacken.

Cole umrundete den Pavillon und lief dann weiter, bis er das B & B am anderen Ende des Parks zwischen den Bäumen erkennen konnte. Kurz fragte er sich, ob sich

Jenna wohl bei Dorothy einquartieren würde, weit weg von ihm und seinem Diner. Gut möglich, da die Wohnung über der Bäckerei winzig und Jennas altes Kinderzimmer mittlerweile Francis' Quartier war. Doch dann fiel ihm wieder ein, was Dorothy bei der Stadtversammlung gesagt hatte – das B & B war komplett ausgebucht –, und seine Wunschvorstellung zerplatzte wie eine Seifenblase. Jenna würde wohl oder übel direkt über der Bäckerei einziehen. Außer es bot sich irgendein netter Nachbar mit Gästezimmer an, weit weg von ihm, denn außer dem B & B gab es in Little Falls keine weiteren Unterkünfte.

Seine Augenbrauen zogen sich grimmig zusammen. Es war ein Ding der Unmöglichkeit, sie nicht permanent vor der Nase zu haben, schließlich lag sowohl sein Diner als auch seine Wohnung direkt gegenüber der Bäckerei. Entweder besorgte er sich gleich morgen früh irgendeinen Sichtschutz oder klebte sämtliche Scheiben mit den Flyern vom Stadtfest zu. Mmh, er musste zugeben, dass er in letzter Zeit ziemlich einfallsreich wurde.

„Nanu, was machst du denn zu so später Stunde noch hier?" Ein Schatten trat aus der Dunkelheit und sah ihn überrascht an.

„Dasselbe könnte ich dich fragen, Grandpa. Du hast mich vielleicht erschreckt!" Cole legte sich theatralisch die Hand auf die Brust und sah Larry kopfschüttelnd an.

„Ich war nur schnell einen Brief beim Rathaus einwerfen. Hatte ich vor lauter Schach ganz vergessen!"

„Scheint ja sehr wichtig gewesen zu sein", bemerkte Cole mit einem Grinsen. „Sag bloß, die liebe Martha hält dich auch auf Trab?"

„Sie lag mir so lange in den Ohren wegen alten Fotoaufnahmen ... Hab tatsächlich ein paar von der Stadt gefunden. Eines vom Rathaus, dann die Eröffnungsfeier im Diner ...", Larry machte eine Pause, ehe er mit sentimentaler Stimme fortfuhr, „und ein sehr altes Bild von deiner Grandma und mir unterm Pavillon."

Trotz der Dunkelheit konnte Cole den Glanz in Larrys Augen erkennen, was seinem Herz sofort einen Stich versetzte. „Euer Hochzeitsbild?"

„Ganz genau, mein Junge." Larry nickte andächtig und sah wie zum Beweis zum Pavillon. „Mir scheint, als wäre es erst gestern gewesen."

Cole schluckte den Kloß, der sich in seinem Hals gebildet hatte, hinunter. Die Trauer, die ihn selbst übermannte, konnte nicht einmal ansatzweise mit dem Verlust seines Großvaters vergleichbar sein. Soweit er sich zurückerinnern konnte, hatte es seine Großeltern stets im Doppelpack gegeben, weshalb er sich in den ersten Monaten nach dem Tod seiner Granny erst an den neuen Anblick hatte gewöhnen müssen. Es hatte sich einfach nicht richtig angefühlt, seinen Grandpa alleine zu treffen. Heute, nach fast einem Jahr, fiel es ihm endlich leichter, schließlich kam Larry beinahe jeden Tag im Diner vorbei.

„Also? Was verschlägt dich um diese Zeit in den Park? Gehst ja sonst nie spazieren", riss ihn Larry aus den Gedanken.

Mit einem zerknirschten Ausdruck im Gesicht sah Cole seinen Grandpa an, woraufhin dieser nur verstehend nickte und nach einer kurzen Pause bemerkte: „Du hast es also mitbekommen.“

Sie gingen eine Weile schweigend nebeneinanderher, ehe Cole fragte: „Bin ich eigentlich der Einzige in der Stadt, der nichts mehr von Jenna gehört hat? Neulich im Diner hast du ja ziemlich gut über ihr Leben Bescheid gewusst.“

Larry hob entschuldigend die Hände und blieb stehen. „Francis erzählt mir ab und zu etwas. Sie hat ja auch niemanden mehr, mit dem sie reden kann. Und es gibt eben Dinge, die man lieber mit Freunden teilt als mit der Familie.“

„Mmh, kann ich gut verstehen“, murmelte Cole leise und folgte seinem Grandpa, der sich nun wieder in Bewegung setzte. „Trotzdem hättest du mir ab und zu was erzählen können. Oder mach ich einen so labilen Eindruck auf dich?“ Cole lächelte gezwungen, damit sein Satz nicht zu dramatisch klang.

„Ich wollte einfach keine alten Wunden aufreißen oder dich damit belasten. Es tut mir schrecklich leid, wenn ich dich neulich vor den Kopf gestoßen habe.“ Larry sah seinen Enkel zerknirscht an, doch Cole konnte seinem Grandpa nicht lange böse sein, weswegen er ihm versöhnlich auf den Rücken klopfte.

Wenn er ehrlich zu sich war, brannte es ihm unter den Nägeln, wenigstens die wichtigsten Details über Jennas Leben zu erfahren – nicht auszudenken, wenn er ihr zufällig begegnete und in ein Fettnäpfchen trat. Bevor er sich dazu durchringen konnte, seinen Grandpa beiläufig nach seiner Ex zu befragen, traten sie schon aus dem Park heraus und erreichten die Abzweigung, die zu Coles Elternhaus führte.

„So, da wären wir. Ich nehme mal an, dass du nicht weiter mitkommst", bemerkte Larry, während er Cole zum Abschied die Schulter tätschelte.

„Nein, heute nicht mehr. Es ist schon ziemlich spät und Mom und Dad sind bestimmt im Bett." Cole konnte selbst kaum glauben, dass es bereits nach elf war. Irgendwie hatte er im Park total die Zeit vergessen. Zu dieser späten Stunde schlief Little Falls tief und fest, nur vereinzelt leuchtete irgendwo ein Licht.

„Ist halt nicht jeder so 'ne Nachteule wie ich", antwortete Larry mit einem lauten Lachen. „Das krieg ich nicht mehr raus, schließlich war ich immer der Letzte, der im Diner das Licht ausgemacht hat."

Cole nickte zustimmend. „Ich weiß genau, was du meinst, Grandpa."

„Also, gut, mein Junge. Wir sehen uns sicher morgen. Ich wünsch dir eine gute Nacht."

Mit den Worten „Danke, dir auch" machte sich Cole ebenfalls auf den Rückweg, nur dass er jetzt die Straße nahm, die an herausgeputzten Einfamilienhäusern und Geschäften entlangführte – Little Falls Main Street.

Kurz musste Cole schmunzeln, denn im Grunde waren es nicht mehr als eine Handvoll Läden. Darunter die Bäckerei, ein Buchladen, sein Diner, ein Friseursalon und ein winziges Kino am Ende der Straße. Dennoch hatte es ihm nie an etwas gefehlt.

Cole passierte die herbstlich geschmückten Schaufenster, warf einen Blick in den Buchladen und erreichte schließlich seinen Diner. Bevor er jedoch eintrat, sah er sich ein letztes Mal um. Irgendetwas war da, er fühlte sich auf einmal beobachtet.

Sein Blick wanderte zum hell erleuchteten Fenster im ersten Stock der Bäckerei und seine Vermutung bestätigte sich – Francis. Ganz offensichtlich stand ihr ebenfalls eine unruhige Nacht bevor. Nur war es bei ihm nicht die Wiedersehensfreude oder etwa ein angebrochener Knöchel, sondern die Aufregung, seine Ex nach drei Jahren wiederzusehen.

6

Mit jeder Meile, die Jenna Little Falls näher kam, wuchs das flaue Gefühl in ihrem Bauch. Im ersten Moment, vor allem nach Erics Antrag, war der Gedanke, aus Boston zu fliehen, zu schön gewesen. Selbst ihr Chef hatte, ohne zu zögern, ihrem längst überfälligen Urlaub zugestimmt. Doch jetzt, als sie immer weiter in die ländliche Idylle Connecticuts eintauchte, wurde ihr erst bewusst, auf was sie sich tatsächlich eingelassen hatte.

Jenna zügelte die Geschwindigkeit ihres Mietwagens und stoppte vor einer überdachten Holzbrücke, um den Gegenverkehr – einen alten Pick-up – passieren zu lassen. Der Mann hinterm Steuer nickte ihr im Vorbeifahren dankend zu und setzte dann, begleitet durch einen Countrysong, der lautstark durchs offene Fenster drang, seinen Weg auf der staubigen Straße fort.

Nachdem sich Jenna vergewissert hatte, dass sich kein weiteres Auto auf der gegenüberliegenden Uferseite befand, steuerte sie den Wagen ebenfalls über die alte Brücke. Unbewusst hielt sie die Luft an, als sich die alten Bretter auf einmal mit einem bedrohlichen Knarren bemerkbar machten. Dieses Geräusch hatte sie, zusammen mit der moderigen Dunkelheit im Inneren, schon immer etwas nervös gemacht. Dennoch liebte sie die für New England typischen Brücken einfach, von denen einige über 150 Jahre alt waren.

Jenna erreichte schließlich das Ende der Brücke und gab auf der befestigten Straße, die nach New Haven führte, wieder Gas. Von dort aus war es nur noch ein Katzensprung. Ob sich wohl viel verändert hatte?

In Gedanken versunken passierte sie dicht bewachsene Wälder, die in allen erdenklichen Herbstfarben leuchteten und verließ nach knapp zwei Stunden Fahrt die gut ausgebaute Landstraße, um nach Little Falls abzubiegen. Bereits beim Anblick des liebevoll gestalteten Ortsschilds zog sich ihr Herz schmerzvoll zusammen und als sie die kleine Anhöhe erreichte, von wo aus man einen Blick auf die ganze Stadt hatte, konnte sie die Tränen nicht mehr zurückhalten.

Jenna stoppte den Wagen am Straßenrand und ließ ihren Gefühlen freien Lauf. Sie hätte nie damit gerechnet, so vom Heimweh übermannt zu werden. Gleichzeitig meldete sich das schlechte Gewissen in ihr, weil sie immer Ausflüchte für einen Besuch gefunden hatte. Sie schluckte den dicken Kloß im Hals hinunter und wischte sich kurz mit dem Handrücken übers Gesicht. Vielleicht sollte sie sich doch etwas frisch machen. Ihre Eltern würden ihr auf den ersten Blick ansehen, dass sie geweint hatte.

Jenna kramte in ihrer Tasche nach ihrer getönten Tagescreme, die sie nun sorgfältig auftrug, dazu etwas Mascara und sie sah beinahe wieder wie neu aus.

Nach wenigen Minuten, die sie sich noch einmal alleine gönnte – denn damit wäre es in den nächsten Tagen vorbei –, setzte sie ihren Weg fort. Tief atmete sie ein, als sie kurze Zeit später die Hauptstraße erreichte, die einmal um den Park führte. Beim Anblick der vertrauten Häuser und Geschäfte, die sich seit ihrer Kindheit kaum verändert hatten, stürzten längst vergessene Erinnerungen auf sie ein. Mit einem sentimentalen Lächeln fuhr sie weiter und stoppte schließlich vor der Bäckerei. Erneut kamen ihr die Tränen, als sie ihren Blick über die vanillegelbe Fassade wandern ließ – ihrem Elternhaus. Das warme Gefühl der Geborgenheit, das sich auf einmal in ihr ausbreitete, war unbeschreiblich. Sie war endlich wieder daheim. Doch als die Tür aufgestoßen wurde und sie ihre Grandma entdeckte, war es mit ihrer Fassung vorbei. Freudestrahlend sprang sie aus dem Wagen.

„Jenna, mein Schatz. Da bist du ja endlich!", rief Francis, während sie, gestützt von zwei Krücken, ins Freie humpelte. „Lass dich ansehen, meine Kleine."

„Oh, Grandma, du machst Sachen." Jenna eilte ihrer Großmutter entgegen und schloss sie vorsichtig in die Arme. Es tat so gut, sie endlich wieder zu umarmen, wie sehr hatte sie den Körperkontakt während ihrer regelmäßigen Telefonate vermisst. Der vertraute Duft irgendeiner Bodylotion, die ihre Grandma schon seit Jahren nutzte, kitzelte in ihrer Nase. „Hast du starke Schmerzen?"

„Mittlerweile geht es wieder, wenn nur nicht diese dummen Dinger wären. Ich komme mir so nutzlos vor", antwortete Francis mit betrübter Miene.

„Ach, du wirst sehen, wie schnell die Zeit vergeht. Und in der Zwischenzeit bin ich ja hier, um mitzuhelfen", versuchte Jenna, ihre Grandma aufzumuntern, weil sie genau wusste, wie schwer es Francis fallen musste, einmal nichts zu tun.

„Hach, ehrlich gesagt kann ich es immer noch nicht glauben, dass du wirklich wieder zu Hause bist. Du kannst dir gar nicht vorstellen, wie sehr ich mich freue!“

„Ich freu mich auch, wieder bei euch zu sein. Es war allerhöchste Zeit“, erwiderte Jenna mit einem liebevollen Lächeln, ehe ihr Blick fragend zum Diner wanderte. Das Restaurant wirkte von außen, als wäre es geschlossen. Warum sonst sollte Larry die Scheiben mit unzähligen Flyern bekleben? Bedauern stieg in ihr auf, weil sie mit diesem Diner viele schöne Erinnerungen verband.

„Sag mir nicht, dass Larry mittlerweile dichtgemacht hat. So alt ist er doch auch nicht.“

Francis drehte sich ebenfalls zum Diner um und unterdrückte ob der plakatierten Fensterfront, die einen leicht verwahrlosten Eindruck machte, ein Lachen. „Nein, geschlossen hat er nicht. Ich denke, er hatte nur zu viele Flyer fürs Stadtfest über.“

„Gott sei Dank. Ich hab mich schon so auf Larrys Truthahnsandwich gefreut!“

Francis, die gerade wieder hineingehen wollte, sah ihre Enkelin mit einem leicht amüsierten Blick an. „Na dann bin ich gespannt, ob es dir genauso gut schmeckt wie früher.“

„Bestimmt. Ich konnte damals nicht genug bekommen“, antwortete Jenna mit einem Augenzwinkern und betrat ebenfalls die Bäckerei.

„Ihr habt renoviert?“, fragte sie überrascht, als ihr Blick auf die Sitzecke und die neu gestaltete Wand fiel.

„O ja, ist die Tapete nicht wunderschön? Wir haben sie in einem kleinen Laden in New Haven entdeckt und ich finde, sie passt einfach perfekt. Eine Mischung aus alt und neu", klärte Francis ihre Enkelin auf.

„Sind das etwa Cupcakes?", fragte Jenna belustigt, als sie näher trat und auf der vanillegelben Tapete kunstvoll gestaltete Gebäckstücke entdeckte.

„Ganz genau. Die sind von Hand gezeichnet und das Design ist streng limitiert, so was hat nicht jeder", bemerkte Francis voller Stolz.

„Wirklich sehr hübsch, Grandma. Der Raum wirkt dadurch gleich gemütlicher." Jenna freute sich, dass ihre Eltern den in die Jahre gekommenen Verkaufsraum etwas aufgemöbelt, dabei aber den ursprünglichen Charme erhalten hatten. Es hätte ihr das Herz gebrochen, wenn man den alten Verkaufstresen und die antiquierte Kasse ihres Großvaters ersetzt hätte. Der Tresen gehörte mit seiner nostalgischen Glasvitrine schließlich seit jeher zum Bestand der Bäckerei und weckte in ihr sogleich Kindheitserinnerungen an ihren Grandpa George. Sie konnte ihn förmlich vor sich sehen, wie er nach einer langen Nachtschicht, mit Bäckermütze auf dem Kopf und Mehl an den Armen, ein Schwätzchen mit den ersten Kunden hielt.

„Und die neue Sitzgruppe hat uns Logan auf Maß gefertigt", unterbrach Francis ihre Gedanken.

Jennas Blick wanderte zum rustikalen Tisch mit passender Bank im weißen Landhausstil. „Sehr schöne Arbeit. Ich wusste gar nicht, dass Logan Möbel baut."

„O doch, seit Clayton in die Baufirma eingestiegen ist, haben sie ihr Angebot erweitert. Clayton kümmert sich jetzt ums Grobe und Logan übernimmt die Inneneinrichtung.“

Jenna nickte anerkennend und ertappte sich bei dem
Gedanken an Cole. Was ihr Ex wohl beruflich machte?
Unterstützte er seinen Dad ebenfalls im elterlichen Betrieb? Nun war sie doch neugierig, welche Ziele Cole in
den letzten Jahren verfolgt hatte. Wahrscheinlich arbeitete er sogar in Little Falls – zumindest damals hatte
er keinen Zweifel daran gelassen, dass er seine Heimatstadt niemals verlassen würde. Ihre innere Anspannung wuchs, weil ihr erst jetzt richtig bewusst wurde,
dass sie ihm praktisch überall über den Weg laufen
könnte.

Aufgeregtes Stimmengewirr aus der Backstube ließ
sie herumfahren, dann entdeckte sie ihre Eltern, die eilig auf sie zukamen.

„Jenna, da bist du ja! Dachte ich mir doch, dass ich
deine Stimme gehört habe!“ Claire schloss ihre Tochter
fest in die Arme, als wollte sie sie nie wieder loslassen.

„Mom, Dad ... Ihr habt mir so gefehlt“, war alles, was
Jenna herausbrachte. Der vertraute Duft der Bäckerei,
der in ihr ein Gefühl der Geborgenheit auslöste, und der
besorgte Blick ihrer Eltern war eindeutig zu viel für sie.
Henry kam nun ebenfalls näher und legte den Arm um
beide Frauen.

Für einen Moment standen die drei einfach nur da,
bis sich ihr Dad als Erster aus der Umarmung löste. „Du
hast bestimmt Hunger nach der langen Fahrt. Wie
wär's mit einer saftigen Zimtschnecke und einer Tasse
Kaffee?“

„Prima Idee, Dad. Ich bin kurz vorm Verhungern“, bemerkte Jenna mit einem breiten Lächeln und freute sich auf einmal wie ein kleines Kind auf ihre heiß geliebten Zimtschnecken.

„Hol gleich die ganze Platte, Henry. Jenna ist ja nur noch Haut und Knochen", rief Francis ihrem Schwiegersohn hinterher, der bereits hinterm Tresen verschwunden war.

„Das hatte ich auch vor. Und du setzt dich jetzt wieder hin, meine Liebe. Du turnst mir heute schon viel zu lange in der Gegend rum", erwiderte dieser mit strengem Blick.

„Aber ich bin doch so aufgeregt! Soll ich etwa den ganzen Tag im Sessel sitzen?"

„Henry hat recht, du solltest dich wirklich mehr schonen, Mom." Claire half ihrer Mutter auf die Sitzbank und nahm dann, nachdem sie die Krücken beiseitegeräumt hatte, ebenfalls Platz.

Amüsiert verfolgte Jenna die Unterhaltung zwischen ihren Eltern und Francis. Es ging immer noch so turbulent wie früher her, nur dass sich damals auch ihr Grandpa George lautstark aus der Backstube gemeldet hatte. Wie sehr hatte sie diese liebevollen Schlagabtäusche vermisst.

„Und du, Jenna, setzt dich gleich neben mich, damit ich dich wieder aufpäppeln kann", forderte Francis ihre Enkeltochter auf und zog sie neben sich auf die Bank. „Gibt es bei euch in Boston nichts Anständiges zu essen?"

„Mir geht's gut, Grandma. Ich hatte in letzter Zeit nur etwas Stress, das ist alles." Dass sie seit ihrem Kurztrip nach Cape Cod kaum einen Bissen herunterbekommen hatte, verschwieg sie geflissentlich.

„Na, umso besser, dass du jetzt hier bist. Es gibt zwar auch eine Menge zu tun, aber die Uhren ticken dennoch langsamer, stimmt's, Claire?"

„Ganz genau und es gibt immer genügend Zeit, um das Leben zu genießen und sich eine kleine Verschnaufpause zu gönnen." Wie zum Beweis schnappte sie sich eine Zimtschnecke von der Platte, die Henry eben auf dem Tisch abgestellt hatte, und biss herzhaft hinein.

Jenna, der mittlerweile das Wasser im Mund zusammenlief, bediente sich ebenfalls. „Mmh, einfach köstlich. Wie sehr ich die vermisst habe."

„Na ja, es ist ja nicht so, dass du nicht willkommen warst. Du hättest dich nur ins Auto setzen müssen", brummte Henry mit hochgezogener Augenbraue.

Der Satz ihres Vaters löste sofort ein schlechtes Gewissen in ihr aus, gleichzeitig ärgerte es sie, dass er ausgerechnet jetzt damit anfing. Jenna sah den warnenden Blick, den ihre Mutter ihrem Vater zuwarf und ihn sofort verstummen ließ.

„Ja, ich weiß, und es tut mir auch sehr leid, dass ich mich so rargemacht habe", erwiderte Jenna kleinlaut und hasste sich dafür, dass sie ihre Eltern mehr oder weniger für ihre Feigheit hatte büßen lassen. Die Gefahr, bei einem ihrer Besuche Cole über den Weg zu laufen, war einfach zu groß gewesen. Er hätte sie bestimmt an ihrer Entscheidung zweifeln lassen.

„Außerdem ist es ja nicht so, dass wir uns gar nicht gesehen haben", kam ihr Francis zu Hilfe und spielte auf ihre Besuche in Boston an. „So sind wir wenigstens mal rausgekommen, nicht wahr, Claire?"

„Genau und Boston zur Weihnachtszeit ist wirklich eine Reise wert“, erwiderte Jennas Mutter mit glänzenden Augen. „Besonders das Weihnachtskonzert in der *Symphony Hall* wird mir für immer in Erinnerung bleiben.“

„Mir hat es auch sehr gut gefallen“, bemerkte Henry mit versöhnlicher Stimme und wandte sich dann an seine Tochter. „Aber dieses Jahr feiern wir wieder zu Hause, was meinst du, Jenna?“

Sie nickte ihrem Dad lächelnd zu. Jetzt, wo sie schon mal hier war, sollten drei Tage an Weihnachten kein Problem mehr sein.

„Ich hab dir ja noch gar nicht erzählt, was ich fürs diesjährige Stadtfest geplant habe!“, bemerkte Francis mit aufgeregter Stimme und lenkte so die Aufmerksamkeit auf sich.

„Dann schieß mal los, Grandma, ich platze vor Neugierde!“ Jenna wandte sich ihrer Großmutter zu, die ganz aufgeregt war.

„Ich habe wochenlang an einem neuen Rezept getüftelt, Ideen gesammelt und Verschiedenes ausprobiert, schließlich soll es in diesem Jahr etwas ganz Besonderes sein!“

„Das stimmt, Little Falls wird nur einmal 250 Jahre“, erwiderte Jenna mit einem sentimentalen Lächeln.

„Genau. Deswegen habe ich meine Ideen auf der Stadtversammlung präsentiert und die Leute abstimmen lassen.“

„Tatsächlich? Für was haben sie sich entschieden? Gibt es wieder ein Brot?“ Jennas Neugierde war geweckt, denn die Backwaren fürs Stadtfest waren immer heiß begehrt.

„Ja, ein Brot, damit kann man nichts falsch machen. Außerdem sind sie leicht zu transportieren ... Die meisten Besucher bleiben ja bis in die Abendstunden“, informierte Francis ihre Enkeltochter vorausschauend.

„O ja, das stimmt allerdings“, erwiderte Jenna lachend, weil sie sich selbst nur zu gut an die ausschweifenden Feierlichkeiten erinnerte.

„Die Entscheidung ist letztendlich auf ein fluffiges Weizenbrot gefallen, dem ich etwas Sauerteig beimische“, nahm Francis das Gespräch wieder auf und machte dabei große Augen. „So was hatten wir noch nie.“

„Das hört sich toll an, Grandma. Ich kann es kaum erwarten, mit dir in der Backstube zu stehen“, erwiderte Jenna mit ehrlicher Freude.

„Es gibt nur ein kleines Problem“, gab Henry zu bedenken. „Wir würden zum Jubiläum gerne eine spezielle Banderole am Brot anbringen.“

„Hm, da lässt sich bestimmt was machen“, erwiderte Jenna nachdenklich. „Ich hab sogar schon eine Idee.“

„Jetzt machst du mich aber neugierig!“ Claire stellte ihre Kaffeetasse ab und sah ihre Tochter interessiert an.

„Vielleicht etwas Passendes, das die Geschichte von Little Falls widerspiegelt, was meint ihr?“

„Daran hatte ich auch schon gedacht.“ Henry nickte seiner Tochter zu und fuhr nachdenklich fort: „So etwas kann man doch bestimmt am PC machen.“

„Ich schau heute Abend gleich mal, ob ich was finde. Meinen Laptop habe ich mitgebracht.“

„Sehr schön. Und, Jenna, vielen Dank noch mal, dass du hier bist." Henry warf seiner Tochter einen liebevollen Blick zu. „Wir wissen alle, dass es nicht selbstverständlich ist."

„Ich bin froh, dass ihr angerufen habt. Grandmas Gesundheit steht schließlich an erster Stelle!" Jenna griff nach Francis' Hand und sah ihre Grandma tadelnd an. „Und ab sofort legst du die Beine hoch. Wehe, ich erwische dich hinter der Theke oder wie du in der Backstube herumturnst."

Francis verzog nachgiebig den Mund. „Ich versuche es, auch wenn es mir nicht leicht fallen wird. Ich bin bis jetzt nie ausgefallen."

„Ich weiß, Mom, aber deswegen haben wir ja Jenna angerufen – damit du dich beruhigt zurücklehnen kannst."

Francis schnappte sich eine weitere Zimtschnecke. „Also gut. Ich verspreche euch, dass ich mich ab sofort zurücknehme und nur noch observiere, so wie der Doc es mir geraten hat."

***

Als Jenna eine halbe Stunde später das kleine Gästezimmer betrat, in dem sie die nächsten Tage verbringen würde, verzog sich ihr Gesicht zu einem erstaunten Lächeln. Es war unglaublich, was ihre Eltern aus der ehemaligen Abstellkammer gezaubert hatten, die direkt neben ihrem alten Kinderzimmer lag. Dieses wurde mittlerweile von Francis bewohnt, da es um einiges größer und heller war und außerdem mit Blick auf den

Park um einiges interessanter. Jenna musste schmunzeln. Sie konnte sich bildlich vorstellen, wie ihre Grandma mit Argusaugen über Little Falls wachte.

Jenna stellte ihre Reisetasche am Boden ab und sah sich anschließend neugierig um. Unter der Dachschräge befand sich ein einladendes Schlafsofa, daneben eine massive Kommode und auf der gegenüberliegenden Wand ein Sekretär – für mehr reichte der Platz nicht aus. Dennoch fühlte sich Jenna auf Anhieb wohl.

Ihre Gedanken wanderten augenblicklich zu Eric und die Unterschiede zwischen ihren Familien wurden ihr mal wieder allzu deutlich. Mit einem separaten Gästehaus konnten ihre Eltern leider nicht aufwarten, geschweige denn mit einem leer stehenden Strandhaus auf Cape Cod.

Missmutig schnaufte Jenna, weil sie schon wieder an das Wochenende erinnert wurde und immer noch nicht zu einer Lösung gekommen war. Wenigstens war Eric ob ihrer kurzfristigen Abreise sehr verständnisvoll gewesen, was ihm wieder einige Pluspunkte verschafft hatte. Er war lediglich wegen des bereits geplanten Essens mit seinen Eltern, das nun verschoben werden musste, ein wenig verstimmt gewesen.

Jenna dagegen konnte nicht beschreiben, wie erleichtert sie darüber war, schließlich hatte sie diesem Treffen schon mit Bauchschmerzen entgegengesehen. Die Bekanntmachung gegenüber seinen Eltern hätte etwas Endgültiges mit sich gebracht und dazu war sie einfach noch nicht bereit. So lag ihr Verlobungsring weiterhin sicher verwahrt in ihrer Kommode in Boston, bis sie – mit etwas Abstand – zu einer Entscheidung fand. Außerdem war es auch klüger, den Einkaräter nicht ausgerechnet in Little Falls zur Schau zu tragen. Sie sorgte mit ihrem Besuch schon für genug Gerede.

Jenna schnappte sich mit einem amüsierten Grinsen die Praline, die sie erst jetzt auf dem Kopfkissen entdeckte. Ja, sie war eindeutig zu Hause, und es fühlte sich gut an, umsorgt zu werden, auch wenn das bedeutete, dass ihr Kalorienkonto bereits nach wenigen Stunden völlig aus dem Ruder lief.

7

„Das Omelette ist innen ja noch roh!" Clayton schob seinen Teller missmutig über die Theke und sah seinen Bruder abwartend an. „Bei aller Liebe, aber so krieg ich das Ding nicht runter. Mal ganz zu schweigen von einer Salmonellenvergiftung, auf die ich verzichten kann."

„Erstens gibt es in meinem Diner keine Salmonellen und zweitens war es dir beim letzten Mal zu trocken, jetzt ist es halt etwas glitschiger", maulte Cole zurück.

„Wie wär's mit dem Mittelweg, locker und fluffig? Dazu ein paar Schnittlauchröllchen." Clayton hob fragend eine Augenbraue.

Nach einem Blick, der töten könnte, schnappte sich Cole den Teller und schob ihn mit Schwung in die Durchreiche. „Dann musst du dich aber gedulden, bin heute allein."

„Ah, daher die schlechte Laune … Oder hat es zufällig etwas mit einer gewissen Brünetten auf der anderen Straßenseite zu tun?"

Cole ignorierte seinen Bruder geflissentlich und konzentrierte sich auf die nächste Bestellung, die aus zwei Blaubeermuffins und einer Zimtschnecke bestand. Dazu hob er die große Glasglocke an, unter der sich eine kleine Auswahl an frischem Gebäck befand, und nahm die entsprechenden Stücke heraus.

„Weder noch“, brummte Cole vor sich hin, als er kurz darauf zwei Tassen mit Kaffee befüllte.

„O stimmt, jetzt, wo du's sagst ... wie auch, hast dir deine Fensterfront ja mächtig zugekleistert.“ Clayton warf einen Blick über die Schulter, während er sich vor Lachen den Bauch hielt.

„Haha, sehr witzig. Lässt du mich jetzt weiterarbeiten, oder was?“, fragte Cole im Vorbeigehen und mit vollen Händen.

„Ich mach doch nur Spaß, Bruderherz. Weißt du was, ich nehm mir einfach eins von diesen Hörnchen und weg bin ich.“

Ehe Cole protestieren konnte, hob Clayton ungeniert die Glashaube an und bediente sich selbst. Kurz darauf verließ er pfeifend den Diner.

Mit einem Kopfschütteln sah Cole seinem Bruder nach und servierte anschließend die Bestellung.

„Danke, Cole, die Muffins sehen mal wieder zum An-beißen aus.“

„Gerne, Josephine. Doch was das angeht, verdient Henry das Kompliment. Ich bekomme die frischen Backwaren wie immer aus der Bäckerei“, klärte Cole die ältere Frau geduldig auf.

„Ach, stimmt, wie konnte ich das vergessen? Ich dachte mir schon, dass ich die von irgendwoher kenne.“

Da Josephine nicht sehr oft in den Diner kam, nahm er ihr ihre Vergesslichkeit ab, schließlich ging die Buch-händlerin bereits auf die siebzig zu. Dennoch fragte er sich, warum Josephine ausgerechnet heute einen Muffin orderte anstelle der Pancakes, die sie für ihr Leben gern aß.

Misstrauisch zog Cole die Augenbrauen zusammen. Hatte er sich von der Buchhändlerin eben aufs Glatteis führen lassen? Er wurde das Gefühl nicht los, dass sie das Gespräch mithilfe des Muffins unbedingt auf die Bäckerei hatte lenken wollen. Was erhoffte sie sich davon? Eine Reaktion auf Jennas Ankunft? Oder interpretierte er zu viel in ihre Bemerkung hinein? Nachdenklich verschwand Cole wieder hinterm Tresen, wo er begann, die Kaffeemaschine zu säubern. Dabei kam es ihm so vor, als stünde er heute besonders unter Beobachtung.

„Huhu, einen wunderschönen guten Morgen."

Cole brauchte sich nicht umzudrehen, um zu wissen, wer gerade seinen Diner betreten hatte – Martha. Die hatte ihm gerade noch gefehlt. Er hoffte nur, dass sie als Gast hier war und nicht in ihrer Funktion als Bürgermeisterin oder um ihn wegen des Sandwiches zu nerven.

Cole atmete tief durch und drehte sich kurz darauf mit einem aufgesetzten Lächeln zu Martha, die entgegen ihrer Gewohnheit direkt am Tresen Platz genommen hatte.

„Cole, wie geht es dir?", fragte sie in besorgtem Tonfall, als verbände sie seit jeher ein unsichtbares Band. Dann griff sie plötzlich nach seinem Arm. „Ich weiß genau, wie du dich fühlst, schließlich geht es mir jeden Tag so. Die permanente Beobachtung, Erwartungen … Es ist nicht immer einfach, im Mittelpunkt zu stehen." Martha legte sich die andere Hand auf die ausladende

Brust und verzog das Gesicht, als trüge sie eine schwere Last auf ihren Schultern.

Mit einem Schnauben entzog sich Cole ihr und erwiderte mit Unschuldsmiene: „Martha, ich weiß nicht, was du meinst."

„Pah, der war gut", platzte es lachend aus ihr heraus, ehe sie sich neugierig umsah. „Aber in einem gibst du mir sicher recht, dein Diner ist heute wirklich gerammelt voll."

Cole warf einen Blick an Martha vorbei, als wollte er sich selbst davon überzeugen, dabei war ihm diese Tatsache durchaus bewusst. Ob er sich darüber freute, war dagegen eine ganz andere Sache.

„Mmh, kann schon sein", bemerkte er mit neutraler Stimme und stellte der Bürgermeisterin ungefragt eine Tasse Kaffee vor die Nase, die sie für einen Moment beschäftigen würde.

Irgendwie musste er das Gespräch in eine andere Richtung lenken, weg von ihm ... und weil er wusste, wie gerne Martha über sich selbst sprach, fragte er mit einem gespielt hilflosen Lächeln: „Sag mal, Martha, vielleicht kannst du mir ja einen Tipp geben, wo du gerade hier bist. Wird es mit der Zeit denn einfacher? Ich meine, im Mittelpunkt zu stehen."

Ein Grinsen unterdrückend, dass Martha den Köder auf Anhieb schluckte, verfolgte Cole, wie sie sich nun geschäftsmännisch aufrichtete und sich prüfend durch die Dauerwelle fuhr.

„Nun ja, zu Beginn war es wirklich schwer. Ich konnte ja kaum einen Schritt machen, ohne dass man mich ständig belagert hätte." Martha lachte beim Gedanken daran theatralisch auf und fuhr dann erhobenen Hauptes fort. „Aber mittlerweile liebe ich es und als Profi, wie ich einer bin, lernt man, mit dem Druck umzugehen."

Der Satz, „Wer hätte das gedacht" lag Cole förmlich auf der Zunge und wäre ihm um ein Haar herausgerutscht, wäre da nicht ein weiterer Gast gewesen, der plötzlich im Diner auftauchte und Coles ungeteilte Aufmerksamkeit auf sich zog. Jenna.

Beim Anblick seiner ersten großen Liebe rutschte ihm das Herz in die Hose. Gleichzeitig stieg sein Puls ins Unermessliche, während er sie einer unauffälligen Musterung unterzog. Sofort fiel ihm auf, dass sie immer noch die schlanke Figur besaß, die ihn schon als Teenager um den Verstand gebracht hatte. Auch an ihrem Look hatte sich kaum etwas geändert, bis auf die feinen blonden Strähnen, die sich jetzt elegant durchs kastanienbraune Haar zogen und Jenna „erwachsener" wirken ließen. Cole musste schlucken. Es war einfacher gewesen, sich einzureden, dass seine Ex mittlerweile reizlos für ihn geworden war. Der Anblick, der sich ihm jedoch bot, entsprach leider genau dem Gegenteil.

Offensichtlich ging es nicht nur ihm so, denn die Ruhe, die in der Zwischenzeit im Diner eingekehrt war, bestätigte seinen Eindruck. Jenna, die ihn ebenfalls sehr überrascht anstarrte, fasste sich nach einem Augenblick und setzte sich kurzerhand zu Josephine und deren Mann an den Tisch. Ganz offensichtlich hatte sie hier nicht mit ihm gerechnet. Dann fiel ihm schlagartig ein, was der Grund dafür war. Vermutlich hatte Jenna noch gar nicht mitbekommen, dass er jetzt den Diner schmiss und nicht mehr sein Grandpa, so wie sie es all die Jahre gewohnt gewesen war.

„Na, willst du sie nicht bedienen?“, murmelte Martha ihm leise zu, während sie einen Blick über die Schulter warf. Cole bekam fast etwas Mitleid mit Martha, wie sie sich unauffällig nach Jenna verdrehte. Vom Tresen aus hatte die Bürgermeisterin einen denkwürdig schlechten Platz.

„Was bleibt mir anderes übrig?“, brummte Cole und setzte sich in Bewegung, dabei fühlte er sich plötzlich wie der Hauptdarsteller eines Theaterstücks, der gerade seine Premiere hatte. An neugierigen Blicken vorbei erreichte er den Tisch, der sich direkt vor der plakatierten Scheibe befand.

„Und ich dachte schon, Larry hätte den Diner geschlossen …“ Abrupt unterbrach Jenna ihr Gespräch mit Josephine und sah Cole erschrocken an. „Ähm, Josephine hat mir eben erzählt, dass du jetzt der Boss bist.“

„Yep“, erwiderte Cole nur und verzog den Mund zu einem kurzen Lächeln. Zu mehr war er nicht imstande. Hier, direkt neben Jenna, war sein Kopf plötzlich komplett leer.

„Ok, dann nehme ich einen Kaffee und dazu ein Truthahnsandwich – ich hoffe, es hat noch dieselbe Rezeptur wie früher?“ Jenna zwinkerte ihm kurz zu, was ihm völlig den Rest gab. Sein Herz schlug auf einmal Purzelbäume.

Glücklicherweise mischte sich Josephine nun lauthals ein. „Darauf kannst du Gift nehmen, Schätzchen. Ehe Cole hier irgendetwas verändert, geht die Welt unter.“

Trotz Josephines wenig schmeichelhaften Worten dankte er ihr dennoch im Stillen für die gekonnte Ablenkung und entfernte sich mit den Worten „Wird gemacht!" schnell von ihrem Tisch. In der Küche angekommen, atmete Cole erst einmal tief durch. Wie konnte es angehen, dass er nach drei Jahren noch immer so stark auf Jenna reagierte?

Er schnappte sich drei Toastscheiben und steckte diese in den Doppeltoaster, während er Salat, Cheddar, Truthahnbrust und die selbst gemachte Sandwichcreme, nach der Rezeptur seines Großvaters, aus dem Kühlschrank holte. Anschließend ließ er vier Scheiben geräucherten Bacon langsam in der Pfanne brutzeln. *Dieses Sandwich musste perfekt werden*, schoss es ihm durch den Kopf, schließlich verband Jenna sentimentale Erinnerungen damit.

Cole schüttelte über seine Gedanken den Kopf und schnitt dann eine Tomate in feine Scheiben, während er den Bacon im Auge behielt. Kurze Zeit später beförderte der Toaster die fertigen Scheiben nach oben und Cole begann damit, das Sandwich zu bauen. Zufrieden warf er einen letzten Blick auf sein Werk und marschierte zurück, um Jenna ihr Lieblingssandwich zu servieren. Er wusste, dass die Messlatte sehr hoch hing, schließlich hatte sein Grandpa diese Leckerei samt Soße kreiert, weshalb er nun etwas nervös war.

„Danke, Cole, das sieht köstlich aus!" Jenna nahm mit leuchtenden Augen das Sandwich entgegen. „Mmh, und es riecht auch genauso wie früher."

Ein sentimentales Lächeln huschte über Coles Gesicht. Genau aus diesem Grund hatte er es in all den Jahren nie verändert. Er wollte die Erinnerung an jene unbeschwerte Zeit, als sein Grandpa den Diner geführt hatte, einfach am Leben halten.

Cole nickte Jenna knapp zu und verschwand anschließend eilig hinterm Tresen, weil er die zunehmend neugierigen Blicke seiner Gäste auf sich spürte. Mit einem Kopfschütteln sah er sich um. Einige davon hatten es heute wohl gar nicht mehr eilig, nachhause zu kommen. Herrgott, wer brauchte denn zwei Stunden für sein Frühstück?

„Ich mach mich dann mal wieder auf den Weg, die Arbeit ruft", informierte ihn Martha fröhlich, die nach wie vor am Tresen saß und er in den letzten Minuten vollkommen vergessen hatte.

„Ähm, ja, natürlich … Mach's gut, Martha." Cole hob die Hand und sah ihr nach, wie sie aus dem Diner schwebte. Anschließend wanderte sein Kopf zu Tisch fünf, an dem sich Jenna prächtig mit Josephine und Jonathan unterhielt. Kurz fragte er sich, ob die Buchhändlerin wohl auf dem Laufenden war, was Jennas Leben anging, immerhin war sie eine gute Freundin von Francis und hatte, soweit er wusste, eine Enkelin im selben Alter.

Argwöhnisch kniff Cole die Augen zusammen, als Josephine Jenna etwas zuflüsterte und sie daraufhin herzhaft lachte. Beim Klang ihrer vertrauten Stimme und dem unbeschwerten Lachen lief ihm ein wohliger Schauder über den Rücken. Dennoch wurde er das Gefühl nicht los, dass es um ihn ging. Er hatte sich eben bestimmt nicht nur eingebildet, wie Josephine mit den Händen einen Stapel andeutete und auf die Flyer an der Scheibe zeigte. Mittlerweile erkannte er ja selbst, wie kindisch diese Idee gewesen war. Sie schützte einen nicht vor Tratsch – und schon gar nicht vor Ex-Freundinnen.

Schnell drehte Cole den Kopf weg, als Jenna plötzlich zu ihm herübersah. Mist. Beherrschen konnte er sich wohl auch nicht. Eilig schnappte er sich ein Glas und tat, als ob er dieses mit dem Geschirrtuch, das bis eben noch lässig über seiner Schulter gehangen hatte, polierte. Dazu ein wenig konzentriert wirken und sie nahm ihm vielleicht ab, dass er momentan schwer beschäftigt war. Doch als er kurze Zeit später erneut einen heimlichen Blick auf sie riskierte, schaute er ihr direkt in die Augen.

Sein Herz blieb für einen Moment stehen. Was hätte er jetzt für ihre Gedanken gegeben. Cole betrachtete sie weiterhin unverwandt, auch wenn es in ihm gewaltig brodelte. Nur mit Mühe gelang es ihm schließlich wegzusehen und sich wieder auf seine Arbeit zu fokussieren. Es war besser so, sie hatte ihm schon einmal das Herz gebrochen. Außerdem lag ihm nichts ferner, als sich in eine Frau zu verlieben, die mittlerweile schon vergeben oder vielleicht sogar verlobt war.

Unbewusst presste Cole die Kiefer zusammen, als er sie sich mit einem anderen Mann vorstellte, den es nach ihm sicher gegeben hatte. Nicht dass er in den letzten Jahren gänzlich im Zölibat gelebt hätte. Nein, nach seiner anfänglichen Trauer hatte er es sogar richtig krachen lassen – worauf er im Nachhinein nicht gerade stolz war. Aber allein der Gedanke daran, wie ein anderer sie anfasste ...

„Cole, wir würden gerne zahlen“, holte ihn Jonathans Stimme in die Wirklichkeit zurück. „Alles zusammen!“

„Ich komme sofort", rief Cole geistesgegenwärtig und schnappte sich den Geldbeutel, um abzukassieren. Dabei ignorierte er Jenna, so gut er konnte, andernfalls hätte er sie grob an sich gezogen, sie leidenschaftlich geküsst, nur um herauszufinden, ob sie immer noch so süß schmeckte wie damals.

***

Selbst Stunden später, nachdem Jenna den Diner verlassen hatte, stand Cole unter Strom. Er konnte die Anziehungskraft seinerseits, die immer noch vorhanden war, nicht leugnen. Gleichzeitig ärgerte er sich, weil das erste Wiedersehen zwischen ihnen ganz anders abgelaufen war, als er es sich vorgestellt hatte. Er war nicht cool gewesen, nein, er hatte sich von einer Welle an Emotionen überrollen lassen.

Cole erhöhte das Tempo seiner Schritte und rannte, nachdem er das Ende der Main Street und den Ortsausgang erreicht hatte, in den Wald hinein. Normalerweise absolvierte er seine übliche Laufstrecke nie in der Mittagspause, sondern frühmorgens oder an den Wochenenden – vorausgesetzt, er fand die Zeit dazu. So weit war es also gekommen, dass er mitten am Tag Dampf ablassen musste. Ein kleiner Ast am Boden knackte bedrohlich unter seinen Laufschuhen, als er sich querfeldein durchs Laub kämpfte. Mit jedem weiteren Meter spürte er, wie die Anspannung etwas von ihm abfiel, doch seine Lungen brannten ob der ungewohnten Anstrengung. Er rannte, als wäre er vom Teufel besessen, und das war er ja auch auf gewisse Weise.

Im letzten Augenblick wich Cole einem kleinen Bachlauf aus und stolperte dann regelrecht den Abhang hinunter, der zum Dragonfly Lake führte. Dieser See war um einiges größer als der Little Pond hinterm B & B und führte sogar einen beachtlichen Fischbestand. Kurz vor dem Ufer hielt Cole abrupt inne, beugte sich vornüber und stemmte die Hände auf die Knie. Es brauchte mehrere Atemzüge, bis er sich einigermaßen gefangen hatte. Anschließend setzte er sich auf einen umgekippten Baumstamm und starrte gedankenverloren geradeaus. Hier war er vorerst sicher – vor Jenna und der hinter vorgehaltener Hand tuschelnden Meute. Im Diner war es zugegangen wie in einem Taubenschlag! Ausgerechnet an Rickys freiem Tag! Es hätte ihn nicht weiter gewundert, wenn irgendwo eine Wette lief.

Cole atmete tief durch und streckte kurz darauf die Füße von sich, da seine Muskeln höllisch brannten. Doch die drei Meilen, die er in einer Rekordzeit hinter sich gebracht hatte, halfen nicht wirklich, um Jenna aus seinem Kopf zu verjagen. Wie sollte er nur die nächsten Wochen überstehen, wenn sie ihn schon am ersten Tag dermaßen aus dem Konzept brachte? Es war nicht nur sein Körper, der auf sie reagiert hatte, sondern, viel schlimmer noch, sein Herz, das bei ihrem Anblick für einen Moment ausgesetzt hatte.

8

Jenna

„Und, wie war dein erstes Aufeinandertreffen mit Cole?" Francis, die es sich auf zwei Stühlen bequem gemacht hatte, das eingegipste Bein hochgelagert, sah ihre Enkeltochter mit amüsiertem Blick an.

„Na das hat sich aber schnell herumgesprochen!" Jenna, die gerade ein Blech mit Zimtschnecken in den Ofen geschoben hatte und sich jetzt um den Teig des Jubiläumsbrots kümmern wollte, unterbrach ihre Arbeit für einen Moment und schaute ihre Grandma mit gespielter Fassungslosigkeit an. „Sag bloß, Josephine hat dich so schnell informiert. Dabei bin ich erst seit einer Stunde wieder zurück!"

„Nein, nein, es war nicht Josephine. Es war Dorothy!", winkte Francis gleichmütig ab.

„Dorothy? Aus dem Bed & Breakfast?" Jenna überlegte angestrengt, dann fuhr sie fort: „Komisch, ich kann mich gar nicht erinnern, sie gesehen zu haben."

„Das stimmt, sie war ja auch nicht da. Sie hat es von Dean erfahren und der hat es von Martha."

„Hach, ich hatte beinahe vergessen, wie gut die Kommunikation hier funktioniert", erwiderte sie schmunzelnd. „Aber dass ausgerechnet unsere Bürgermeisterin die Mutter aller Klatschtanten ist, hätte ich nicht erwartet."

„Na ja, mittlerweile weiß es wohl jeder von irgendwoher … daher kann man Martha keinen Vorwurf machen", bemerkte Francis mit einem Achselzucken.

„Da hast du recht. Was reg ich mich überhaupt auf, es war doch schon immer so in Little Falls. Wie konnte ich das vergessen?" Jenna schüttelte fassungslos den Kopf, dann wandte sie sich wieder der großen Schüssel Teig zu.

„Ich kenne es nicht anders und ehrlich gesagt glaube ich auch nicht, dass sich das jemals ändern wird. Trotzdem ist mir das tausendmal lieber als die Anonymität der Stadt", klärte Francis ihre Enkelin mit gestikulierenden Armen auf.

Jenna nickte verstehend. „Ja, da geb ich dir vollkommen recht. Ich hätte wahrscheinlich nie erfahren, dass vor über einem Monat ein neuer Nachbar eingezogen ist, hätte mich Elisa, meine Vermieterin, nicht persönlich informiert."

„Ist nicht dein Ernst. Und er kam nicht einmal, um sich vorzustellen?", fragte Francis mit großen Augen.

„Na ja, in Boston ist das nicht üblich", erwiderte Jenna lachend. „Er kann nur froh sein, dass ich nicht die Polizei gerufen habe, nachdem er sich aus seiner eigenen Wohnung ausgesperrt hatte."

„Also ich hätte es gemacht. Selber schuld, wenn man keine Manieren hat. Aber nun zu meiner Frage, Kindchen, so leicht kommst du mir nicht davon. Wir war es, Cole nach dieser langen Zeit wiederzusehen?"

„Ganz ehrlich? Es war mehr als unangenehm. Eigentlich wollte ich mir nur ein Sandwich gönnen, ein paar

Worte mit Larry wechseln und dann das … Du hättest mich ruhig vorwarnen können, dass Cole mittlerweile den Diner führt."

Allein die Erinnerung an seinen durchdringenden Blick löste erneut ein wohliges Kribbeln in ihr aus. Dazu sein Körper, der eindeutig nicht unter den Fritten und Burgern im Diner litt – im Gegenteil. Cole sah aus, als machte er regelmäßig Sport, und sie hatte sich mehr als einmal zwingen müssen, nicht allzu offensichtlich auf seinen durchtrainierten Oberkörper zu starren.

Francis hob entschuldigend die Hände. „Tut mir leid, mein Schatz. Ich wollte ja, aber du bist heute Morgen so schnell aus dem Haus."

„Na ja, immerhin weiß ich nun Bescheid. Und dass ich um den Diner künftig einen großen Bogen machen werde." Jenna wischte sich die bemehlten Hände entschlossen an der Schürze ab und bedeckte die Rührschüssel mit einem feuchten Tuch. „So, jetzt muss der Teig nur noch gehen."

Francis atmete hörbar aus. „Du weißt aber schon, dass es ein Ding der Unmöglichkeit ist, Cole aus dem Weg zu gehen."

„Lass das mal meine Sorge sein", erwiderte Jenna mit einem Zwinkern und schnappte sich dann die Entwürfe, die sie gestern Abend angefertigt hatte. Sie wollte jetzt lieber nicht an Cole denken, schon gar nicht an seine Blicke, die ihre Haut noch Stunden später prickeln ließ.

Jenna setzte sich neben ihre Grandma auf die Bank. „Was hältst du davon?", fragte sie stattdessen und schob ihr das erste Logo unter die Nase.

„Oh, wie originell. Ist das etwa ein Nudelholz mit unserem Namen und dem Gründungsjahr der Bäckerei?“ Francis' Augen wurden rund wie zwei Zimtschnecken nach dem Gehen, während sie den Entwurf eingehend betrachtete.

„Ganz genau. Ich bin mir nur nicht sicher, ob man es später auf den kleinen Banderolen erkennen kann.“

Francis schürzte nachdenklich die Lippen. „Mmh, also mir gefällt es auf jeden Fall sehr gut und die Idee mit dem Nudelholz ist wirklich toll.“

Zufrieden, dass ihr erster Entwurf so gut ankam, holte Jenna den zweiten Ausdruck hervor, der gleichzeitig ihr heimlicher Favorit war. „Was meinst du zu diesem Bild?“, fragte sie ihre Grandma erwartungsvoll.

Francis legte sich entzückt die Hand auf die Brust. „Hach, einfach zauberhaft! Ist das unser Pavillon als Cupcake?“ Sie hielt das Blatt etwas von sich fort, damit ihre Augen das filigrane Logo besser erkennen konnten. „Und sogar mit einem richtigen Papierförmchen und einem Sahnehäubchen obendrauf. Ich glaube, wir haben einen Gewinner!“

„Nicht so voreilig“, erwiderte Jenna mit einem Lachen. „Schau dir auf jeden Fall noch den letzten an.“

Francis' Augen weiteten sich vor Erstaunen. „Das ist ja unsere Bäckerei! Jenna, wie hast du das denn gemacht, du bist ja eine richtige Künstlerin.“

„Ach, das geht ganz einfach mit einem Grafikprogramm“, winkte Jenna lapidar ab. „Eine vanillegelbe Fassade, eine rot-weiß gestreifte Markise. Man setzt einfach ein paar Elemente zusammen.“

Francis breitete die drei Logos auf dem Tisch vor sich aus. „Hm, du machst es einem nicht einfach.“ Sie legte nachdenklich den Zeigefinger auf die Lippen. „Die sind alle wunderschön, aber das sollten wir gemeinsam entscheiden. Deine Mom und dein Dad haben schließlich ein Wörtchen mitzureden, auch wenn das Brot auf meinem Mist gewachsen ist." Francis zwinkerte Jenna frech zu und fuhr dann fort: „Mir persönlich gefällt der Cupcake am besten. Er spiegelt auch die Stadtgeschichte wider und würde deshalb perfekt zum Jubiläum passen."

„Der Cupcake ist auch mein Favorit." Jenna lächelte ihre Grandma an. „Und du hast recht, Mom und Dad sollten mit entscheiden. Vielleicht ist ja was dabei, was man nach dem Stadtfest verwenden kann, zum Beispiel auf Papiertüten oder To-go-Bechern."

„Also, Jenna, ich muss schon zugeben, dass mein kaputter Knöchel gar nicht so schlecht ist. Endlich kommt hier mal frischer Wind rein!"

Jenna schüttelte tadelnd den Kopf. „Du bist mir vielleicht eine Nummer, natürlich ist ein kaputter Knöchel schlecht. Aber wo ich schonmal hier bin, will ich dich bei deinem Projekt natürlich tatkräftig unterstützen."

„Danke, meine Kleine. Du glaubst gar nicht, wie viel mir das bedeutet. Und vor allem wie glücklich ich bin, dich endlich wieder um mich zu haben." Francis schloss ihre Enkelin stürmisch in die Arme und drückte sie fest.

„Das mach ich doch gerne ... und ehrlich gesagt kommt es gerade zur richtigen Zeit."

Francis, die offensichtlich den betrübten Unterton in Jennas Worten erkannt hatte, sah diese fragend an. „Geht es um deinen Job? Musst du immer noch so viele Überstunden machen?"

„Nein, dort läuft alles bestens." Jenna zögerte einen Moment, aber es war höchste Zeit, ihrer Familie endlich von Eric zu erzählen. Besonders jetzt, wo es nicht so gut zwischen ihnen lief, hatte sie das dringende Bedürfnis, ihre Bedenken mit Francis zu teilen – vielleicht wusste sie Rat. „Ich hab dir doch von meinem Kollegen Eric erzählt, mit dem ich ausgegangen bin."

„Du meinst den Anwalt mit dem bekleckerten Hemd?"

„Ganz genau. Dass du das noch weißt?" Jenna sah ihre Grandma verblüfft an. „Nun ja, mittlerweile sind wir etwas mehr als nur Kollegen."

„Ihr seid zusammen? Warum hast du denn nichts erzählt?" Francis wirkte mit einem Mal gekränkt.

Jenna konnte sich auch nicht erklären, warum sie Eric nie erwähnt hatte. Vermutlich weil sie wusste, dass ihre Eltern immer noch an Cole hingen. Dazu kam, dass Eric als Anwalt mehr oder weniger ihr Vorgesetzter war, und sie damit nicht für zusätzlichen Zündstoff sorgen wollte.

„Ehrlich gesagt hatte ich Angst, dass ihr mich verurteilt. Wie sieht es denn aus, wenn ich mir gleich den Partner der Kanzlei schnappe?"

„Ach, Jenna. Man kann nie wissen, wohin die Liebe fällt. Solange er dich glücklich macht, spielt das doch gar keine Rolle." Francis fasste nach Jennas Hand und drückte sie aufmunternd. „Bei mir und deinem Grandpa war es nicht anders. Ich war die junge, rebellische Frau, die ihren Eltern unbedingt zeigen wollte, dass sie auf eigenen Beinen stehen kann, und dein Grandpa der junge Bäckermeister, der mir die Chance dazu gab."

„Wirklich? Das habe ich nicht gewusst“, bemerkte Jenna erstaunt. Bei der Erinnerung an ihren Grandpa, der leider viel zu früh von ihnen gegangen war, zog sich ihr Herz schmerzvoll zusammen. Sie hatte ihn geliebt und erinnerte sich gerne an die heimelige Backstube in der sie beinahe ihre gesamte Kindheit verbracht hatte. Er hatte ihr alles übers Backen beigebracht, jedes Rezept mit ihr geteilt und insgeheim darauf gehofft, dass sie die Bäckerei – als einziges Enkelkind – eines Tages übernehmen würde.

„Dann bist du also offiziell vergeben“, schlussfolgerte Francis mit einem unergründlichen Ausdruck im Gesicht.

„Nun ja, nicht nur das, sondern auch inoffiziell verlobt. Er hat mir vor meiner Abreise einen Antrag gemacht.“

Francis fiel die Kinnlade runter. „Oh, nun, das sind ja einige Neuigkeiten.“

Jenna verzog entschuldigend das Gesicht und fuhr nach einer kurzen Pause in verschwörerischem Ton fort: „Ehrlich gesagt wäre es mir lieber, wenn wir das vorerst für uns behalten, Grandma. Momentan läuft es nicht gut zwischen uns und ich bin froh, dass ich bei euch bin und etwas Zeit zum Nachdenken habe.“

„Aber sicher doch. Weißt du, dass ich dir schon auf den ersten Blick angesehen habe, dass dich irgendetwas bedrückt?“

Das Mitgefühl in Francis’ Stimme trieb Jenna sofort Tränen in die Augen. Sie hatte für eine lange Zeit niemanden um sich gehabt, der sie so gut kannte. Auch wenn sie in Boston zahlreiche Freundschaften pflegte, vor allem mit Kolleginnen aus der Kanzlei, verstand man sie hier auch ohne Worte.

„Ist es so schlimm?", hakte Francis vorsichtig nach.

„Ich brauche einfach ein wenig Abstand. Vielleicht hilft das, um mir über gewisse Dinge klar zu werden, das ist alles." Jenna schenkte ihrer Grandma unter Tränen ein tapferes Lächeln. „Dazu noch die Gefühle, die hier an jeder Straßenecke auf mich einstürzen. Kannst du dir vorstellen, dass mich sogar das Truthahnsandwich beinahe zum Weinen gebracht hat?"

„Na, dafür brauchst du dich wirklich nicht zu schämen. Erstens ist es das beste Sandwich, das ich kenne, und außerdem werden mit bestimmten Gerichten schöne Erinnerungen verknüpft. Bei mir sind es zum Beispiel die Weihnachtskuchen, die dein Grandpa so gerne gebacken hat."

Das Läuten der Ofenuhr ließ die beiden Frauen aufschrecken. „Oh, die Zimtschnecken sind fertig. Wie fein das duftet." Francis schnupperte wie zum Beweis in die Luft. „Und die erste werde ich gleich warm verspeisen, schließlich möchte ich mich vergewissern, ob du es wirklich noch kannst."

Jenna wischte sich mit dem Ärmel die Tränen ab und antwortete selbstbewusst: „Einmal gelernt ist gelernt", ehe sie sich die Ofenhandschuhe anzog und ein riesiges Blech voll saftiger Zimtschnecken aus dem Ofen holte. Vorsichtig stellte sie dieses in den Abkühlständer und sog für einen Moment den süßlichen Duft ein. „Köstlich! Eine oder gleich zwei, Grandma?"

„Zwei, bitte!" Francis richtete sich etwas auf und stellte das lädierte Bein wieder am Boden ab, dabei verzog sie für einen Moment schmerzvoll das Gesicht. „Ich sollte später doch mal eine Tablette nehmen. Der Knöchel fängt wieder an zu pochen."

„Mach das. Du brauchst dich doch nicht quälen, wenn der Doc dir was verschrieben hat. Am besten legst du dich nach dem Essen etwas hin", bemerkte Jenna mit besorgtem Blick.

„Du hast recht, mit beidem. Aber jetzt werde ich erst mal von dieser appetitlichen Zimtschnecke kosten." Francis schnappte sich den Teller, den Jenna ihr reichte, und biss herzhaft in das süße Stückchen hinein.

„Lecker. Schön fluffig und zimtig ... Der leichte Hefegeschmack, der durchkommt ... Wirklich perfekt abgestimmt." Francis schloss genießerisch die Augen, dann öffnete sie sie wieder und sah Jenna verzückt an. „Nicht dass ich die Zimtschnecken deines Vaters nicht mag, aber diese hier schmecken genauso, wie sie dein Großvater immer zubereitet hat."

„Ich habe ja auch vom Meister persönlich gelernt", antwortete Jenna strahlend. Sie freute sich riesig über das Kompliment. „Weißt du, dass ich nie mit Backen aufgehört habe? Irgendwie hatte ich Angst, alles zu vergessen."

Erstaunt sah Francis ihre Enkelin an. „Ist das wahr? Du kennst also auch die ganz alten Familienrezepte immer noch im Schlaf?"

Jenna nickte lächelnd und kostete nun ebenfalls. „Aber in meinem kleinen Ofen in Boston stößt man natürlich an seine Grenzen."

„Das stimmt. Mein Ok hast du, tob dich nach Herzenslust aus!" Francis steckte den letzten Bissen in den

Mund, erhob sich kurz darauf vorsichtig und schnappte sich die Krücken, die griffbereit neben ihr standen.

„Soll ich dich begleiten?" Jenna, die ebenfalls aufgestanden war, sah Francis fragend an.

„Alles gut, die paar Treppen komm ich schon alleine hoch. Aber eine für auf den Weg nehm ich mir noch mit." Blitzschnell schnappte sich Francis eine dritte Schnecke und zwinkerte Jenna verschmitzt zu. „Oder ich genieße sie später zu meinem neuen Schmöker, den ich mir gestern bei Josephine besorgt habe."

„Das hört sich fantastisch an!" Jenna begleitete Francis bis zur Treppe und kehrte dann, nachdem sie sich vergewissert hatte, dass sie alleine klarkam, in die Backstube zurück.

Tief atmete sie durch, als sie sich einmal rings umsah und sich augenblicklich ein Lächeln auf ihre Lippen schlich. Einige der Maschinen kannte sie aus ihrer Kindheit, wie die riesige Knetmaschine, die auf einem massiven Holztisch in der Ecke stand und immer noch verlässlich ihren Dienst tat. Früher hatte sie ziemlichen Respekt vor ihr gehabt. Als Nächstes entdeckte sie die alten Metallförmchen, die ihr Grandpa vor vielen Jahren für Weihnachtskuchen verwendet hatte. So wie es aussah, wurden diese mittlerweile nicht mehr benutzt, da sie dekorativ an der Wand hingen, wo sie perfekt mit der blauweiß-gestreiften Tapete darunter harmonierten. Diese war zwischenzeitlich ziemlich ausgebleicht und vermutlich nur aus nostalgischen Gründen geblieben, weil sie einst die ganze Backstube schmückte.

Jennas Herz zog sich zusammen, als sie näher trat. Ehrfurchtsvoll bewunderte sie die Form, die einem

Schaukelpferd nachempfunden war und so viele Erinnerungen an ihre Kindheit in ihr weckte. Sie hatte diesen besonderen Nusskuchen geliebt – und das nicht nur zur Weihnachtszeit. Verstohlen wischte sie sich eine Träne aus dem Augenwinkel. Warum nur musste alles so kompliziert sein?

Schweren Herzens sah sich Jenna in der Backstube um, weil sie in diesem Raum die Anwesenheit ihres Grandpas am meisten spürte. Es war beinahe, als wäre ein Teil von ihm immer noch hier. Ein Gefühl von Schwermut überkam sie, als sie zum Tisch hinüberlief um nach dem Teig fürs Jubiläumsbrot zu schauen.

Vorsichtig hob sie das Geschirrtuch an und entdeckte zu ihrer Freude, dass das Hefe-Sauerteig-Gemisch perfekt aufgegangen war und bereits Blasen warf. Sie konnte nicht widerstehen. Mit dem Finger zupfte sie etwas Teig ab und kostete davon. Automatisch verzog sich ihr Mund zu einem Lächeln, weil sie die liebevoll tadelnde Stimme ihres Grandpas neben sich hörte. Sie hatte ihn als Kind mit ihrer heimlichen Nascherei mehr als einmal in die Bredouille gebracht. Aber er hatte einfach nie Nein sagen können zu ihr, wenn er an einem neuen Keksteig arbeitete und sie zufällig hereinspaziert war.

Ihre Schwermut wich einem Gefühl tiefer Dankbarkeit, denn er war es, der ihr alles übers Bäckerhandwerk beigebracht hatte. Was würde sie nur dafür geben, noch ein einziges Mal mit ihm Schulter an Schulter in der Backstube zu stehen.

9

Larry

„Komm, setz dich neben mich, Dean." Eilig rückte Larry auf der Bank ein Stück zur Seite, um seinem Freund Platz zu machen. Die Senioren hatten sich soeben zur ihrem regelmäßigen Schachspiel am Pavillon eingefunden.

„Danke, geht schon. Sonst haben wir doch auch bequem auf eine Seite gepasst!", erwiderte Dean und legte sein mitgebrachtes Sitzkissen auf der Holzbank ab, auf das er sich kurz darauf niederließ.

„Ah, das berühmte Hämorrhoidenkissen", bemerkte Jonathan mit einem belustigten Grinsen. „Ich dachte, du hättest dieses Problemchen mittlerweile hinter dir."

„Hab ich ja auch." Dean dämpfte die Stimme und fuhr in verschwörerischem Tonfall fort: „Aber wenn ich mich schon mal daran gewöhnt habe, möchte ich es nicht mehr missen. Vor allem nicht auf dieser harten Bank."

„Wir sind eindeutig alt geworden", bemerkte Larry mit einem nachdenklichen Kopfnicken und knöpfte sich darauf wie zum Beweis die dicke Strickjacke zu. „Fehlt nur, dass einer von uns die Kuscheldecke von der Couch mitbringt oder ein Kirschkernkissen!"

„Wer will Kirschen essen?" Eugene, der nur noch ein gutes Ohr hatte, sah seine Freunde verständnislos an.

„Niemand, Eugene", antwortete Larry mit einem gutmütigen Lachen und klärte ihn vorsichtshalber mit lauter Stimme auf: „Aber du solltest endlich die Batterien in deinem Hörgerät wechseln."

„Würde ich ja, leider warten wir immer noch, dabei hat Martha die Dinger schon vor einer halben Ewigkeit bestellt", informierte er seine Freunde mit hilfloser Miene.

„Na, ich will Martha ja nichts unterstellen, allerdings ist sie vielleicht ab und zu ganz froh, wenn du nicht alles hörst." Jonathan klopfte seinem Freund lachend auf die Schulter, während er mit der anderen Hand die Figuren auf dem Schachbrett vor sich anordnete.

Eugene fiel ebenfalls in das gemeinschaftliche Lachen ein, dann drehte er sich prüfend um, ehe er antwortete. „An manchen Tagen wäre es mir lieber, meine Martha würde schlecht hören. So müsste ich vor dem Fernseher nicht diese blöden Kopfhörer tragen."

„Wem sagst du das. Die Dinger sind furchtbar, eine Zumutung! Ein Glück, dass ich so gute Ohren habe und sie nicht brauche", bemerkte Dean mit verständnisvollem Blick.

„So hat halt jeder sein Päckchen zu tragen, schlechte Ohren, Hämorrhoiden ..." Jonathan verstummte abrupt, als Martha auf einmal den Weg zum Pavillon entlang kam.

„Huhu, die Herren. Einfach herrlich, das Wetter heute!" Sie warf einen Blick in den Himmel, blinzelte kurz gegen die Sonne, die heute mit dem weißen Pavillon um die Wette strahlte, dann quetschte sie sich neben Eugene auf die Bank. „Wie gut, dass ich euch treffe. Sozusagen alle auf einen Streich."

Argwöhnisch kniff Larry die Augen zusammen und sah die Störenfriedin abwartend an. Es bedeutete nichts Gutes, wenn die Bürgermeisterin sie mitten in einer Schachpartie störte, weswegen er jetzt leise in seinen Schnauzbart brummte. „Nicht mal am Wochenende hat man seine Ruhe."

Martha zwinkerte ihm frech zu und erwiderte mit zuckersüßer Stimme: „Ihr seid Rentner, da gibt es kein Wochenende. Aber ich versprech euch, dass ich mich kurzfasse."

„Martha, muss das unbedingt jetzt sein?", maulte Eugene, dem der Auftritt seiner Frau sichtlich unangenehm war. „Wir wollten gerade anfangen."

Martha hob entschuldigend die Hände und schenkte den älteren Herren ein charmantes Lächeln. „Es ist extrem wichtig, sonst wär ich nicht gekommen. Außerdem weiß ich ja nicht, ob ich euch vor der nächsten Stadtversammlung noch einmal alle zusammen sehe."

Einen kurzen Moment schaute sie in die Runde und nachdem sie sich vergewissert hatte, dass sie die volle Aufmerksamkeit hatte, legte sie mit leuchtenden Augen los. „Mir ist eine tolle Idee gekommen, wie sich der Schachclub beim Stadtfest einbinden kann." Martha machte eine bedeutende Pause und hob dann in einer ausholenden Bewegung die Hand. „Mit einer Spielestation für die Kleinsten!"

„Spielestation? Du meinst Sackhüpfen und Dosenwerfen und so ein Zeugs?", fragte Dean mit großen Augen.

„Genau, und da ihr alle handwerklich begabt seid und ich den armen Clayton nicht noch weiter strapazieren möchte – er hat mit dem Pavillon genug zu tun –, baut ihr die Bude auch gleich selbst.“

Für einen Moment sahen sich die Männer entgeistert an, dann fasste sich Jonathan als Erster. „Das kommt jetzt aber ziemlich kurzfristig, das Fest ist in einer Woche!“

„Ach, ihr schafft das schon. Ist ja nicht das erste Mal, dass ihr innerhalb kürzester Zeit etwas auf die Beine stellen musstet“, erwiderte Martha lapidar und winkte mit der Hand gelassen ab.

„Erinnere mich nur nicht an das Festzelt vor zehn Jahren. Ein Wunder, dass es uns nicht alle unter sich begraben hat!“ Larry schüttelte bei der Erinnerung an diese Nacht- und Nebelaktion fassungslos den Kopf.

„O ja, das war wirklich ein Einsatz in letzter Minute. Hätten wir nicht noch vorsorglich weitere Stützpfeiler zusammengeschweißt, wäre genau das passiert“, bemerkte Dean mit einem dröhnenden Lachen.

„Seht ihr und deswegen komme ich zu euch. Ich weiß eben, wen ich mit Sonderaufgaben betrauen kann“, erwiderte Martha mit einem strahlenden Lächeln und wirkte durch diese Anekdote einmal mehr in ihrer Entscheidung bestärkt.

„Aber eine Spielstraße für Kinder?“, gab Eugene skeptisch zu bedenken. „Wird das nicht furchtbar anstrengend sein?“

„Ihr sollt ja nur beaufsichtigen, mein Lieber. Niemand zwingt dich, selbst in einem Sack quer durch den Park zu hüpfen“, nahm Martha ihm gleich den Wind aus den Segeln.

„Also, was meint ihr?", fragte sie erwartungsvoll in die Runde.

„Von mir aus, dann lasst uns ebenfalls etwas zum Stadtfest beisteuern", gab sich Jonathan geschlagen. „Oder, Männer?"

Als keine weiteren Einwände, sondern nur einträchtiges Nicken zurückkam, sprang Martha in einer behändigen Leichtigkeit auf.

„Prima, somit ist ja alles geklärt!" Schnell zog sie das Kostüm zurecht, das sich wie immer etwas zu eng um ihre stämmige Figur legte, und verabschiedete sich mit den Worten „Tschühüs, bis dann!"

Eiligen Schrittes rauschte sie davon und ließ vier verdutzte Herren am Tisch zurück. Larry schüttelte nur stumm den Kopf, während Dean und Jonathan Marthas Ehemann vorwurfsvoll anblickten.

„Schaut mich nicht so an. Ich habe selbst eben zum ersten Mal von dieser verrückten Idee gehört", rechtfertigte Eugene sich mit erhobenen Händen.

„Bist du dir wirklich sicher, wo du doch so schlecht hörst?" Jonathan sah seinen Freund grimmig an.

„Ich hab doch gesagt, dass ich im Moment keine Batterien mehr habe. Vielleicht solltest *du* besser zuhören!", brummte Eugene beleidigt zurück.

„Hey, ihr beiden, zerfleischt euch nicht", mischte sich nun Larry ein. „Eine Bretterbude ist wirklich kein Hexenwerk. Ich mach mir vielmehr Sorgen, wie wir den Spieleparcours überstehen sollen."

„Stimmt, wenn ich mich an diesem Tag nach jeder Blechdose bücken muss, die vom Tisch fällt ..." Dean kratzte sich nachdenklich am Kinn.

„Nicht nur das, wir sind es gar nicht mehr gewohnt, mit kleinen Kindern zu spielen und ihnen hinterherzurennen“, gab Dean zu bedenken. „Und dann brauchen wir noch Preise oder denkt ihr, die Kinder werfen nur zum Spaß auf die Dosen?“

„Ich fürchte, dass wir unser heutiges Schachspiel verschieben müssen, Männer. Es wartet einiges an Arbeit auf uns!“ Larry schmiss seine Schachfiguren zurück in die Kiste und schloss diese geräuschvoll.

„Hast recht, Larry“, stimmte Eugene ihm zu. „Erst die Arbeit, dann das Vergnügen ... und es tut mir wirklich leid, aber ihr kennt Martha ja. Sie ist einfach unverbesserlich.“

„Alles gut, Eugene.“ Jonathan klopfte seinem Freund versöhnlich auf die Schulter. „Was meint ihr, vielleicht sollten wir uns aufteilen? Larry, du sitzt doch an der Quelle, Logan kann dir garantiert etwas Baumaterial abgeben.“

„Bestimmt, ich wollte mich ohnehin dafür melden. Und wie sieht es mit leeren Dosen aus?“, wandte sich Larry nun an Dean. „Ihr müsstet im Bed & Breakfast massenweise davon haben.“

„Ich frage gleich mal Dorothy, die Vorratskammer sollte voll mit Konserven sein.“

„Und was das Sackhüpfen angeht, kann ich aushelfen“, meldete sich Eugene zu Wort. „Im Rathaus haben wir einen beachtlichen Vorrat an Jutesäcken, fragt mich nicht woher die stammen, vermutlich noch aus der Zeit, als wir mit Kohle heizten.“

„Dann bleiben nur die Preise übrig ... Hm, wie wäre es mit ein paar Kleinigkeiten aus dem Buchladen?", bemerkte Jonathan nachdenklich. „Josephine lässt bestimmt ein paar Sachen springen."

„Männer, wir sind richtig gut, wisst ihr das?" Larry stand die Freude über ihre schnelle und erfolgreiche Planung förmlich ins Gesicht geschrieben.

„Das kannst du laut sagen, Larry, und du meldest dich, wenn du Hilfe mit der Bude brauchst", erwiderte Dean mit Nachdruck.

„Mach ich, aber ich werd erst mal schauen, ob wir alles da haben." Larry schnappte sich sein Schachbrett und klemmte es unter den Arm. Mit den Worten „Wir sehen uns!" und einem Kopfnicken machte er sich auf den Heimweg.

***

„Hat dich Martha also doch drangekriegt!" Logan schüttelte schmunzelnd den Kopf. „Und du dachtest, mit drei alten Fotos fürs Stadtfest bist du aus dem Schneider."

„Das habe ich wirklich", erwiderte Larry trotz allem mit einem amüsierten Schmunzeln. „Ich bin davon ausgegangen, dass sie die Alten und Kranken dieses Mal verschont. Schließlich gibt es in unserer Familie bereits genügend helfende Hände."

„Was alt und krank angeht, übertreibst du. Aber bei genügend helfenden Händen gebe ich dir vollkommen recht. Arianna hat heute Morgen auch schon Farbe fürs B & B mitgenommen", klärte Logan seinen Schwiegervater auf.

„Stimmt, das hatte ich fast vergessen. Sie hilft Dorothy bei einigen Schönheitsreparaturen", erwiderte Larry, dem das Gespräch der letzten Bürgerversammlung wieder einfiel.

„Und unsere Jungs hat sie ebenfalls in den Klauen." Logan lachte laut und kam dann von der Leiter herunter, die zu einem großen Hochregal führte. „Also, es sieht gut aus. In diesem Fach habe ich alles, was du brauchst."

„Prima und vielen Dank für deine Spende. Vielleicht kann man die Bude ja später noch verwenden, als Gartenhaus oder so", schlug Larry nachdenklich vor.

„Sag das bloß nicht deiner Tochter, Arianna quetscht sonst einen dritten Schuppen in den Garten." Logan sah Larry amüsiert an.

„Hey, das hab ich gehört!", protestierte Arianna, die in diesem Moment ins Lager kam und ihrem Mann auf seinen Kommentar hin demonstrativ auf den Oberarm boxte. Mit ihren farbbekleckerten Latzhosen und dem Pferdeschwanz wirkte sie jugendlich und nicht wie die Mutter von drei erwachsenen Söhnen.

„Das war nur Spaß, Honey." Logan gab seiner Frau ein Küsschen auf den Mund und erwiderte mit Hundeblick: „Wenn du unbedingt einen dritten Schuppen haben willst, vergrößern wir eben den Garten."

„Ich nehme dich beim Wort, Logan." Arianna tätschelte ihm den Oberarm und wandte sich dann an ihren Dad. „Hi, Dad. Du bist aber früh zurück oder warst du gar nicht Schachspielen?"

„Lange Rede, kurzer Sinn: Martha kam uns dazwischen. Und nun bin ich hier, um Material für eine Wurfbude zusammenzusuchen."

„Oje, du auch noch? Mittlerweile sind hier ja alle beschäftigt!" Arianna hielt sich die farbbeschmierte Hand prustend vor den Mund.

„Das kannst du laut sagen ... Aber nächstes Jahr sind wir schlauer. Da hauen wir einfach ab!" Logan nickte ob seines genialen Plans zufrieden.

„Wo willst du denn hin?" Arianna sah ihren Mann amüsiert an und legte dabei den Kopf schief. „Außerdem glaube ich kaum, dass du das übers Herz bringst."

„Dann geh *ich* eben, vielleicht nach Florida!", rief Larry enthusiastisch aus. „Wir vom Schachclub haben das schon seit 'ner Weile vor. Ein bisschen Sonnenbaden, Cocktails und identische Badeshorts, damit wir uns in der Menge auch wieder finden."

„Grandpa, musste das jetzt sein? Dieses Kopfkino werde ich bestimmt nie wieder los!", maulte Clayton, der mit einer voll beladenen Schubkarre das Lager betrat.

„Was denn, ich bin schließlich noch nicht tot", erwiderte Larry und sprang auf einmal wie ein junger Hirsch in die Luft.

„Aber ausgerechnet zum Stadtfest?", gab Arianna zu bedenken. „Ich weiß nicht, das könnt ihr uns nicht antun."

„Keine Sorge, Mom, die vier Dinosaurier dürfen auf keinem Stadtfest fehlen!", fügte Clayton lachend hinzu und trat dann sicherheitshalber einen Schritt zur Seite.

„Dafür, dass du einiges zutun hast, scheinst du ja ziemlich gut drauf zu sein", bemerkte Larry nach einem Blick auf seinen Enkelsohn und den Inhalt der Schubkarre. „Sind das etwa die morschen Teile vom Pavillon?"

„Ganz genau und zum Glück sind keine tragenden Teile dabei, nur Verzierungen vom Dach, Sprossen vom Geländer und ein paar Stücke, die mir sonst noch aufgefallen sind. Die muss ich wohl alle rekonstruieren."

Logan ging auf den Schubkarren zu und bemerkte nach einem prüfenden Blick: „Die sehen teilweise echt übel aus. Ein Glück, dass bis jetzt nichts passiert ist."

Larry schnappte sich eines der Bretter und musterte es eingehend. „Na ja, der Pavillon steht halt schon seit 'ner halben Ewigkeit. Am besten wäre es natürlich, wenn man ihn von Grund auf neu erbaut, aber ..."

„Aber es hängen zu viele Erinnerungen daran", beendete Arianna den Satz mit bebender Stimme und legte ihrem Dad daraufhin liebevoll die Hand auf den Rücken.

Larry schluckte. Auf einmal stieg das Bild seiner geliebten Emilia als junge Braut vor seinem geistigen Auge auf. Sie waren eines der ersten Paare in Little Falls gewesen, das sich direkt unterm Pavillon getraut hatte.

„Ich tu mein Bestes, dass er wieder wie neu wird, versprochen." Clayton nickte seinem Grandpa aufmunternd zu und nahm ihm das verwitterte Holzstück aus der Hand.

„Danke, Clayton. Das bedeutet mir sehr viel."

Er verzog das Gesicht zu einem Lächeln, ehe er mit einem frechen Zwinkern antwortete: „Außerdem muss der Pavillon, jetzt, wo Jenna wieder zurück ist, in einem einwandfreien Zustand sein. Vielleicht erfüllt sich Grandmas letzter Wille ja doch!"

„Das wäre zu schön", erwiderte Arianna mit einem entrückten Lächeln. „Aber das liegt nicht in unserer Hand."

Larry stimmte ihr nickend zu. „Leider nein, doch wie heißt es so schön, alte Liebe rostet nicht."

Er verzog nachdenklich das Gesicht und wandte sich an Logan. „Und danke noch mal, dass du uns Holz für die Wurfbude überlässt. Ich mach mich jetzt gleich an die Pläne, dann weiß ich ganz genau, wie viel ich dafür benötige."

„Alles klar und melde dich, wenn du Hilfe brauchst!", erwiderte Logan lächelnd.

„Mach ich. Wir sehen uns später." Mit diesen Worten verließ Larry das Holzlager der Firma und lief auf das einladende Farmhaus zu, in dem er seit nunmehr einem Jahr zusammen mit seiner Familie lebte. Seit Emilias Tod war dies sein Zuhause.

Er betrat die herbstlich geschmückte Veranda, auf der zwei Schaukelstühle und ein kleines Tischchen standen, und öffnete die Tür. Sofort fiel ihm auf, dass seine Tochter während seiner Abwesenheit mal wieder umdekoriert hatte. Auf dem weiß gebeizten Schränkchen im Eingangsbereich hieß ihn ein kleines Holzschild mit der Aufschrift „Boo Hoo" willkommen, außerdem hatte sie die Bank neben der Garderobe mit schwarz-weiß karierten Kissen im Buffalo-Stil und Zierkürbissen ausgestattet.

Schmunzelnd schüttelte er den Kopf, während er sich die Stiefel im Stehen auszog und anschließend in seine gefütterten Pantoffeln schlüpfte. Mittlerweile fühlte er sich hier pudelwohl, nicht nur, weil das Haus seiner Tochter so gemütlich war, sondern, weil es für ihn nichts Schöneres gab, als mit der Familie gemeinsam zu essen und Zeit zu verbringen.

Larry schnupperte in die Luft, dann verzog sich sein Mund zu einem Lächeln. Wenn ihn nicht alles täuschte, hatte Arianna auch gebacken. Es duftete eindeutig nach Äpfeln und Zimt.

Den Kopf voller Ideen für die Wurfbude durchquerte er das großzügig geschnittene Wohnzimmer, das von einem deckenhohen Kamin dominiert wurde, und nahm, nachdem er sich aus der Kommode Block und Bleistift geschnappt hatte, am großen Esstisch Platz. Es dauerte nicht lange, bis Larry eine detaillierte Skizze aufs Papier gebracht hatte. Zufrieden legte er den Kopf schief, als er sich sein Werk nun ansah. Er hatte die Fensteröffnung extra großzügig geplant, sodass man beim Dosenwerfen genug Platz hätte. Diese Durchreiche besaß einen beweglichen Fensterladen aus Holz, den man nach oben hin bequem öffnen konnte, wo er gleichzeitig als Sonnenschutz fungierte.

Auch wenn ihn Marthas Überfall im Park im ersten Moment etwas überrumpelt hatte, freute er sich jetzt sehr auf dieses Projekt. Wenn er schon selbst keine Ur-enkel vorweisen konnte, seine Enkel – besonders Cole mit seinen 28 Jahren – ließen sich einfach zu viel Zeit, so wollte er wenigstens anderen Kindern eine Freude bereiten.

10

Jenna

Erschöpft ließ sich Jenna auf der kleinen Sitzbank nieder, die sich neben dem Steinofen der Bäckerei befand, und streckte die Beine von sich. Nur einen Augenblick, nur schnell die Füße entlasten, die mittlerweile höllisch brannten. Für einen Moment schloss sie die Augen, während sie gegen die Müdigkeit ankämpfte, die sie auf einmal übermannte. Sie war bereits seit zwei Uhr morgens wach, an einem Sonntagmorgen, um ihrem Dad in der Backstube zu helfen.

„Bald haben wir's geschafft", Henry zwinkerte seiner Tochter amüsiert zu, „dann kannst du dich ausschlafen."

„Ganz ehrlich, ich weiß nicht, wie ich das die nächsten Tage durchstehen soll. Ich bin jetzt schon fertig." Jenna fuhr sich mit der Hand übers Gesicht und unterdrückte ein Gähnen.

„Ach, das wird schon. Der erste Tag ist immer am schlimmsten", bemerkte ihr Vater mit einem lauten Lachen und kein bisschen erschöpft.

Jenna nickte nur müde und sah sich in der Backstube um, die sich in ein Schlaraffenland verwandelt hatte. Kaum zu glauben, was sie in den letzten Stunden alles geschafft hatten. Wohin das Auge reichte, stapelten sich Brote, Törtchen, Kuchen und allerlei andere Leckereien, die sie ihre schmerzenden Beine schlagartig vergessen ließen.

„Kann ich dir noch bei irgendwas helfen, Dad?", fragte Jenna und erhob sich wieder von dem kuschelig warmen Platz.

„Eine Sache wäre da, ja. Schnapp dir bitte mal diese Kiste vom Regal und pack einfach die Sachen rein, die auf der Liste am Kühlschrank stehen", instruierte Henry seine Tochter, während er nebenher einen Eimer mit Spülmittel füllte.

Jenna tat, wie ihr geheißen, und richtete die Bestellung, die aus Croissants, Zimtschnecken, Bagels und Scones bestand. „Erledigt, und wohin damit?", fragte sie, nachdem sie die Liste gewissenhaft abgearbeitet hatte und zu ihrem Vater sah. Dieser war mittlerweile bis zu den Armen in der riesigen Rührschüssel der Knetmaschine verschwunden, um sie zu reinigen.

„Sei doch so lieb und bring die schnell in den Diner rüber", kam es gedämpft zurück.

Für eine Moment hoffte sie, sie hätte sich verhört, immerhin steckte ihr Dad kopfüber in dem Gefäß. Aber wer sonst sollte in aller Herrgottsfrühe – außer vielleicht dem B & B – eine derartige Lieferung bekommen? In ihrem Magen breitete sich ein flaues Gefühl aus, das beim Gedanken an Cole einem aufgeregten Flattern wich. Na toll, sie war todmüde, völlig zerzaust und jetzt sollte sie in die Höhle des Löwen?

Jenna atmete tief durch und erwiderte geschlagen: „Alles klar, Dad. Mach ich!"

Sie wollte ihren Dad so gut es ging unterstützen und dazu gehörten eben auch Botengänge. Außerdem blieb ihr im Moment sowieso nichts anderes übrig. Ihre Grandma schlummerte noch tief und fest und ihre Mom war damit beschäftigt, die frischen Backwaren im Laden einzuräumen.

Jenna zog die Schürze aus, klopfte sich das Mehl aus den Klamotten und schnappte sich die Kiste.

„Vielen Dank, mein Schatz!", kam es aus der metallenen Rührschüssel zurück, die ihr Dad ganz offensichtlich hegte und pflegte wie einen alten Schatz.

„Kein Problem", erwiderte Jenna lächelnd, verließ die Backstube und blieb fasziniert in der Bäckerei stehen, wo ihre Mom gerade die nostalgische Vitrine einräumte.

„Wow, das sieht wirklich toll aus", bemerkte Jenna mit unverkennbarem Stolz, als sie die feinen Gebäckstücke, die sie kurz zuvor eigenhändig gebacken hatte, erkannte. Ihre Mom hatte die Törtchen auf Porzellantellern mit rosafarbenem Streublumenmuster perfekt in Szene gesetzt.

Jenna kannte aus Boston einige nette Konditoreien wie die *Magnolia Bakery*, aber die kleine Bäckerei ihrer Eltern stand diesen in nichts nach. Im Gegenteil, sie überzeugte durch ihren unverwechselbar altmodischen Charme.

„Oh, vielen Dank!" Überrascht sah Claire auf und lächelte ihre Tochter an. „Das freut mich."

„Es passt einfach alles perfekt zusammen. Grandpas alter Tresen samt Glasvitrine und die antiquierte Kasse." Jenna drehte sich einmal um. „Und dazu die neu gestaltete Sitzecke mit der Cupcake-Tapete. Wirklich schade, dass die Bäckerei nicht mehr Aufmerksamkeit bekommt."

„Nun ja, bald haben wir ja unser Stadtfest", bemerkte Claire mit verheißungsvoller Stimme. „Die perfekte Gelegenheit, um potentielle Kunden auf uns aufmerksam zu machen."

„Stimmt, deswegen sollten wir unbedingt die Stofftaschen bedrucken lassen, die bringen noch mal zusätzlich Werbung", erinnerte Jenna ihre Mom.

Claire nickte eifrig. „Genau so machen wir's. Bist du auf dem Weg zum Diner?", fragte sie nach einem Blick auf die Kiste.

„Ja, Mom. Bestellt Cole täglich bei euch?", erkundigte sie sich so beiläufig wie möglich und aus reinem Selbsterhaltungstrieb. Schließlich wollte sie vorgewarnt sein, sollte sie ihn nun jeden Morgen beliefern müssen.

„Ja, Cole hat ein Abo", erwiderte Claire schmunzelnd, „und er hat die Menge seit der Übernahme von Larry sogar verdoppelt. Aber ich hab keine Ahnung, ob er das alles an einem Vormittag loswird."

Jenna verzog das Gesicht. Sie hatte sich über die Menge auch schon gewundert, schließlich gab es im Diner frisch zubereitete Pancakes, Waffeln und French Toast. „Na, dann mach ich mich mal lieber auf den Weg, nicht dass Cole auf dem Trockenen sitzt."

Claire lachte herzhaft. „Ja, das solltest du. Es ist gleich sieben und Cole kann etwas nervös werden, wenn nicht alles nach Plan läuft."

„Ha, von wegen nervös, du meinst wohl eher übellaunig", bemerkte Jenna trocken und verließ kurz darauf, nachdem sie die Strickjacke übergezogen hatte, die Bäckerei.

Im Freien atmete sie mehrmals tief durch. Nicht nur, weil die morgendliche Herbstluft guttat, sondern, weil ihr auf einmal klar wurde, dass sie Cole gleich alleine treffen würde. Neulich im Diner hatte sie sozusagen Welpenschutz durch Josephine genossen, jetzt aber war sie auf sich gestellt, was ihr Herz stolpern ließ.

Jenna passierte die Main Street, die um diese Zeit am Sonntagmorgen wie ausgestorben war, und näherte sich dem Diner, das seltsamerweise komplett im Dunkeln lag.

Na toll, schoss er ihr durch den Kopf, *Cole hat noch nicht einmal offen.* Dennoch ging sie weiter, bis sie schließlich die Tür erreichte und mit angespanntem Atem die Klinke runter drückte. Wie befürchtet war diese geschlossen. Nach einem kurzen Zögern hob Jenna die Hand und klopfte mehrmals gegen die Scheibe. Vielleicht hatte Cole einfach vergessen aufzuschließen. Was, wenn er bereits in der Küche war und sie von dort aus nicht hören konnte?

Ungeduldig sah sie sich um und riskierte einen Blick durch die Bistrogardine nach innen. War sie etwa zu früh?

Jenna wollte gerade umdrehen, als sie ein schwaches Licht im hinteren Bereich des Raumes aufleuchten sah. Kurz darauf wurde die Tür schwungvoll geöffnet, dann fiel ihr Blick auf einen völlig verschlafenen wie überraschten Mann, der nichts weiter trug als knappe Boxershorts.

„Jenna, was machst du denn hier?“ Sichtlich überrascht starrte Cole sie an.

„Nach was sieht es denn aus?", erwiderte Jenna ob seines Aufzugs amüsiert und richtete ihren Blick schnell nach oben, weg von seiner gutdefinierten Brust.

„Ähm, klar, die Lieferung. O Mann, wie peinlich, das ist mir echt noch nie passiert. Hab voll verschlafen."

Cole kratzte sich verwirrt am Kopf und nahm schnell die Kiste mit dem Gebäck entgegen. „Scheiße, wie viel Uhr haben wir?" Ruckartig drehte er sich nach der großen Uhr über dem Tresen um, anschließend wanderte sein Blick erschrocken nach unten. Jenna verkniff sich ein Grinsen, weil die Situation einfach zu komisch war. Dem Armen war offensichtlich erst jetzt aufgefallen, wie er herumlief.

„Ich zieh mir schnell was an. Ähm ... Könntest du hier die Stellung halten?" Hastig stellte er die Kiste mit dem Gebäck auf dem Tresen ab und rannte die Treppen zu seiner Wohnung hinauf.

Mit einem breiten Schmunzeln sah Jenna ihm hinterher, ihre Müdigkeit war wie weggeblasen. Der Anblick von Coles Körper – noch vor dem Frühstück – verwirrte sie viel zu sehr, dafür, dass sie quasi verlobt war.

Jenna nahm auf einem der Barhocker Platz und sah sich etwas hilflos um. Ob es wohl unverschämt war, sich selbst einen Kaffee herauszulassen? Sie warf einen sehnsüchtigen Blick zum Kaffeeautomat, der mit seinen zahlreichen Hebeln und Knöpfen ziemlich kompliziert aussah und sie nach der langen Nacht eindeutig überforderte. Hätte sie bloß in der Bäckerei einen Kaffee getrunken. Auf der anderen Seite wollte sie demnächst schlafen und da war Koffein keine gute Idee. Während sie mit aller Kraft darum kämpfte, die Augen offen zu halten, lechzte sie nach dem Koffein, das so nah, aber unerreichbar schien.

Ehe sie zu einer Entscheidung kam, stand Cole wieder neben ihr, jetzt in Jeans und T-Shirt, die Haare jedoch immer noch leicht zerzaust. Wann war er zurückgekommen? Der intensive Blick, mit dem er sie bedachte, ließ ihre Haut angenehm kribbeln.

„Ok, ich werd dann mal gehen", sagte Jenna eilig und rutschte vom Barhocker runter, weil die Spannung zwischen ihnen auf einmal greifbar war. Doch Coles fester Griff an ihrem Oberarm stoppte sie abrupt.

„Hast du endlich gefunden, wonach du gesucht hast?", fragte er mit rauer Stimme, die Augen mit einem unergründlichen Ausdruck auf sie gerichtet. Sie konnte nicht beschreiben, was es war. Schmerz oder Wut, vielleicht auch beides.

„Lass mich bitte los, Cole, das ist albern", bat Jenna mit einem nervösen Lachen, denn sein unvermittelter Angriff hatte sie völlig überrascht.

Cole lockerte seinen Griff nur unmerklich, ehe er sie mit zusammengekniffenen Augen ansah. „Ich finde es überhaupt nicht albern, sondern nur fair. Du schuldest mir eine Erklärung."

Jenna schluckte den unangenehmen Kloß in ihrem Hals herunter und warf einen Blick zur Tür. Wo waren denn alle, wenn man sie brauchte? Nach vier Stunden in der Backstube und einer bleiernen Müdigkeit war ihr Kopf vollkommen leer.

Abrupt ließ Cole sie los und verschwand mit einem Kopfschütteln hinterm Tresen, wo er mit einem lauten Schnaufen die Kaffeemaschine anschaltete. „Hätt ich mir gleich denken können!"

Jenna schnappte nach Luft, doch auch jetzt kam nichts über ihre Lippen. Dennoch wollte sie Coles Kommentar nicht auf sich sitzen lassen. Sie brauchte dringend Koffein. Entschlossen nahm sie an einem Tischchen an der Fensterfront Platz, schnappte sich die Karte und warf einen demonstrativen Blick hinein.

„Das ist jetzt nicht dein Ernst?", fragte Cole mit großen Augen und legte die Glashaube, unter der er die Gebäckstücke gerade arrangieren wollte, mit einem dumpfen Aufschlag ab.

Doch Jenna ignorierte seine Frage, schenkte ihm stattdessen ein Lächeln und gab augenzwinkernd ihre Bestellung auf. „Ich hätte gerne einen Kaffee und French Toast. Oder hast du immer noch geschlossen?"

Für einen Moment starrte Cole sie perplex an, bevor er sich zum Kaffeeautomat drehte und den Knopf betätigte. *Ok, dann eben keine Antwort*, schoss es Jenna durch den Kopf. Sie verfolgte für einige Augenblicke, wie Cole stumm hinter der Theke hantierte und anschließend zur Tür lief, um das Schild auf „Geöffnet" umzudrehen. Kurz darauf servierte er ihr mit einem Brummen den fertigen Kaffee. „Milch und Zucker stehen auf dem Tisch."

Jenna unterdrückte ein belustigtes Grinsen und nahm endlich einen Schluck vom Kaffee, als Cole in der Küche verschwand. Sofort spürte sie, wie die Lebensgeister zurückkehrten und sich der Nebel in ihrem Kopf etwas lichtete. Doch anstelle einer schlagfertigen Antwort, die sie Cole hätte entgegenschleudern können, tauchte sein Bild von vorhin vor ihrem geistigen Auge auf. Nicht dass sie in letzter Zeit keinen nackten Mann gesehen hätte – Eric konnte sich ebenfalls sehen lassen –, aber sie musste zugeben, dass sie schon lange nicht mehr in den Genuss eines solchen Prachtkörpers gekommen war.

Unbewusst biss sie sich auf die Lippe, während ein angenehmer Schauer ihren Rücken hochkroch. Cole hatte in den letzten drei Jahren eindeutig an Muskeln zugelegt, besonders an den Oberarmen, wo sich der Stoff seines Shirts eng um seine Haut spannte. Sie konnte nicht sagen, wie lange sie sich ihren Fantasien hingegeben hatte, bis Coles Stimme sie abrupt in die Wirklichkeit zurückholte.

„Dein French Toast!"

„Mann, Mann, die Freundlichkeit in Person. Langsam frage ich mich, wie es deine Gäste mit dir aushalten. An deinem Charme kann es ja nicht liegen", murmelte Jenna in ihre Kaffeetasse hinein.

„Wem es nicht passt, kann ja gehen. Und was dich angeht, du weißt, wo die Tür ist! Sollte dir nicht allzu schwerfallen."

Der Stich im Herzen, den Jenna ob Coles Worten verspürte, kam plötzlich, dennoch ließ sie sich nicht anmerken, wie sehr er sie verletzt hatte. Stumm sahen sie sich an, doch genau in dem Moment, als Jenna dachte, Cole würde sich wieder wortlos umdrehen, schnappte er sich ebenfalls einen Stuhl und nahm ihr gegenüber am Tisch Platz. Ihr Herz schlug ihr bis zum Hals, als Cole sie wieder mit diesem seltsamen Ausdruck musterte. Gleichzeitig verlor sie sich in seinen blauen Augen.

„Bist du glücklich?", fragte er in die Stille hinein.

Bei Coles sanfter Stimme und seinem besorgten Blick musste sie fest schlucken. Mit aller Kraft kämpfte sie gegen die Tränen an, die langsam in ihr aufstiegen. Nein, war sie nicht. Und die Tatsache, dass sie ihren Kummer nicht hatte verbergen können, stimmte sie noch trauriger.

Jenna klammerte sich an ihre Tasse, sodass ihre Knöchel mittlerweile weiß hervorstachen. Sie fühlte sich wie gelähmt. Dass sich ausgerechnet Cole nach ihrem Befinden erkundigte, während Eric annahm, es sei alles in bester Ordnung, war zu viel für sie.

Stumme Tränen liefen über ihre Wangen, dann schloss sie in dem verzweifelten Versuch darüber die Augen.

„Jenna …" Coles Stimme drang zu ihr durch und auf einmal spürte sie seine Hand, die sich fest um ihre legte.

Die Gefühle, die sie plötzlich übermannten, lösten einen erneuten Tränenschauer aus und ließen ihren Körper beben. Sanft fuhr er mit dem Daumen über ihren Handrücken und machte dadurch unbewusst alles nur noch schlimmer.

Als sie die Augen wieder öffnete, sah sie in sein kummervolles Gesicht. „Erzähl mir bitte, was los ist", forderte er sie in liebevollem Ton auf.

Doch Jenna schüttelte unmerklich den Kopf. Wie könnte sie ausgerechnet ihm davon erzählen?

„Ich kann nicht", flüsterte sie leise und entzog ihm ihre Hand.

Sichtlich verletzt verzog Cole den Mund, ehe er antwortete: „Dann rede wenigstens mit deinen Eltern. So gut scheint es dir in Boston ja nicht zu gehen, wenn du wegen eines angebrochenen Knöchels alles stehen und liegen lässt."

Jenna wollte ihm schon eine Antwort geben, aber sie überlegte es sich anders. Im Grunde hatte er recht, außerdem war sie im Augenblick einfach zu müde, um überhaupt irgendetwas zu sagen. Jenna nickte ihm kurz zu und schnappte sich daraufhin erneut den Kaffee.

„Und schlaf dich bitte aus, Jenna, du siehst echt fertig aus." Mit diesem Satz und einem entschuldigenden Lächeln, drehte sich Cole um und verschwand wieder in der Küche.

Etwas verloren sah sie sich nun im Diner um, das sie jetzt ganz für sich allein hatte. Seltsam, dabei war es doch fast acht Uhr. Andererseits war es Sonntagmorgen und durchaus plausibel, dass man sich heute mit dem Frühstück etwas Zeit ließ.

Jenna zuckte mit den Schultern und widmete sich schließlich ihrem French Toast, da sie es nicht stehen lassen wollte. Eigentlich hatte sie keinen Appetit, doch ihr knurrender Magen, der sich plötzlich bemerkbar machte, sah das wohl anders. Na ja, ein gefüllter Bauch vor dem Schlafengehen konnte sicher nicht schaden, ebenso wenig wie etwas Balsam für die Seele.

Jenna schnitt sich ein Stück von dem dreistöckigen French Toast ab, zog die Gabel mit dem Gebäck daran durch den Ahornsirup, der am Tellerboden einen kleinen Teich bildete, und piekste zu guter Letzt einige Blaubeeren auf. Schon nach dem ersten Bissen fühlte sie sich besser. Vielleicht lag es am Zucker, vielleicht aber auch am Fett, dass sich ihre Stimmung aufhellte. Oder daran, dass Cole immer noch genau wusste, wie sie ihren French Toast am allerliebsten aß.

Automatisch wanderte ihr Blick zur Küche, aus der geschäftiges Klappern drang. Dann erkannte sie den Song, zu dem Cole völlig falsch mitsang.

11

„Nein, stopp, ihr könnt da nicht rein!" Francis, die sich mitten auf dem Gehweg postiert hatte, hob alarmierend beide Krücken zur Seite, um Larry und Eugene am Vorbeigehen zu hindern. Die hatten ihr gerade noch gefehlt. „Der Diner hat vorübergehend geschlossen! Tut mir leid."

Larry kniff argwöhnisch die Augen zusammen. „Ach Quatsch, ich kann doch von hier aus sehen, dass dort Licht brennt. Außerdem bin ich am Verhungern."

„Ja, das glaub ich dir sofort. Aber heute müsst ihr euch was anderes suchen!", stellte Francis mit fester Stimme klar und wandte den Blick von Larry ab. „Und du versuch ja nicht, an mir vorbeizuschleichen. Ich weiß genau, was du vorhast!"

Eugene blieb mitten in der Bewegung stehen, zog schnell den Kopf ein und warf einen Hilfe suchenden Blick zu Larry.

„Alles gut, du scheinst heute nicht zum Spaßen aufgelegt zu sein", murmelte Eugene beleidigt.

„Was ist denn so wichtig, dass du uns hier festhältst wie Verbrecher auf der Flucht?" Larry hob ratlos die Arme.

„Ich stehe Schmiere – für Jenna und Cole“, antwortete Francis mit ehrfurchtsvoller Stimme und nahm endlich die Krücken runter. „Schau selbst, ein Wunder ist geschehen ... Aber pass um Himmels willen auf, dass sie dich nicht sehen!“

Angespannt hielt sie die Luft an, als er vorsichtig um die Ecke linste.

Augenblicklich verzog sich sein Mund zu einem breiten Lächeln. „Ah, ich verstehe, deswegen der Aufruhr.“

„Was ist denn da los? Ich sehe nichts.“ Eugene, der um einiges kleiner war als sein Freund, sah diesen fragend an.

„Jenna und Cole, sie sitzen an einem Tisch!“, rief Francis verzückt aus.

„Aber ... wie das? Haben wir irgendetwas verpasst?“ Larry kratzte sich nachdenklich am Kopf.

„Henry hat sie heute früh mit den Backwaren rübergeschickt ... und als sie eine halbe Stunde später immer noch nicht zurück war, haben wir uns natürlich Sorgen gemacht“, klärte Francis die Männer auf.

Larry kniff angestrengt die Augen zusammen, dann fragte er etwas begriffsstutzig: „Heißt das, sie sind wieder ein Paar?“

„Ich wünsche mir nichts mehr auf der Welt!“ Francis legte die Hand auf die Brust. „Ich hab doch gesagt, mein angebrochener Knöchel ist Schicksal.“

„Das war ein dummer Unfall!“ Larry schüttelte tadelnd den Kopf. „Du kannst von Glück sprechen, dass du dir nicht das Genick gebrochen hast.“

„Ja, stell dir vor, es hätte dich in voller Länge auf die Rathaustreppe gelegt. Brrr, allein der Gedanke lässt mich erschaudern.“ Wie zum Beweis erzitterte Eugene und fuhr nachdenklich fort: „So, und was machen wir jetzt? Was meint ihr, wie lange die beiden noch brauchen?"

Francis sah Eugene böse an und gab ihm daraufhin mit der Krücke einen leichten Stoß. „Darauf warte ich schon drei Jahre lang!" Sie konnte nicht glauben, wie unsensibel Eugene heute war. Irgendwie musste sie die beiden Männer hier schleunigst wegschaffen.

„Aber meine Zeitung, wo krieg ich die jetzt her?", jammerte Eugene.

„Psst, Ruhe, es geht weiter", zischte Francis ihm zu, während sie angestrengt die Augen zusammenkniff und die beiden beobachtete. Kurz darauf entgleisten ihr die Gesichtszüge. Das, was sie auf einmal sah, gefiel ihr ganz und gar nicht. „Halt, was ist denn da los? Er wird doch nicht allen Ernstes ..." Erschrocken schlug sie die Hand vor den Mund. „Cole hat sie zum Weinen gebracht!"

Die Gefühle und die plötzlich aufsteigende Panik gingen mit ihr durch. Empört boxte sie Larry auf den Arm. „Warum bringt dein Enkelsohn meine Jenna zum Weinen?"

„Sie weint doch nicht!" Skeptisch sah Larry seine langjährige Freundin an. „Außerdem kannst du das von hier aus gar nicht sehen." Vorsichtshalber warf er einen schnellen Blick zum Diner und fuhr mit beruhigender Stimme fort: „Schau, es ist alles in bester Ordnung, jetzt halten sie sogar Händchen."

Francis atmete erleichtert auf, als sie ebenfalls Zeuge wurde, wie Cole die Hand ihrer Enkeltochter liebevoll streichelte und sie verliebt ansah. „Na Gott sei dank! Das hätte ich Cole auch geraten."

„Das kannst du laut sagen, sonst hätte er sich von mir was anhören können", stimmte Larry ihr mit einem Lachen zu. „Aber ich denke, wir sollten sie lieber in Ruhe lassen."

Francis nickte schnell. „Du hast recht, Larry. Kommt mit, ihr beiden, mir ist gerade etwas eingefallen."

Larry und Eugene sahen sich fragend an und folgten Francis schließlich zur Bäckerei. „Zur Feier des Tages lade ich euch ein. Sucht euch aus, was ihr wollt, und dann gehen wir damit rüber zum Pavillon."

„Eine prima Idee und das Wetter spielt heute auch mit", erwiderte Larry nach einem Blick nach oben, wo der blaue Himmel bereits einen vielversprechenden Herbsttag ankündigte.

„Oh, wie aufregend, ein Frühstück im Park!" Eugene rieb sich freudig die Hände. „Das habe ich auch noch nie gemacht. Wie dekadent!"

Francis nickte zufrieden. „Siehst du, und die Zeitung bekommst du heute von mir."

Mit den beiden Männern im Schlepptau betrat sie nach ihrer erfolgreichen Suche nach Jenna die Bäckerei.

„Da bist du ja, Mom. Ich dachte schon, du bist auch verloren gegangen." Claire kam eilig hinter dem Tresen hervor. „Hast du Jenna gefunden?"

„Alles in Ordnung, meine Liebe", erwiderte Francis mit einem breiten Lächeln. „Unserer Kleinen geht es blendend. Sie ist im Diner und in bester Gesellschaft."

„Ja, genau. Sie und Cole poussieren gerade!", platzte es aufgeregt aus Eugene heraus.

„Tatsächlich?" Claire sah ihre Mutter mit tellerrunden Augen an. Ihr Lächeln hatte sich mittlerweile in ein amüsiertes Grinsen verwandelt.

„Genau genommen sitzen sie allein im Diner, halten Händchen und verdrücken eine riesige Portion French Toast! Also wenn das keine tolle Neuigkeiten sind, dann weiß ich auch nicht", klärte Francis ihre Tochter über die neuesten Entwicklungen auf.

„Das sind sie wirklich", antwortete Claire ehrlich und sah die Senioren lächelnd an. „Auch wenn sie etwas überraschend kommen."

„Wem sagst du das, Claire", bemerkte Larry mit einem nachdenklichen Nicken. „Deswegen haben wir uns auch schnell verkrümelt und hoffen hier auf einen kleinen Snack."

„Aber natürlich. Nehmt schon mal in der Sitzecke Platz."

„O nein, wir haben andere Pläne", erwiderte Francis schnell. „Wir nehmen uns was mit und frühstücken heute mal im Park."

„Im Park?", fragte Claire verwundert. „Ist es denn nicht zu kalt?"

„Es ist herrlich draußen und außerdem sind wir alle drei gut eingepackt, nicht wahr?" Francis tauschte einen verschwörerischen Blick mit Larry und Eugene, die heute in dicken Cordhosen und grob gestrickten Pullis steckten.

„Ok, wie ihr wollt." Claire verschwand wieder hinter dem Tresen und nahm mit einem amüsierten Lächeln auf den Lippen die Bestellung entgegen.

Keine Viertelstunde später machte sich die eingeschworene Gruppe, bepackt mit Kaffeebechern, Gebäcktüten und einer Zeitung, auf den Weg. „Seht ihr, wäre mein Knöchel nicht gewesen, hätten wir nie dieses Picknick veranstaltet." Francis zwinkerte den Männern abenteuerlustig zu und konzentrierte sich dann wieder auf den geschotterten Weg, der, wie sie zugeben musste, mit den Krücken gar nicht so einfach zu bewältigen war.

„Kommst du klar, meine Liebe?" Larry warf ihr einen besorgten Blick zu.

„Aber sicher, mittlerweile gewöhne ich mich an die Dinger hier. Was bleibt mir anderes übrig?"

Dennoch griff Larry ihr freundschaftlich unter die Arme und wich ihr nicht von der Seite, bis sie schließlich den Pavillon erreichten.

„Lasst uns mal anfangen, meine Herren." Francis ließ sich vorsichtig auf der Holzbank nieder, legte die Krücken beiseite und schnappte sich gleich die Tüte mit den Zimtschnecken.

„Die hat Jenna heute früh gebacken", informierte sie die Männer mit unverkennbarem Stolz. „Bitte schön, bedient euch."

Larry und Eugene ließen sich nicht zweimal bitten und griffen beherzt zu.

„Mmh, sehr lecker, an ihr ist wirklich eine Bäckerin verloren gegangen", bemerkte Larry nach dem ersten Bissen anerkennend.

„Wem sagst du das. Sie kennt sogar die alten Rezepte auswendig!"

„Tatsächlich, nach all den Jahren? Ich seh sie noch heute vor mir, wie sie mit George in der Backstube stand." Larry schien auf einmal in Gedanken weit weg, die Augen mit einem verräterischen Glanz in die Vergangenheit gerichtet.

„Das sind wirklich schöne Erinnerungen", erwiderte Francis, ebenfalls mit sentimentalem Blick. „Ich denke oft an diese Zeit zurück. Jenna war so wissbegierig und George wurde trotz seiner Krankheit nicht müde, ihr alles zu zeigen. Er hat darauf gehofft, dass Jenna eines Tages den Laden übernimmt. Nur um die Knetmaschine hat sie seit jeher einen großen Bogen gemacht. Schon als Kind war ihr ‚das laute Monster' nicht geheuer."

„Sag bloß, ihr habt das Urgestein noch immer?", fragte Eugene mit großen Augen. „Ich kann mich erinnern, wie wir das Ding damals aus New Haven herübergeholt haben."

„Stimmt, ihr zwei wart ja dabei!", fiel es Francis wieder ein und hielt sich ob der lustigen Erinnerung lachend den Bauch. „Dieses Vorhaben hätte auch ganz schön in die Hose gehen können."

Sie war damals frisch in der Bäckerei gewesen, als ihr Boss und späterer Ehemann beschlossen hatte, die gigantische Maschine höchstpersönlich vom Hersteller abzuholen, um Transportkosten zu sparen. Leider hatte er nicht damit gerechnet, dass sie quasi vom Band und ohne jegliches Verpackungsmaterial kam. Zum Glück hatte er Larry und Eugene dabeigehabt, die sich todesmutig auf die Ladefläche des alten Trucks gesetzt hatten, um das gute Stück die ganze Fahrt über, mit vollem Körpereinsatz, vor Gefahren zu schützen. Den Anblick der völlig zerzausten jungen Männer, die sich an eine

Knetmaschine klammerten, würde sie ihr ganzes Leben nicht vergessen.

„Wir waren damals jung und dumm!", erwiderte Larry kopfschüttelnd. „So etwas könnte man heute gar nicht mehr bringen. Stell sich das einer vor, den ganzen Weg von New Haven nach Little Falls!

„Das waren andere Zeiten", bemerkte Eugene mit einem spitzbübischen Grinsen. „Heutzutage hättest du gleich 'ne Anzeige am Hals. Ich kann mir nicht vorstellen, dass die Cops bei so einer Aktion ein Auge zudrücken würden."

„Was habt ihr denn verbrochen? Muss ich mir etwa Sorgen machen?", ertönte auf einmal eine amüsierte Stimme hinter ihnen.

Überrascht drehte sich die Gruppe nach Chase' Stimme um, der unbemerkt über den Rasen zum Pavillon gekommen war und die Senioren nun mit hochgezogener Augenbraue abwartend ansah.

Francis musste zugeben, dass der junge Mann selbst ohne Uniform eine Autorität ausstrahlte, die zumindest Eugene ganz nervös machte. Dieser war tatsächlich kurz zusammengezuckt und antwortete schnell: „Ach, gar nichts. Außerdem ist das schon längst verjährt, stimmt's, Larry?"

Schmunzelnd schüttelte Chase ob Eugenes Aufregung den Kopf und nahm dann neben Francis Platz.

„Du kommst genau richtig, wir machen gerade ein spontanes Picknick. Greif zu!", forderte sie ihn mit einem erfreuten Lächeln auf.

Chase' Blick fiel auf den vollgepackten Holztisch, dann erwiderte er charmant: „Wie könnte ich da Nein sagen? Gibt es etwas zu feiern oder hat euch Cole mit seiner üblich schlechten Laune aus dem Diner vergrault?" Chase grinste und sah erwartungsvoll in die Runde.

Francis schnalzte tadelnd mit der Zunge. „Na, na, du tust deinem Bruder unrecht, mein Lieber. Cole haben wir heute noch gar nicht gesehen – nur aus der Ferne", fügte sie korrekterweise hinzu und überlegte für einen Moment, ob sie Chase von ihrer Beobachtung erzählen sollten. Sie kannte die drei Brüder nur zu gut und wusste von ihren gelegentlichen Foppereien, auch wenn sie es nie böse meinten. Dennoch entschied sie sich, dass es besser war, vorerst zu schweigen, um den magischen Moment zwischen ihrer Enkeltochter und Cole zu schützen. Larry, der ihren Zwiespalt offensichtlich erfasst hatte, kam ihr zu Hilfe.

„Bei diesem schönen Wetter haben wir uns für ein Picknick entschieden. Wer weiß, ob wir vor dem Stadtfest noch einmal die Gelegenheit dazu finden."

„Du sagst es, Larry", führte Eugene dessen Satz fort. „Wir wollten einfach noch mal die Seele baumeln lassen, bevor wir uns morgen wieder den Vorbereitungen widmen."

Francis schenkte Eugene ein anerkennendes Lächeln. Es kam nicht sehr oft vor, dass dieser so geistesgegenwärtig reagierte. Und mit der Erwähnung des Stadtfestes hatten sie, was Chase anging, genau den richtigen Köder ausgeworfen.

„Stimmt, Dad hat da was erzählt. Ihr baut eine Wurfbude?"

Interessiert richtete sich Francis auf. „Oh, davon weiß ich ja gar nichts. Hat Martha euch also doch rangekriegt?"

„So kann man es auch sagen, meine Frau ist voller Überraschungen! Nicht einmal mich hat sie eingeweiht, sondern uns gestern alle beim Schachspiel überfallen!" Eugene hob entschuldigend die Arme. „So ist sie halt, meine Martha."

„Wir können von Glück reden, dass wir sie haben", sinnierte Chase mit einem Lächeln. „Auch wenn sie von Zeit zu Zeit sehr anstrengend ist. Nichts für ungut, Eugene, ich bin Marthas größter Fan. Aber in den letzten Wochen hat sie mich so einige schlaflose Nächte gekostet."

„Ich hoffe doch nicht solche schlaflosen Nächte?", fragte Larry mit einem Augenzwinkern und stieß Chase leicht in die Seite.

„Haha, sehr witzig, dass ausgerechnet du mir so in den Rücken fällst, Grandpa. Und dann noch vor Eugene?" Chase schüttelte gespielt fassungslos den Kopf, bevor er sich ebenfalls ein Gebäckstück aus der Tüte schnappte.

„Mmh, die sind vielleicht gut. Hat Henry was daran geändert?", fragte Chase nach dem ersten Bissen.

„Die sind nicht von Henry, sondern Jennas Werk", erwiderte Francis mit einem breiten Lächeln.

„Wow, und ich dachte immer, Jenna sei eine dieser Frauen, die in der Küche zwei linke Hände haben", bemerkte Chase mit vollem Mund und fuhr, nach einem schiefen Seitenblick von Larry, fort: „Was denn, ist doch bei den meisten Karrierefrauen so, oder nicht?"

„Nun, auf meine Martha trifft dies tatsächlich zu", bemerkte Eugene lachend. „Mir soll's recht sein, so kann ich wenigstens jeden Tag in den Diner."

Francis schüttelte amüsiert den Kopf, dann wanderte ihr Blick zu diesem, der von hier aus nur teilweise zu erkennen war. Mehrere Büsche, die den Park von der Straße abgrenzten, versperrten ihr leider die Sicht. Ob Jenna immer noch dort saß? Wohl kaum, zwischenzeitlich waren bestimmt die Langschläfer von Little Falls bei Cole eingekehrt, um den Sonntag mit einem ausgiebigen Frühstück zu starten – während Jenna ihr wohlverdientes Schläfchen hielt.

Beim Gedanken an Jenna und Cole verzogen sich ihre Lippen zu einem Lächeln. Sie konnte kaum glauben, dass dies wirklich passierte. Ehrlich gesagt hatte sie die Hoffnung auf eine Versöhnung längst aufgegeben. Aber jetzt änderte sich auf einmal alles!

Dann verzog sich ihr Gesicht zu einer sorgenvollen Miene. Der Gedanke, der ihr plötzlich gekommen war, warf einen dunklen Schatten auf die jüngsten Ereignisse. Eric! Was würde Jennas Verlobter zu der ganzen Sache sagen? Seit ihrem Gespräch ging ihr der Anwalt nicht mehr aus dem Kopf ... Sie hatte ihn bereits gefressen. Es war ihr unbegreiflich, wie er hinter Jennas Rücken so abfällig über sie hatte reden können und im Nachhinein auch noch die Frechheit besaß, ihr einen Ring an den Finger zu stecken. Sie machte sich große Sorgen um ihre Enkelin, dass sie sich von diesem Mistkerl weiter einlullen ließ.

Francis lenkte ihre Aufmerksamkeit zurück zum Tisch und versuchte, sich auf das Gespräch zwischen Larry und Chase zu konzentrieren, das sich mittlerweile wieder um die alte Knetmaschine drehte.

„Das war vielleicht windig auf dem Highway, obwohl George nicht mehr als 50 Sachen drauf hatte“, erinnerte sich Larry mit einem dröhnenden Lachen an die abenteuerliche Fahrt.

„Du hast ja schon einige Vögel abgeschossen, Grandpa, aber das hier übertrumpft wirklich alles." Chase schüttelte ungläubig den Kopf. „Hätte ich euch erwischt, wärt ihr nicht so ungeschoren davongekommen."

„In den Siebzigern waren die Cops halt richtig coole Socken, stimmt's, Larry?" Eugene sah seinen Freund amüsiert an, während er in Erinnerungen schwelgte. „Lange Schnurrbärte, wilde Frisuren, unkonventionelle Methoden."

„Erinnert mich nur nicht an die Frisuren!" Francis hielt sich prustend die Hand vor den Mund. „Nach eurer Fahrt auf der Ladefläche waren die mehr als wild!"

Chase schaute schmunzelnd zwischen den Rentnern hin und her. „Das hätte ich zu gerne gesehen. Obwohl, Grandpa, du trägst deinen Schnurrbart ja immer noch." Er grinste Larry frech an.

„Der ist mein Markenzeichen, auch wenn er mittlerweile ergraut ist", erwiderte dieser voller Stolz. „Außerdem sind Schnauzbärte wieder modern."

Chase verzog skeptisch den Mund. „Hm, tatsächlich? Also ich werde mir garantiert keinen wachsen lassen!"

„Nein, bloß nicht", bestärkte ihn auch Francis. „Ich glaube, wir könnten dich in deiner Polizeiuniform nicht mehr ernst nehmen!"

Für einen Moment starrte Chase die ältere Dame schockiert an, dann fiel er in Larrys und Eugenes Lachen mit ein.

12

Jenna

„Hallo?" Müde griff Jenna nach ihrem Handy, das auf dem kleinen Nachtschränkchen neben der Schlafcouch lag und sie aus einem wunderschönen Traum gerissen hatte.

„Hi, Jenna, hab ich dich geweckt?"

Bei Erics Stimme verzog sie automatisch das Gesicht. Müde setzte sie sich auf, blinzelte gegen das Licht und warf einen Blick auf den Wecker, der direkt neben ihr stand. War es wirklich schon vier Uhr am Nachmittag?

Immer noch völlig gerädert antwortete sie: „Hi, Eric, wie geht's dir?"

„Wie soll es mir ohne dich gehen, Liebling? Ich vermisse dich."

Bei Erics sanfter Stimme stiegen sofort Gewissensbisse in ihr auf – schließlich war es erst ein paar Stunden her, seit sie Coles Hand gehalten hatte.

„Erzähl, wie ist es in der alten Heimat? Schon ein paar Eichhörnchen gejagt?" Eric lachte sich ob seines Witzes scheckig.

„Haha, sehr witzig", erwiderte sie genervt. War ja klar, dass er wieder auf die ländliche Lage ihrer Heimatstadt anspielte. „Erstens stehen Eichhörnchen unter Artenschutz und zweitens hat mein Dad sein Gewehr ...“

„Das war nur Spaß, Jenna, beruhig dich wieder“, erwiderte Eric belustigt. „Aber im Ernst, ist alles ok bei dir und wie geht es deiner Grandma?“

„Ja, alles ok, ich bin nur etwas müde. Heute früh war mein erster Tag in der Backstube. Und Grandma geht es so weit gut.“

„Das freut mich zu hören. Übrigens, ich soll dir von meinen Eltern Grüße bestellen, wir waren gestern doch im ‚Grenouille‘ essen.“

Allein der Gedanke daran löste einen Fluchtreflex in Jenna aus. Eric hatte doch wohl nicht ...? „Hast du ihnen erzählt, dass wir uns verlobt haben?“

„Ich konnte einfach nicht länger warten! Bist du mir etwa böse deswegen?“ Erics Stimme hätte nicht überraschter klingen können.

Wut stieg in Jenna auf, weil er sie schon wieder übergangen hatte. Dazu kamen die widersprüchlichen Gefühle wegen des Vorfalls auf Cape Cod.

Jenna atmete tief ein, dann antwortete sie: „Eric, es tut mir leid, aber der Antrag kam so überraschend für mich, dass ich ...“

„Nimmst du mir meine Worte immer noch übel?“, unterbrach er sie ungläubig. „Ich dachte, das hätten wir längst geklärt. Ich liebe dich, Jenna!“

Für einen Moment herrschte Stille. Sie konnte kaum glauben, was sie da hörte. Längst geklärt? Dachte er allen Ernstes, sie könnte den Schalter einfach so umlegen? Als wäre nie etwas passiert? Die Worte „Ich liebe dich“ hallten in ihr nach, doch ließen sie in ihrem Inneren völlig kalt. Aus Erics Mund klangen sie lediglich wie eine notwendige Floskel. „Bitte, Eric. Ich muss mir im Moment einfach über ein paar Dinge klarwerden.“

Jenna hörte Eric laut ausatmen. „Wie du meinst, nimm dir von mir aus die Zeit. Trifft sich ja wirklich hervorragend, dass du ausgerechnet jetzt in Little Falls gebraucht wirst.“

Der Sarkasmus in seiner Stimme war nicht zu überhören, weswegen Jenna genervt mit den Augen rollte. „Eric, es tut mir leid, aber hab bitte Verständnis für meine Situation.“

„Ich möchte dich nur nicht verlieren“, kam es flehentlich von der anderen Seite der Leitung.

Bei Erics Geständnis zog sich ihr Herz zusammen, gleichzeitig meldete sich die leise Stimme in ihrem Hinterkopf, die sie wieder an Erics Vertrauensbruch erinnerte. „Eric, gib mir einfach ein wenig Zeit und ich melde mich bald bei dir, versprochen.“

„Ok, aber vergiss eins nicht, ich liebe dich!“ Mit diesen Worten legte Eric auf und ließ Jenna aufgewühlt zurück.

Ermattet ließ sie sich aufs Bett fallen und schloss für einen Moment die Augen. Die letzte Nacht in der Backstube, Coles Fürsorge und jetzt Erics Anruf waren eindeutig zu viel für einen Tag.

Ein leises Klopfen an der Tür ließ sie aufhorchen, kurz darauf streckte Francis ihren Kopf hinein. „Ausgeschlafen, mein Schatz? Ich hab dich reden hören.“

Jenna setzte sich auf und verzog das Gesicht. „Eric hat angerufen. Er wollte wissen, wie es läuft.“

Francis nickte verstehend und kam langsam näher. „Aha, und was hast du gesagt? Du siehst nicht aus, als hättest du dich über seinen Anruf gefreut.“

„Ist das so offensichtlich?", fragte Jenna mit zerknirschter Miene.

„Nun, du bist zwar für einige Zeit weg gewesen, nichtsdestotrotz bist du meine kleine Jenna. Und ich erkenne auf den ersten Blick, wenn dich was bedrückt." Francis nahm neben ihrer Enkelin auf dem Schlafsofa Platz, fasste nach ihrer Hand und sah sie dann mitfühlend an. „Hm, und die Sache mit Cole macht es bestimmt nicht leichter."

Ungläubig schüttelte Jenna den Kopf. „Sag bloß, es hat sich schon herumgesprochen?"

„Nein, mein Liebling", beruhigte Francis sie schnell. „Es wissen nur Larry, Eugene und ich. Glaub mir, ich habe heute Morgen alles getan, um die beiden vom Diner fernzuhalten!"

„Ha, und ich hab mich schon gewundert, wo alle stecken!", stieß Jenna lachend aus. „Wie hast du das denn geschafft?"

Francis, die nun ziemlich selbstzufrieden wirkte, hob ihre Krücke nach oben und erwiderte fröhlich: „Die Dinger hier haben auch Vorteile. Außerdem würde es niemand wagen, sich einer alten, gebrechlichen Lady zu widersetzen."

„Danke, Grandma, ich weiß das zu schätzen. Aber du hast recht, das Wiedersehen mit Cole macht es wirklich nicht besser – ganz im Gegenteil."

Sie hatte sich seit ihrer Ankunft mehr als einmal bei dem Gedanken ertappt, wie sie ihre längst vergangene Beziehung zu Cole analysierte. Wie sollte sie dabei einen klaren Gedanken an Eric fassen?

Francis legte Jenna beruhigend die Hand auf die Schulter. „Du wirst sehen, es wird alles gut werden ...

Und bis dahin genießt du einfach die Zeit in Little Falls und lässt dich von uns bemuttern."

Jenna hob fragend eine Augenbraue. „Wenn du mit bemuttern Essen meinst, dann sollte ich mir schnellstens eine Laufstrecke suchen."

„Du kannst es vertragen. Außerdem ist Essen gut für die Seele, oder nicht?"

„Das stimmt allerdings", erwiderte Jenna mit einem versonnenen Lächeln, denn sofort musste sie an den dreifachen French Toast von heute Morgen denken.

„Ich wüsste noch etwas anderes – Shopping!" Francis sah Jenna enthusiastisch an.

„Mmh, auch ne gute Idee, aber in Little Falls? Ich weiß nicht."

„Klar ist in New Haven mehr los, dennoch gibt es hier durchaus einige versteckte Perlen. Josephines Buchladen zum Beispiel – du wirst ihn nicht wiedererkennen!" Francis legte den Kopf schief und sah Jenna erwartungsvoll an. „Was meinst du? Es ist noch nicht zu spät und bis zum Abendessen haben wir genügend Zeit."

Jenna schüttelte tadelnd den Kopf und zeigte auf Francis' Bein. „Du sollst dich doch ausruhen, Grandma!"

„Ich ruh mich schon seit dem Frühstück aus ... Außerdem ist es zu Josephine nicht weit." Francis sah ihre Enkeltochter erwartungsvoll an, als handelte es sich seit Jahren um ihren ersten Freigang.

Ihre Grandma hatte recht, der Buchladen lag direkt nebenan. Im Grunde machte es keinen großen Unterschied, ob sie in die Bäckerei hinuntergingen oder kurz nach nebenan.

„Aber nur in den Buchladen, das wars dann mit unserer Shoppingtour“, stellte Jenna gleich klar. Sie selbst war schon seit einer Ewigkeit nicht mehr in Josephines Laden gewesen.

„Prima, mach dich in Ruhe fertig, derweil humpel ich schon mal runter und sag deiner Mom Bescheid“, informierte Francis ihre Enkelin, während sie sich erhob und zur Tür lief.

„Alles klar, ich bin gleich so weit.“ Jenna stand ebenfalls auf und öffnete ihren Koffer, der neben dem Schlafsofa stand. Nach einem prüfenden Blick zum Fenster entschied sie sich für ein vanillegelbes Kleid, da der Sommer heute offensichtlich zurückgekehrt war. Schnell zog sie sich um, drehte ihr Haar zu einem Messy Bun und machte sich mit ihrer Handtasche eilig auf den Weg nach unten.

„Oh, wie wunderschön du aussiehst, Jenna“, kam ihr Claire mit entzücktem Blick aus der Backstube entgegen.

„Ja, einfach bezaubernd!“ Francis sah ihre Enkelin voller Stolz an. „Dieses Kleid steht dir ganz ausgezeichnet. Und so frisch.“

„Vielen Dank“, erwiderte Jenna mit einem verlegenen Lächeln und zwinkerte verschmitzt. „Ehrlich gesagt hab ich es nur gekauft, weil es so bequem ist.“

„Du Glückspilz, hübsch und bequem! Also meine Kleider sind entweder hübsch *oder* bequem!“, bemerkte Francis mit einem herzhaften Lachen, in das Claire und Jenna einfielen.

„Wie du nur immer auf solche Sprüche kommst, Mom.“ Claire warf Francis ein liebevolles Lächeln zu und begleitete die beiden zur Tür. „Viel Spaß im Buchladen und kauft nicht zu viel ein."

„Hm, das kann ich nicht versprechen meine Liebe. Josephine hat einfach eine zu gute Auswahl!", erwiderte Francis voller Inbrunst.

„Bis später, Mom", verabschiedete sich Jenna gut gelaunt, öffnete die Tür und verließ gemeinsam mit ihrer Grandma die Bäckerei.

„Wie praktisch, dass Josephine ihren Laden direkt neben uns hat", Francis kicherte übermütig, „dann haben wir später auch nicht so weit zu schleppen!"

„Na ja, so klein, wie Little Falls ist, hat man es von nirgendwoher weit zu schleppen", bemerkte Jenna mit einem Schmunzeln. „Täusch ich mich oder ist die Fassade neu? Mir ist schon am ersten Tag ins Auge gesprungen, dass hier was anders ist."

„Schön, dass es dir auffällt. Josephine ist schließlich ganz stolz auf ihre neuen Sprossenfenster. Hach, du müsstest es erst im Winter sehen, wenn alles weihnachtlich dekoriert ist."

„Ich kann es mir bildlich vorstellen. Lichterketten, Tannenzweige und die Auslage voll mit Weihnachtsbüchern."

„Ja, und zusätzlich der alte Christbaumschmuck, der wirklich außergewöhnlich aussah."

„Aber das herbstliche Schaufenster macht auch was her!", bemerkte Jenna lächelnd. Hinter der Scheibe entdeckte sie einen hellblauen Pickup aus Holz um den mehrere Zierkürbisse drapiert worden waren, dazu Kastanien und gelbe Blätter aus dem Park. Dazwischen präsentierten sich Kinderbücher, aber auch dicke Schmöker.

Schwungvoll wurde die Tür von innen aufgerissen. „Was steht ihr da draußen rum, kommt rein!", forderte Josephine die beiden auf.

„Ich bewundere deine wunderschöne Auslage, Josephine. Das Fenster ist der Hammer, es wirkt alles so gemütlich."

„Ist es nicht schön? Logan und Clayton haben es eingebaut, nachdem ich endlich ein Passendes gefunden hatte."

Jenna nickte zustimmend. „Es ist wirklich sehr schön ... Es erinnert ein bisschen an diese antiquierten Buchläden in New York und gibt dem Haus einen nostalgischen Touch."

„Dann komm schnell rein und schau dir an, was sich hier drinnen erst alles verändert hat." Josephine fasste Jenna an der Hand und zog sie förmlich in den Laden hinein.

„Ihr habt jetzt einen offenen Kamin?", fragte Jenna überrascht, als ihr Blick auf die gegenüberliegende Wand fiel. „Das sieht mal gemütlich aus und die Sessel davor laden einen geradezu zum Lesen ein."

„Das war schon immer ein Traum von mir und ich bin so glücklich, dass wir ihn endlich umgesetzt haben!", schwärmte Josephine mit leuchtenden Augen.

„Das glaub ich dir. Was gibt es Schöneres als ein spannendes Buch und prasselndes Kaminfeuer?" Für einen Moment bedauerte Jenna, dass es nicht Winter war und sie nicht in diesen Genuss kam.

„Dann solltest du unbedingt im Dezember vorbeischauen", schlug Josephine vor. „Ab dem ersten wird zudem jeden Tag ein neues Kapitel aus einem aktuellen Weihnachtsroman vorgelesen."

„Das hört sich toll an … Ich erinnere mich noch, dass du früher auch gelegentlich Märchen vorgelesen hast." Beim Gedanken an ihre Kindheit verzog sich Jennas Mund zu einem versonnenen Lächeln.

„Das weißt du noch?", fragte Josephine überrascht. „Das ist ja schon eine Ewigkeit her."

„Nun ja, deine Vorlesenachmittage waren immer etwas Besonderes! Im Anschluss eine kleine Nascherei und du hattest ebenfalls die Lesemuffel auf deiner Seite", bemerkte Francis schmunzelnd.

Josephine lachte herzhaft auf. „Das stimmt, Chase war ein hoffnungsloser Fall. Könnt ihr euch vorstellen, dass er bis heute einen Bogen um meinen Laden macht? Ich könnte ihm ja gewaltsam ein Buch aufzwängen!"

Francis stimmte in ihr Lachen ein, während sich Jenna auf einmal fragte, wie es um Cole bestellt war. Beim Gedanken daran, wie er seine Nase hoch konzentriert in einen Thriller steckte, wurde ihr mit einem Mal ganz warm ums Herz. Irgendwie mochte sie den Anblick von lesenden Männern – der aufmerksame Ausdruck war einfach zu süß.

„Deswegen gibt es ja Kunden wie uns, die du nicht erst überzeugen musst. Ich bin mit meinem aktuellen Buch fast durch und brauche schleunigst Nachschub."

„Mmh, dann habe ich genau das Richtige für dich, kam gestern mit der neuesten Bestellung rein. Komm mit, Francis!"

Jenna schaute den beiden Freundinnen schmunzelnd hinterher und sah sich kurz darauf selbst interessiert um. Dabei kam sie nicht umhin, den wunderschönen Verkaufstresen aus Treibholz zu bewundern, dessen Patina an manchen Stellen silbern-blau schimmerte und sie an ein altes Fischerboot erinnerte. Ob dieser Fund vom nahe gelegenen Long Island Sound stammte?

Langsam trat sie näher und fuhr mit der Hand vorsichtig über die angeraute Oberfläche, als eine rustikale Holzkiste auf dem Tresen ihr Interesse weckte. Darin befanden sich die unterschiedlichsten Lesezeichen, die meisten davon mit einem maritimen Touch. Eine kleine Krabbe aus rotem Leder hatte es ihr besonders angetan. Lächelnd griff sie nach dem filigranen Teil und wandte sich anschließend nach Francis' Stimme um.

„Sieh nur, ich hab nicht nur einen neuen Schmöker gefunden, sondern auch schon den druckfrischen Bildband über Little Falls anlässlich des Jubiläums!"

„Oh, davon wusste ich gar nichts", erwiderte Jenna überrascht und warf einen Blick auf das Cover. „Sehr ansprechend, obwohl unser Pavillon ziemlich gephotoshopt aussieht."

Josephine kniff kritisch die Augen zusammen. „Jetzt, wo du's sagst. Die Treppe sieht doch nicht wirklich so weiß aus ... Moment mal, und auch die Blumen sind nicht dieselben!"

„Stimmt! Am Pavillon wachsen keine Hortensienbüsche! Martha wird wohl nicht ...", entfuhr es Francis ungläubig.

Jenna legte den Kopf schief. „Also ehrlich gesagt, ich finde es gar nicht so schlimm. Die hellblauen Blüten harmonieren perfekt mit dem strahlenden Weiß."

„Schon, aber es entspricht einfach nicht der Realität. Außerdem hätte sie es mit uns absprechen müssen", bemerkte Josephine beleidigt.

„Hat sie nicht auf der vorletzten Stadtversammlung was von Hortensien gesagt?“ Francis legte nachdenklich einen Finger an die Lippe.

„Stimmt, da war was.“ Josephine kniff angestrengt die Augen zusammen, dann lachte sie laut auf. „Ich hab’s! Das Angebot von diesem Gärtner war doch total überzogen, sodass wir alle gegen neue Büsche gestimmt hatten.“

„Richtig! Und Martha war darüber gar nicht glücklich“, erinnerte sich Francis, ehe sie amüsiert den Kopf schüttelte. „Also, eines muss man unserer Bürgermeisterin lassen, sie macht aus jeder Not eine Tugend!“

„Nun, mir soll es recht sein“, bemerkte Josephine amüsiert, „so werden die Bücher am Stadtfest bestimmt noch besser weggehen, gephotoshopt hin oder her.“

„Damit hast du absolut recht, meine Liebe. Und es geht schließlich um einen guten Zweck.“ Francis wandte sich an ihre Enkelin und fuhr fort: „Ein Teil der Einnahmen fließt in die neue Kirchenglocke.“

„Na, dann werde ich natürlich gleich eins mitnehmen ... zusammen mit diesem hübschen Lesezeichen hier.“

„Eine ausgezeichnete Wahl, Jenna. Diese kleine Krabbe ist aber auch zu drollig, nicht wahr?“

Jenna warf einen Blick auf das lederne Lesezeichen. „Sie ist mir gleich ins Auge gesprungen – wirklich originell.“

Josephine nickte zufrieden und verschwand geschäftsmäßig hinterm Tresen. „Darf’s noch was sein, meine Lieben?“

„Ich denke, das war’s für heute, oder, Jenna?“ Francis sah ihre Enkelin fragend an und wandte sich wieder an Josephine. „Und das geht zusammen.“

„Aber, Grandma, das muss doch nicht sein“, protestierte Jenna, doch Francis winkte lässig mit der Hand ab und zückte ihren Geldbeutel. „Heute bezahle ich. Schließlich ist es schon so lange her, dass wir zusammen shoppen waren.“

Jenna nickte geschlagen und erwiderte mit einem Lächeln. „Das stimmt allerdings und vielen Dank dafür.“

„Und vergiss nicht, mir Feedback zum Buch zu geben“, meldete sich Josephine zu Wort, während sie alles verpackte. „Ich habe an diesem Bildband mitgewirkt!“

„Tatsächlich? Na dann bin ich jetzt umso neugieriger, einen Blick hineinzuwerfen“, erwiderte Jenna mit ehrlicher Freude und schnappte sich die Papiertüte, die ihr Josephine über den Tresen reichte. „Danke und bis zum nächsten Mal.“

„Bis bald, ihr zwei, und habt einen schönen Abend!“

Mit den Worten „Den werden wir haben!“ verabschiedete sich Francis ebenfalls und humpelte, nachdem Jenna die Tür geöffnet hatte, ins Freie.

Keine Viertelstunde später war Jenna bereits auf ihrem Zimmer, um im Bildband zu schmökern. Erneut warf sie einen eingehenden Blick aufs Cover, das mehr als gelungen war. Dazu die Typografie und die Farben, die perfekt auf das Foto abgestimmt waren. Erwartungsvoll schlug sie die erste Seite auf und sah sich direkt Marthas Gesicht entgegen. Beim Anblick der herausstaffierten Bürgermeisterin musste sie unwillkürlich grinsen. Die Gute hatte auf den Fotos eindeutig zu dick aufgetragen. Sie wusste nicht, wohin sie zuerst schauen sollte, auf den grellroten Lippenstift oder das passende Kostüm.

Schnell blätterte sie weiter. Die ersten drei Seiten bestanden lediglich aus einem ausschweifenden Vorwort, zu dem sie später zurückkommen würde. Es folgten alte Aufnahmen vom Rathaus und der Schule und Bilder von vergangenen Jubiläumsfeiern. Wehmut stieg in Jenna auf, als sie einige Seiten später ein Schwarz-Weiß-Foto ihrer Großeltern vor der Bäckerei entdeckte – frisch verliebt.

Sie blätterte weiter, dann lachte sie unwillkürlich auf, weil das nächste Bild so gar nicht in diesen idyllischen Bildband passte: Cole – mit mürrischem Blick –, als hätte man ihn zu diesem Foto genötigt. Es musste erst vor Kurzem entstanden sein, denn das Bild zeigte ihn hinter dem Tresen und war ganz offensichtlich ein Schnappschuss, da er ein voll beladenes Tablett in den Händen hielt. Wahrscheinlich hatte sich jemand eigens für den guten Zweck in Gefahr gebracht, um dieses Foto zu schießen. Immerhin ging es auch um die neue Kirchenglocke.

Jennas Herzschlag beschleunigte sich, als sie ihn ungeniert musterte. Cole steckte in einem grau melierten Shirt, das sich sehr vorteilhaft um seinen Körper hüllte und den Blick auf seine Oberarme lenkte. Doch seine Augen waren es, die sie auf einmal wie magisch anzogen und etwas tief in ihrem Inneren zum Klingen brachten.

13

„Huhu, guten Morgen zusammen!", flötete Martha gut gelaunt, als sie den Diner betrat und geradewegs auf Cole zusteuerte.

„Wie sieht es aus, mein Guter? Ich bin schon so gespannt auf dein Sandwich!" Mit einer ungewohnten Behändigkeit nahm sie auf dem Barhocker Platz und sah Cole erwartungsvoll an.

„Hallo, Martha", begrüßte er die Bürgermeisterin und verzog dabei kurz den Mund. Die Gute hatte ihm gerade noch gefehlt. Dabei lenkte ihn Jenna, die vor einer halben Stunde überraschend hereingeschneit war, schon genug von der Arbeit ab. Heute saß sie nicht am Fenster – wie an den Tagen zuvor –, sondern an einem Tischchen unweit des Tresens, da der Diner bis auf den letzten Platz ausgebucht war.

Sein Blick wanderte unauffällig zu ihrem Tisch, wo sie gerade einen Schluck aus dem großen Kaffeebecher nahm.

„Na los, spann mich nicht weiter auf die Folter!", holte ihn Martha mit aufgeregter Stimme zurück.

„Eigentlich sollte es ja eine Überraschung sein", erwiderte Cole und legte eine geheimnisvolle Pause ein,

„aber ich denke, bei der Bürgermeisterin kann ich eine Ausnahme machen."

Martha rieb sich voller Vorfreude die Hände und beugte sich nach vorne, um auch ja nichts zu verpassen.

Cole sah sich kurz um, bevor er sich mit verschwörerischem Ton an Martha wandte. „Versprich mir aber, es geheim zu halten. Es handelt sich schließlich um ein Geheimrezept."

„Natürlich", erwiderte diese schnell und nickte hastig mit dem Kopf.

Cole, der sich ein Grinsen nur schwer verkneifen konnte, zählte selbstzufrieden die Zutaten des nicht mehr ganz so neuen Truthahnsandwiches auf, bei welchem er lediglich die Käsesorte austauschen wollte. „... und dazu die Spezialsoße, die alles perfekt abrundet", beendete er seine Ausführungen.

„Mir läuft jetzt schon das Wasser im Mund zusammen!" Martha leckte sich wie zum Beweis die Lippen und schloss genießerisch die Augen. Cole sah sie triumphierend an und freute sich, dass er das Problem mit dem Jubiläumssandwich so einfach hatte lösen können. Wie praktisch, dass die Bürgermeisterin bei ihm immer nur ihre heiß geliebten Pancakes aß und keine Ahnung hatte, wie sich das Sandwich zusammensetzte. Im Vergleich zu seinen Brüdern hatte er somit keinen Mehraufwand.

„Und obendrauf will ich ein kleines Fähnchen stecken – eventuell mit meinem neuen Logo", trieb es Cole weiter auf die Spitze.

„Das ist fantastisch!", jauchzte Martha, hob in ihrer typischen Geste die Hand und zeichnete ein Bild in die Luft. „Coles Sandwiches, jetzt mit Jubiläumslogo!"

Bei Marthas überschäumender Freude überkam ihn beinahe das schlechte Gewissen, schließlich hatte er es sich sehr einfach gemacht. Aber letztendlich fehlte ihm zu einer neuen, außergewöhnlichen Kreation schlichtweg die Fantasie.

Mit dem Satz „Dazu noch T-Shirts und Tassen mit dem neuen Logo" wollte er sich selbst beweisen, dass er sich dennoch Mühe gab.

„Perfekt! Ich muss zugeben, dass ich so viel Engagement gar nicht von dir erwartet habe", bemerkte Martha mit Anerkennung in der Stimme.

Cole zuckte lapidar mit den Schultern, dann wanderte sein Blick zu Jenna, die gerade aufgestanden war und direkt auf Martha und ihn zukam.

„Hallo, Martha, schön, dass ich dich treffe! Wir hatten noch gar nicht die Möglichkeit, uns zu unterhalten, seit ich hier bin."

„Hallo, Jenna. Ja, leider, und das tut mir schrecklich leid!" Martha legte die Hand auf die Brust und setzte einen Blick auf, als trüge sie die Last der ganzen Stadt auf den Schultern. „Ich bin im Moment einfach zu beschäftigt. Einmal hier, einmal dort, gerade hatte ich mit Cole ein kleines Meeting ... Es muss einfach noch so viel erledigt werden vor dem Stadtfest."

Jenna nahm neben Martha auf einem Barhocker Platz und verzog mitfühlend den Mund. „Das glaube ich dir und perfektionistisch, wie du bist, überprüfst du gerne alles selbst."

Martha nickte zustimmend. „Genau, ich seh schon, du verstehst mich, Jenna. Sag mal, wie geht es dir in Boston?“

Cole, der sich zwischenzeitlich zur Durchreiche umgedreht hatte, horchte bei Marthas Frage unwillkürlich auf. Auf der einen Seite hätte er gerne mehr über ihr Leben erfahren, aber wollte er wirklich wissen, mit wem sie dort zusammenlebte? Doch seine Sorge war unbegründet, da Jenna hauptsächlich von ihrem Job und Bostons Vorteilen erzählte. Er schnappte sich die Teller aus der Durchreiche und lieferte sie eilig aus, schließlich wollte er nichts vom Gespräch verpassen. Wieder hinterm Tresen ließ er zwei Kaffees aus der Maschine und stellte sie den Frauen hin.

„Danke, mein Lieber. Hach, mir fällt erst jetzt auf, dass ich noch gar nichts bestellt habe“, bemerkte Martha und lachte über ihre eigene Schusseligkeit.

„Danke, Cole.“ Jenna schenkte ihm ein undeutbares Lächeln, das er mit einem knappen Kopfnicken quittierte, während er gegen seinen inneren Aufruhr ankämpfte.

Wie auch gestern Abend vor dem Buchladen – auf den er von hier aus einen sehr guten Blick hatte – trug sie dieses vanillegelbe Kleid, das ihn schier um den Verstand brachte. Es setzte ihre schlanken, gebräunten Beine perfekt in Szene. Schon vorhin, als sie den Diner betreten hatte, war ihm ungeniert die Kinnlade runtergeklappt. Aber sie jetzt direkt vor sich zu haben, mit ihrem Parfum in der Nase, das ihn an Sommer und Liebe erinnerte, war einfach zu viel für ihn. Schnell schnappte er sich das Geschirrtuch und machte sich daran, die

Spülmaschine auszuräumen, die zum Glück noch auf ihn wartete.

„Der Bildband zum 250-jährigen Jubiläum ist wirklich toll geworden, Martha. Es steckt so viel Liebe drin. Besonders die privaten Aufnahmen haben mir sehr gefallen."

„Oh, du meinst deine Großeltern! Das freut mich, Jenna. Ich wollte nicht nur Gebäude und Natur haben. Letztendlich sind es die Menschen, die Little Falls ausmachen, oder nicht?", erwiderte Martha liebevoll lächelnd.

„Das stimmt allerdings ... und die Orte, mit denen man schöne Erinnerungen verbindet – wie zum Beispiel der Pavillon."

Cole sah für einen Moment überrascht auf. Ob Jenna damit ihre weit zurückliegenden Dates und die Liebesbekundung unter der Treppe meinte? Wenn dem wirklich so war, konnte er ihre Entscheidung von damals erst recht nicht nachvollziehen. Ehe er weitergrübeln konnte, fuhr sie amüsiert fort.

„Und das Titelbild ist wirklich perfekt gelungen, auch wenn es nicht ganz der Realität entspricht."

Marthas nervöses Kichern weckte nun auch Coles Interesse. „Nicht der Realität?", fragte er verwirrt und sah auf.

„Hach, nichts Dramatisches ... Ich habe es nur, sagen wir mal, etwas aufgehübscht." Martha rutschte unwohl auf ihrem Stuhl umher. „Nun gut, vielleicht hätte ich es in der Stadtversammlung noch mal ansprechen sollen, aber die Druckerei saß mir im Nacken ... Ihr wisst schon."

„Martha hat den Pavillon mit Photoshop aufpimpen lassen“, klärte Jenna Cole mit einem amüsierten Zwinkern auf.

„Tatsächlich? Ist mir gar nicht aufgefallen.“ Cole verzog nachdenklich das Gesicht.

„Siehst du, Jenna, es fällt wahrscheinlich ohnehin nur den Frauen auf. Wir haben nämlich ein Auge fürs Detail.“ Martha hob selbstzufrieden den Kopf. „Ihr Männer kennt ja nicht einmal den Unterschied zwischen einer Hortensie und einer Tulpe!“

Cole hob abwehrend die Hände. „Moment mal, also, wie eine Tulpe aussieht, weiß ich schon!“

„Nun, das ist ja auch nicht wirklich schwer!“ Martha rutschte wenig elegant vom Barhocker und drehte sich erneut zu Cole. „Vielleicht wirfst du noch einmal einen Blick aufs Cover, dann fällt dir der Unterschied bestimmt auf.“

„Mir soll es recht sein, Martha, solange du nichts an meinem Bild verändert hast“, erwiderte Cole gleichmütig.

„Nein, dein Bild ist perfekt, so wie es ist“, winkte sie schnell ab, hob aber tadelnd eine Augenbraue. „Auch wenn du ein klein wenig freundlicher hättest gucken können, oder nicht, Jenna?“

Cole richtete den Blick belustigt auf Jenna, die mit einem Mal rot angelaufen war und nun eilig antwortete. „Na ja, er guckt halt so.“

„Stimmt auch wieder.“ Martha zuckte mit den Schultern und lief bereits zur Tür. „Ich muss mich jetzt wirklich auf den Weg machen. Dein Bruder Clayton ist der Nächste auf meiner Liste. Mal sehen, wie er mit dem Pavillon vorankommt. Tschü-hüs!“

„Mach das, Martha“, rief Cole ihr hinterher und wandte sich anschließend mit einem wissenden Lächeln an Jenna. Es war eben allzu deutlich gewesen, dass sie sich wohl eingehender mit dem Bildband beschäftigt hatte.

„Was ist, warum schaust du mich so an?“ Es war Jenna deutlich anzumerken, dass sie sich unter Coles Blicken unwohl fühlte.

„Hm, ich frage mich nur, warum du gerade rot angelaufen bist wie eine überreife Tomate.“ Sein Mund verzog sich zu einem Grinsen.

Jenna klappte der Mund auf und zu. Er konnte ihr förmlich ansehen, wie es in ihrem Kopf ratterte.

Er schenkte ihr ein selbstbewusstes Lächeln und ging dann näher auf sie zu. Mit heiserer Stimme fragte er: „Gib es zu, du hast meinen gestählten Oberkörper bewundert.“

Der überraschte Ausdruck in ihrem Gesicht war unbezahlbar. So hatten die Frotzeleien seiner Brüder, die ihn seit gestern Abend wegen des Bildes aufzogen, doch noch etwas Gutes. Er konnte sich auch nicht erklären, warum er auf diesem Foto aussah wie der „Man of Steel“ höchstpersönlich. Nicht dass es ihn gestört hätte, aber insgeheim glaubte er, dass Martha allein deswegen über seinen grimmigen Blick hinwegsah.

„Mir ist lediglich dein Shirt ins Auge gestochen“, erwiderte Jenna in ruhigem Ton.

Cole zog lässig eine Augenbraue hoch. Pah, von wegen Shirt. Sein Herz schlug Purzelbäume ob Jennas Antwort. Interessant, dass sie der Anblick seines Fotos nicht kaltließ. Doch seine Freude hielt nicht lange an, denn Jenna holte ihn schlagartig auf den Boden der Tatsachen zurück.

„Hab ich vorhin richtig gehört? Du kreierst ein Sandwich extra für die 250-Jahr-Feier?"

Jennas herausforderndes Lächeln verhieß nichts Gutes, weswegen er sich schlagartig fragte, wie viel sie von ihrem Tischchen aus mitbekommen hatte.

„Ähm, ja. Die Bürgermeisterin hat mich mehr oder weniger dazu genötigt", erwiderte er ausweichend, während er die leeren Kaffeetassen der Frauen abräumte und in die mittlerweile freie Spülmaschine stellte.

„Soso." Jenna sah ihn nachdenklich an. „Ich frage nur, weil mir dieses Sandwich irgendwie bekannt vorkommt."

„Ich weiß nicht, was du meinst", antwortete er mit Unschuldsmiene.

„Komm schon, Cole. Ich hab dich durchschaut. Du willst ihr das altbewährte Truthahnsandwich unterjubeln!"

Hastig sah sich Cole um, doch wie es schien, nahm heute niemand von ihnen Notiz. „Psst, nicht so laut. Sonst weiß es gleich die ganze Stadt!"

„Also habe ich recht?" Jenna sah ihn mit zusammengekniffenen Augen an.

„Ja, du hast recht. Trotzdem werde ich nichts daran ändern, das Sandwich ist perfekt, so wie es ist. Immerhin tausche ich schon den Käse aus", brummte Cole und verschränkte die Arme trotzig vor der Brust.

„Wow, anderer Käse. Wie originell! Dann hoffe ich, dass dein genialer Plan nicht auffliegt, sonst wirst du noch aus der Stadt gejagt." Jenna lachte ob ihrer Bemerkung herzhaft auf.

„Lass das mal meine Sorge sein", erwiderte er jetzt ebenfalls amüsiert, da er sich das Szenario bildlich vorstellen konnte. Dennoch war er froh, als Jenna endlich das Thema wechselte.

„Clayton und Chase scheint es ja ebenso blöd getroffen zu haben."

„Clayton ja, aber bei Chase bin ich mir ziemlich sicher, dass ihm das Ganze Spaß macht. Er ist immer noch derselbe Streber wie damals." Trotz seiner Worte verzog Cole den Mund zu einem liebevollen Lächeln.

„Ich kann mich noch genau daran erinnern, als er uns damals verpetzt hat – du weißt schon, als wir alle am See waren", flüsterte Jenna ihm zu.

Beim Gedanken an ihren nächtlichen Badeausflug stiegen bittersüße Erinnerungen in ihm auf. Es war der Abend gewesen, an dem sie zum ersten Mal miteinander geschlafen hatten. Zum Glück hatte Chase sie erst danach entdeckt.

„Glaub mir, was Recht und Ordnung angeht, ist er immer noch dieselbe Petze!", brummte Cole und verzog dabei das Gesicht.

„Na, dann hat er ja den perfekten Job für sich gefunden", bemerkte Jenna trocken. „Grandma hat mich bereits eingeweiht. Gesehen hab ich ihn allerdings noch nicht. Ob ich ihn wohl wiedererkenne?"

„Halte einfach nach einer gestärkten Polizeiuniform mit Bügelfalten Ausschau und du kannst ihn nicht verfehlen!"

Jenna schüttelte schmunzelnd den Kopf. „Du bist mal ein netter großer Bruder. Sei lieber froh, dass er seine Berufung gefunden hat."

„Bin ich auch, es kann ja nicht jeder so toll in einem ungebügelten Shirt aussehen wie ich." Wie zum Beweis drehte sich Cole um und schnappte sich aus dem Karton im Regal hinter ihm ein druckfrisches Exemplar.

Jenna verzog anerkennend das Gesicht. „Eines muss man dir lassen, du weißt dir zu helfen."

Cole nickte ihr lächelnd zu, schließlich liebte er es locker und unkompliziert. Als er sie nun ansah, spürte er wieder dieses unsichtbare Band zwischen ihnen, das in all den Jahren nie abgerissen war. Vielleicht lag es daran, dass sie sich schon von Kindesbeinen an kannten und für viele Jahre einfach nur Freunde gewesen waren. Selbst nachdem sie sich getrennt hatten, hatte er ihr nur eines gewünscht: dass sie glücklich war.

So langsam musste er sich eingestehen, dass ein Teil von ihm – trotz seines verletzten Stolzes – immer noch auf ein Happyend hoffte. Mittlerweile fühlte er sich von ihrer Anwesenheit auch nicht mehr bedroht, weswegen er zwischenzeitlich die Flyer von der Scheibe gekratzt hatte. Dennoch war ihm klar, dass sie nur zu Besuch hier war und er sein Herz nicht noch einmal an sie verlieren wollte.

Jenna war die Erste, die den Blick langsam abwandte und zur Tür zeigte. „Ich werde jetzt mal gehen, wird Zeit für meinen Schlaf."

„Stimmt, das hatte ich ja ganz vergessen ... Du musst hundemüde sein", bemerkte Cole mit besorgtem Blick.

Jenna nickte und rutschte vom Barhocker runter. „Wir sehen uns, Cole."

„Bis dann, Jenna." Er sah ihr noch hinterher, wie sie einigen Bekannten zuwinkte und schließlich den Diner verließ. Warum fühlte er sich auf einmal so leer? Er ließ die Schultern hängen und atmete tief durch. Beinahe spürte er einen körperlichen Schmerz, als er ihr wehmütig lächelnd hinterhersah.

„Cole, mein Guter, bringst du mir bitte noch eine Tasse Tee?"

Kurz schüttelte Cole sich und wandte sich Eugene zu, der sich bis jetzt hinter seiner Morgenzeitung versteckt hatte. Offensichtlich so gut, dass ihn nicht einmal Martha entdeckt hatte.

„Klar, Eugene, wird gemacht!", rief Cole ihm amüsiert zu und verschwand daraufhin in der Küche, um nach Ricky zu sehen.

„Tut mir leid, dass ich dich heute so hängen lass."

„Kein Problem, Boss. Ich komm klar", zwinkerte ihm der junge Mann wissend zu.

„Nein, im Ernst, ich weiß es zu schätzen ... aber wenn Jenna hier hereinschneit, vergesse ich alles um mich herum", gestand Cole zerknirscht. „Ich möchte nicht wissen, wie lange Eugene schon auf seinen zweiten Tee wartet."

„Eugene? Moment mal, Martha war doch eben hier ... und sie hat ihren Mann nicht gesehen?"

Cole lachte auf und füllte den Wasserkocher. „Das hab ich mich gerade auch gefragt. Der Mann hat wirklich ein Talent, sich unsichtbar zu machen!"

Ricky schüttelte belustigt den Kopf. „Das nenn ich reinen Überlebensinstinkt! Bei dieser Frau bleibt ihm auch nichts anderes übrig. Ich könnte sie nicht den ganzen Tag ertragen!"

Cole warf einen Beutel Pfefferminztee in die Tasse. „Wem sagst du das. Sie stresst mich schon genug wegen des Stadtfestes! Kein Wunder, dass sich Eugene verkrümelt.“

Ricky nickte zustimmend und sah Cole dann fragend an. „Sag mal, ist deine Jenna eigentlich Single?“

Cole, der gerade dabei war, den Teebeutel mit dem kochenden Wasser zu übergießen, sah überrascht auf. Die Art, wie sein Mitarbeiter gefragt hatte, ließ schlagartig eine Spur Eifersucht in ihm aufsteigen, die ihn sehr verwirrte. Ricky interessierte sich doch wohl nicht für sie? Auf der anderen Seite konnte man es ihm kaum verübeln, schließlich war Jenna eine attraktive Frau, die Aufmerksamkeit erweckte.

„Keine Sorge, Boss, ich schnapp sie dir schon nicht weg!“, fügte Ricky mit einem Grinsen hinzu und hob abwehrend die Hände. „Deinem Gesichtsausdruck nach zu urteilen, wäre das keine sehr gute Idee.“

Cole entspannte sich wieder und antwortete mit einem Schulterzucken. „Weißt du, dass ich dir die Frage gar nicht beantworten kann? Ich hab ehrlich keine Ahnung, ob sie vergeben ist oder nicht.“

„Also, wenn du mich fragst, steht sie noch auf dich. Ich konnte es sogar aus der Durchreiche heraus erkennen“, bemerkte Ricky mit einem Zwinkern.

Cole, der sich gerade die Tasse schnappen wollte, hielt nachdenklich inne. „Hm, ich weiß nicht. Sie war nur nett, schließlich haben wir uns seit ’ner Ewigkeit nicht mehr gesehen.“

Er wusste selbst nicht so recht, was er von alldem halten sollte. Er war ein gebranntes Kind und hatte mit Sicherheit nicht vor, sich eine Abfuhr zu holen. Es lag, wenn überhaupt, an Jenna, den ersten Schritt zu machen. Schließlich war sie es gewesen, die damals Schluss machte.

Ricky legte den Kopf schief und sah Cole amüsiert an. „Sie ist ja noch ein paar Tage hier und wie heißt es so schön: ‚Abwarten und Tee trinken.‘“

Cole nickte nur und verließ dann die Küche, um Eugene seinen Tee zu servieren. Er musste sich schleunigst über seine Gefühle oder Absichten klarwerden und, falls nötig, einen Schutzwall aufbauen, denn eines war klar: Er wollte sich nicht noch einmal zum Narren machen.

14

„So, jetzt fehlen nur noch die Himbeer-Cupcakes und die Bestellung für Dorothy ist fertig. Bist du sicher, dass ich dir nicht doch helfen soll, Jenna?"

„Das klappt schon. Die Schachtel ist zwar etwas sperrig, aber nicht schwer. Außerdem trifft es sich ganz gut, ich war seit meiner Ankunft noch nicht im Bed & Breakfast."

Claire schenkte ihrer Tochter ein dankbares Lächeln und legte anschließend die kunstvoll verzierten Gebäckstücke in die Pappschachtel. „Ich bin gespannt, was du sagst, Dorothy und Dean haben in den letzten Jahren einiges verändert."

„Ich platze vor Neugierde", erwiderte Jenna lächelnd und nahm die Schachtel vorsichtig entgegen.

„Und wir freuen uns, dass wir ein Teil davon sein dürfen. Die frisch renovierte Teestube ist einfach himmlisch, dazu unser Gebäck ... Ihre Gäste kommen gar nicht mehr aus dem Schwärmen raus."

„Dann mach ich mich lieber schnell auf den Weg, wir haben schon halb Drei!", bemerkte Jenna nach einem Blick zur Uhr.

„Warte, ich mach dir auf." Claire eilte aus der Backstube voraus und öffnete ihrer Tochter die Tür. „Und keine Eile, für eine Tasse Tee hat man immer Zeit."

„Das mach ich. Bis später, Mom."

„Bis später und viel Spaß!", rief Claire ihrer Tochter gut gelaunt hinterher.

Jenna konnte es kaum mehr erwarten, das B & B nach all den Jahren wiederzusehen. Das prächtige, zweistöckige Gebäude hatte ihr schon immer gefallen. Es strahlte etwas Weltoffenes, beinahe Mondänes aus. Besonders im Sommer, wenn dort Touristen aus dem ganzen Land residierten und Jenna einen Einblick in die große weite Welt gaben. Beim Gedanken an ein älteres Ehepaar aus New York musste sie schmunzeln. Die beiden konnten gar nicht genug vom Kleinstadtflair bekommen, weswegen sie sich gerne unter die Bewohner gemischt hatten. Jenna hatte als Teenager nur das ein oder andere Gespräch in der Bäckerei aufgeschnappt, aber sie konnte beim besten Willen nicht nachvollziehen, warum jemand seinen Urlaub freiwillig in Little Falls verbrachte, wenn er doch in New York so viel mehr Spaß haben konnte.

Jenna passierte die Main Street, die parallel zum Park verlief, und überquerte schließlich die Kreuzung zum B & B. Beim Anblick des grauen Gebäudes mit der Holzvertäfelung und der umlaufenden weißen Veranda wurde ihr sofort warm ums Herz. Das B & B wirkte mit den schwarzen Schaukelstühlen und kleinen Korbtischchen so einladend und friedlich, dass sich Jenna gerne selbst für einen Moment auf die schattige Veranda gesetzt hätte. Die alten Bäume, die bis hinunter zum See führten, strahlten eine unglaubliche Ruhe aus und boten den Badegästen hinterm Haus etwas Schutz.

Noch bevor Jenna die Tür erreichte, wurde diese geöffnet. Doch vor ihr stand nicht die Hausherrin Dorothy, sondern Arianna, Coles Mutter. Überrascht sah Jenna an der Frau herab, die in einer praktischen Latzhose steckte und deren Kinn ein kleiner Farbklecks schmückte.

„Komm rein, Jenna, wir erwarten dich schon!", begrüßte Arianna die junge Frau mit einem breiten Lächeln und nahm ihr den Karton mit dem Gebäck ab. „Dorothy ist gerade in der Küche und bereitet alles für den Nachmittagstee vor."

„Oh, ich hoffe, ich bin nicht zu spät", stammelte Jenna verwirrt, weil sie die Anwesenheit ihrer vermeintlichen Ex-Schwiegermutter ziemlich nervös machte. Cole zu verlassen war schon schwer genug gewesen, aber den Unmut einer liebenden Mutter auf sich zu ziehen?

„Nein, alles bestens. Es geht erst in einer knappen Stunde los", informierte Arianna sie. „Dorothy und ich waren nur so aufgeregt. Wir hatten gehofft, dich heute endlich wiederzusehen. Wie geht es dir, Jenna? Hach, ich freu mich ja so!"

Jenna atmete innerlich erleichtert auf und betrat dann das B & B. Mit so einem herzlichen Empfang hatte sie ehrlich gesagt nicht gerechnet.

„Mir geht's gut, Arianna, danke. Ich freu mich, dass ich euch alle wiedersehe, auch wenn mein Besuch sehr spontan kam. Ich bin einfach froh, dass ich meinen Eltern helfen kann."

„Das ist wirklich sehr ehrenhaft von dir, die beiden wären sonst aufgeschmissen. Und toll siehst du aus, dein neuer Style gefällt mir sehr gut“, bemerkte sie anerkennend.

„Vielen Dank!“, erwiderte Jenna etwas verlegen und fragte dann interessiert: „Wie geht es dir und Logan?“

„Prima, Logan arbeitet jetzt mit Clayton zusammen im Betrieb und ich“, Arianna lachte herzhaft auf, „ich helfe Dorothy dabei, einige Zimmer für den Ansturm am Wochenende aufzuhübschen.“

„Ah, daher der Farbklecks auf deiner Nase“, bemerkte Jenna lächelnd.

„Immer noch? Ich dachte, ich hätte alle erwischt!“ Sie hob entschuldigend die Schultern. „Was soll’s. Lass uns zu Dorothy gehen. Mal schauen, wie weit sie ist.“

Jenna nickte Arianna zu und sah sich daraufhin rasch im Eingangsbereich um, den sie durchquerten. Hier waren gestreifte Ohrensessel dazugekommen, die den Wartebereich noch einladender machten.

Wenige Augenblicke später erreichten sie die Küche, aus der geschäftiges Geklapper und Dorothys Geträller zu hören war. Jennas Herz zog sich zusammen – nicht nur, weil die lebenslustige Frau, wie früher auch, ungeniert in der Küche sang und somit Erinnerungen in ihr weckte, sondern, weil sie bis heute die beste Freundin ihrer Oma Francis war.

„Hallo, Dorothy!“, begrüßte Jenna die ältere Frau mit einem dicken Kloß im Hals.

„Jenna, da bist du ja!“ Dorothy, die gerade dabei war, eine riesige Thermoskanne mit Kaffee zu füllen, kam eilig auf Jenna zu. „Endlich bekomme ich dich auch mal zu Gesicht. Ich dachte schon, du gehst mir absichtlich aus dem Weg!" Die ältere Frau zog Jenna stürmisch an sich und drückte ihr einen Schmatzer auf die Wange. „Hach, mir ist, als wäre es erst gestern gewesen, dass ihr hinterm Haus geplanscht habt. Ich erinnere mich so gerne an diese Zeit!"

Sie entließ Jenna aus ihrer Umarmung. Ein warmes Gefühl von Geborgenheit breitete sich nach dieser herzlichen Begrüßung in Jenna aus … Es war wie nach Hause kommen. *Auch wenn Dorothy mich beinahe zerdrückt hätte*, schoss es ihr amüsiert durch den Kopf.

„Ich soll dir übrigens liebe Grüße von Audrey ausrichten, wir haben erst gestern telefoniert", fuhr Dorothy mit einem liebevollen Lächeln fort.

„Oh, Audrey! Ich hoffe, es geht ihr gut?" Beim Gedanken an Dorothys Nichte die jeden Sommer ihre Ferien im B & B ihrer Tante verbracht hatte, musste Jenna sogleich lächeln. Sie waren damals unzertrennlich gewesen, beinahe wie Schwestern.

„Ja, Audrey geht es super. Sie hat vor Kurzem ihren Abschluss gemacht und arbeitet jetzt als Innenarchitektin", informierte Dorothy sie voller Stolz.

„Das freut mich. Das war schon damals ihr Traum." Jenna sah sich um und erwiderte anerkennend: „Mir ist aufgefallen, dass ihr einiges verändert habt. Hat Audrey euch mit der Gestaltung geholfen?"

„Ja, das hat sie. Allerdings nur aus der Ferne. Bis jetzt haben wir nur die Eingangshalle und die Teestube modernisiert, der Rest muss noch etwas warten."

„Bei der Teestube hat sich Audrey selbst übertroffen", bemerkte nun Arianna, die den Karton zwischenzeitlich auf der großen Kücheninsel abgestellt und am Tresen Platz genommen hatte.

„Du musst auf jeden Fall bis zum Nachmittagstee bleiben, Jenna, ich bestehe darauf", bat Dorothy eindringlich.

„Das mach ich sehr gerne. Kann ich euch denn bei irgendwas helfen?", fragte Jenna und sah sich in der Küche um, in der momentan ein ziemliches Chaos herrschte.

„Nein, meine Liebe, ich hab alles im Griff, auch wenn es hier nicht so aussieht." Dorothy zwinkerte Jenna keck zu und fuhr nachdenklich fort: „Du bist heute unser Gast, also lass die Seele baumeln. Dean müsste unten am See sein, warum gehst du nicht ein wenig nach draußen und schaust dir unseren neuen Badesteg an?"

„Das hört sich toll an, aber nur, wenn ich dir wirklich nichts helfen kann?", fragte Jenna sicherheitshalber noch einmal nach.

Dorothy warf ihr ein Schmunzeln zu. „Nein, außerdem soll es eine Überraschung sein. Wenn du meine prall gefüllten Etageren jetzt schon siehst, ist es doch langweilig. Na, geh schon!"

Jenna nickte den Frauen lächelnd zu und verschwand dann über die hintere Veranda nach draußen ins Freie. Am Treppenabsatz blieb sie jedoch stehen, um den Anblick, der sich ihr bot, in seiner gesamten Schönheit aufzunehmen.

Der kleine See, der von allen liebevoll Little Pond genannt wurde, leuchtete in einem tiefen Blau, das zum Ufer hin heller wurde. Aus Erfahrung wusste sie, dass das Wasser an dieser Seite ziemlich flach und auch für Kinder und Nichtschwimmer perfekt geeignet war. Danach fiel ihr Blick auf den neuen Steg, der jetzt um einiges breiter war und am Ende sogar in einem kleinen

Sonnendeck mündete. Das weiße Holz harmonierte perfekt mit den Liegestühlen, die überall auf der Wiese zwischen Veranda und See verteilt waren.

Jenna stieg die Stufen hinab, als schlagartig ein Gefühl von Wehmut in ihr aufstieg. Damals war sie noch unbekümmert und voller Lebensfreude gewesen. Unbeschwert und frisch verliebt. Ihr Mund verzog sich zu einem Lächeln, als sich auf einmal Cole in ihre Gedanken schlich. In jenem Sommer hatte sie mehr Zeit am See als sonst wo verbracht, weil sie wusste, dass Cole, den sie schon immer gern gemocht hatte, mit seinen Freunden ebenfalls dort sein würde. Und irgendwann, an einem lauen Sommerabend, hatte es plötzlich zwischen ihnen gefunkt.

Jenna ging weiter, dann entdeckte sie Dean, der am Ende des Grundstücks Laub zusammenfegte. Lächelnd marschierte sie auf ihn zu, während die bunten Blätter unter ihren Füßen raschelten. „Hallo, Dean, da bist du ja!"

Überrascht drehte sich der ältere Mann nach ihrer Stimme um und sein Mund verzog sich zu einem breiten Lächeln.

„Jenna, du bist tatsächlich hier! Komm her, meine Liebe."

Bei Deans ehrlicher Freude zog sich ihr Herz zusammen. Dean war eng mit ihrem Grandpa befreundet gewesen und sein Anblick erinnerte sie schmerzvoll an ihren Verlust. Jenna schluckte den Kloß, der sich in ihrem Hals bildete, schnell hinunter und erwiderte Deans herzliche Umarmung.

„Toll siehst du aus, Mädchen. So weltmännisch." Nachdenklich kniff er die Augen zusammen. „Sind es die Haare? Ja, es sind die Haare."

Jenna lachte amüsiert auf. „Was dir alles auffällt!"

„Und die Fotos, die uns Francis regelmäßig von dir zeigt, werden dir gar nicht gerecht." Dean legte den Kopf schief. „Wie vielen Männern hast du seit der Ankunft schon den Kopf verdreht?"

„Hm, ich hoffe doch keinem", antwortete Jenna. „Ich bin ja nur vorübergehend hier, Dean." Noch bevor Jenna den Satz beendet hatte, fühlte sie einen Stich im Herzen.

Wollte sie überhaupt so schnell wieder nach Boston zurück? Was Eric anging, hatte sich nach wie vor nichts geändert. Sie war in den letzten Tagen so in der Bäckerei beschäftigt gewesen, dass sie auch gar keine Zeit gehabt hatte, über irgendetwas anderes nachzudenken – außer Cole vielleicht. Erst gestern Abend hatte sie sich erneut den Bildband zum Jubiläum vorgenommen, um sich sein Foto anzusehen. Natürlich rein objektiv. Es hatte ihr keine Ruhe gelassen, warum er neulich so auf das Foto angespielt hatte – jetzt wusste sie, warum. Für einen Moment hatte sie sich sogar gefragt, ob Martha nicht doch weitere Bilder hatte bearbeiten lassen, Cole war nicht wirklich so gut gebaut.

Mit den Worten „Das ist sehr schade, dass du bald wieder weg willst" holte Dean sie aus ihren Gedanken zurück.

Jenna verzog entschuldigend den Mund und zeigte auf die Büsche, die immer noch einige Blüten trugen. „Die sehen toll aus, richtig üppig." Nachdenklich legte sie den Finger an den Mund. „Irgendwie erinnern die mich an etwas.“

Dean lachte herzhaft auf. „Bestimmt an die Hortensienbüsche, die Martha aufs Cover gebastelt hat!“

„Stimmt! Und genau im gleichen Blauton. Pass besser auf, dass deine nicht eines Nachts verschwinden!“

Dean hielt sich vor Lachen den Bauch. „Ich stelle mir gerade bildlich vor, wie Martha höchstpersönlich in einer Nacht- und Nebelaktion meine Büsche ausgräbt und mit einem Schubkarren flüchtet.“

„Na ja, ihr habt aber auch die schönsten Pflanzen im Garten“, bemerkte Jenna anerkennend und sah sich auf dem parkähnlichen Gelände um, das perfekt herausgeputzt war.

„Danke, das höre ich sehr gern. Unsere Gäste wissen es auch zu schätzen.“ Plötzlich hellte sich Deans Gesicht auf, dann griff er nach Jennas Hand. „Komm mal mit, ich will dir was zeigen!“

Dean zog sie eilig mit und stoppte kurz darauf vor einem lorbeerähnlichen Strauch, der an die vier Meter maß und das Anwesen zur Straße hin vor neugierigen Blicken schützte. Beim Anblick der traubigen Blütenstände, die bis zu zwanzig Blüten trugen, wurde ihr mit einem Mal schwer ums Herz. Warum, konnte sie sich aber nicht erklären.

„Vergiss die Hortensien, das hier musst du dir anschauen! Dieses Prachtexemplar nennt sich Lorbeerrose und ist die Staatsblume von Connecticut.“ Voller Stolz präsentierte Dean ihr eine weiße Blüte, die sich vollständig geöffnet hatte. „Du hast Glück, normalerweise ist das Spektakel spätestens im Sommer vorbei.“

„Die sind wunderschön." Jenna berührte vorsichtig die Blüte. „Warum ist mir dieser Strauch nicht schon damals aufgefallen?"

Dean verzog schmerzvoll das Gesicht. „Nun ja, als dein Grandpa und ich sie eingepflanzt hatten, war sie noch nicht so eindrucksvoll wie heute."

Tränen traten in Jennas Augen. Das Gefühl, dass ihr Grandpa irgendwie in diesem Projekt weiterlebte, war zu schön.

Jenna spürte Deans Hand, die sich beruhigend auf ihren Rücken gelegt hatte. „Aber deswegen hab ich sie dir nicht gezeigt, um dich traurig zu machen, meine ich." Dean sah sie aufmunternd an. „Ich wollte dir zeigen, dass es manchmal etwas Zeit braucht, bis man die Schönheit eines Ortes erkennt."

Jenna atmete tief durch. Diese Metapher passte so gut zu den widersprüchlichen Gefühlen, die seit ihrer Ankunft in ihr kämpften. Im Moment waren Boston und ihr dortiges Leben einfach so weit weg, dass sie sich mehr als einmal fragte, ob ihre Entscheidung vor drei Jahren richtig gewesen war.

Der Klang einer Glocke, die jetzt kräftig auf der Veranda geläutet wurde, ließ sie aufschauen.

„Oh, Dorothy ruft zum Nachmittagstee!", bemerkte Dean mit freudiger Stimme.

Jenna wischte sich schnell die Tränen aus den Augen und sah den älteren Mann lächelnd an. „Danke, Dean, dass du mir die Pflanze gezeigt hast, es bedeutet mir wirklich viel."

„Sehr gerne doch. Und wenn du einen Ableger davon haben willst, jederzeit."

Beim Gedanken daran, wie diese Rose auf ihrer kleinen Fensterbank in Boston vor sich hin vegetierte, musste Jenna zwangsläufig grinsen. „Ich melde mich bei dir, sobald ich mal einen Vorgarten haben sollte", bemerkte Jenna amüsiert und sah dann zur Veranda, auf der Dorothy sich mit einem Winken bemerkbar machte. „Aber jetzt schau ich mir erst mal euer wundervolles Teezimmer an, ich platze vor Neugierde."

„Mach das und viel Spaß!" Dean begleitete Jenna noch ein Stück und wandte sich anschließend wieder dem Laub zu.

Umso näher Jenna dem Haus kam, umso mehr stieg ihre Vorfreude. Der Duft von Kaffee und Gebäck lag in der Luft und aus den geöffneten Fenstern drang munteres Stimmengewirr und leise Musik. Jenna stieg eilig die Stufen hinauf und folgte den Geräuschen, bis sie schließlich das gut besuchte Teezimmer erreichte. Dieser Raum, der früher als eine Art Wintergarten genutzt wurde, wirkte jetzt mit dem polierten Parkettboden, den luftig gelben Gardinen und der geblümten Tapete wie verwandelt. Im Raum verteilt standen einige gedrechselte Holztischchen mit gemütlichen Korbstühlen, auf denen es sich die Gäste des B & B bereits gemütlich gemacht hatten.

„Jenna, komm rein und setz dich!", forderte Dorothy sie eilig auf und führte sie zu einem sonnigen Plätzchen am Fenster. „Von hier aus hast du den besten Blick auf den See." Sie zwinkerte ihr keck zu und schenkte ihr aus der Thermoskanne Kaffee ein. Jenna nahm Platz, dann sah sie sich das Teegeschirr und die prall gefüllte dreistöckige Etagere auf dem Tischchen genauer an.

„Wow, ist das alles für mich?"

„Iss, was du kannst. Den Rest nimmst du einfach mit“, beruhigte Dorothy sie, ehe sie zum nächsten Tisch eilte, auf dem ebenfalls reichlich aufgetischt worden war.

Jenna erkannte auf den Platten die Gebäckstücke aus der Bäckerei, belgische Waffeln, kleine Sandwiches und frisches Obst. Sie griff nach einer Waffel und legte diese auf dem geblümten Tellerchen ab, anschließend sah sie sich erneut um. Das Publikum war bunt gemischt und bestand nicht nur aus Senioren, wie es damals in ihrer Kindheit oft der Fall gewesen war. Überrascht riss Jenna die Augen auf, als ihr Blick an einem Tischchen auf der gegenüberliegenden Seite des Raumes hängen blieb und sie die Gäste wiedererkannte – das Ehepaar aus New York. Die beiden gehörten wohl immer noch zu Dorothys Stammkunden.

Mit einem Schmunzeln wandte sie sich nun der kleinen Köstlichkeit auf ihrem Teller zu, die leicht nach Zimt duftete und Erinnerungen an längst vergessene Kindheitstage in ihr weckte. Das Waffelfest im B & B, das jeden Herbst kurz vor Halloween stattfand und welches sie immer mit Audrey und den unverbesserlichen Cassidy-Brüdern besucht hatte. Wenn sie ehrlich war, hatte sie schon damals eine Schwäche für Cole gehabt.

15

Larry

„Weiter hoch, Larry, die Girlande muss weiter hoch!" Eugene kniff kritisch die Augen zusammen und trat erneut einen Schritt zurück.

„Wie wär's, wenn du mal auf die Leiter kletterst und mir hilfst, anstatt nur Anweisungen zu geben?", meckerte Larry mit einem Nagel im Mundwinkel.

„Du weißt, dass ich Probleme mit dem Gleichgewichtssinn hab wegen meinem schlechten Ohr ... Und dann noch in drei Metern Höhe!" Eugene hob hilflos die Arme und sah Larry zerknirscht an.

„Dann halte wenigstens die Leiter fest, ich muss höher rauf!" Nach einem prüfenden Blick nach unten, ob Eugene ihn verstanden hatte, kletterte Larry zwei weitere Stufen nach oben und befestigte die Girlande schließlich oberhalb der Laterne.

„So, das wäre geschafft! Ab zur nächsten!" Mit einer überraschenden Behändigkeit für sein Alter kletterte Larry die Leiter hinab, schnappte sich diese und stellte sie vor der nächsten Laterne auf.

„Viel haben wir nicht mehr. Schau, Chase kommt uns schon näher", wies Eugene ihn mit einem erfreuten Lächeln auf den Fortschritt hin.

„Das ist ja auch das Mindeste. Uns alte Knacker hier schuften lassen, wenn es junge, starke Männer gibt. Wir haben mit unserer Wurfbude genug zu tun!" Larry wischte sich mit dem Stofftaschentuch, das er immer dabeihatte, kurz über die Stirn und stieg ein weiteres Mal auf die Leiter. „Von hier oben hat man wenigstens einen guten Ausblick … Wie es aussieht, bauen sie im Park auch schon die Tische für den Verkauf auf."

„Ja, Martha macht das mit unseren Golden Girls. Es kommen dieses Jahr extra neue Wachstischdecken drauf!" Eugene verzog kurz das Gesicht. „Die müssen noch zurechtgeschnitten und befestigt werden."

„Na, dann kletter ich lieber weiterhin auf Leitern und schlage Nägel in die Laternenpfosten", bemerkte Larry mit einem Grinsen.

Er sah sich noch einmal um und nickte, weil er mit dem Ergebnis sehr zufrieden war. Mittlerweile konnte man Little Falls deutlich ansehen, dass das große Fest kurz bevorstand. Neben den Girlanden, die sich auf der Main Street von Laterne zu Laterne hangelten, waren auch die Läden besonders hübsch herausgeputzt. Vor der Bäckerei entdeckte er mehrere Zinkwannen, die mit gelben Chrysanthemen bepflanzt worden waren, und vor dem Buchladen einen großen Aufsteller in Form einer Krabbe, der auf die neuesten Schmöker aufmerksam machte. Aber das Highlight war wie jedes Jahr der Pavillon im Park, der endlich wieder in neuem Glanz erstrahlte.

„Willst du da oben Wurzeln schlagen, Larry?", ertönte jetzt Eugenes besorgte Stimme.

„Ich bin gleich so weit!" Larry schlug den letzten Nagel in den Pfosten, befestigte dort die Schnur der Girlande und kletterte schließlich hinunter.

„So, genug damit. Lass uns rüber zu unserem Stand gehen und schauen, wie weit Dean und Jonathan sind."

„Recht hast du!" Eugene nickte zustimmend und überquerte mit Larry die Straße, hinter der sich der Park befand.

„Da drüben sind sie, unter der alten Eiche." Eugene winkte Dean, der gerade aufsah, freudig zu.

„Gott sei Dank haben wir ein schattiges Plätzchen bekommen. Stell dir vor, wie wir dort in der Bude bei sengender Hitze geschwitzt hätten", bemerkte Larry mit Erleichterung in der Stimme.

„Siehst du, es hat auch seine Vorteile, mit dem Mann der Bürgermeisterin befreundet zu sein." Eugene schenkte seinem Freund ein verschmitztes Lächeln und fuhr mit amüsiertem Ton fort: „Außerdem habe ich im Rathaus genügend alte Säcke gefunden ... Ich meine natürlich Säcke zum Sackhüpfen."

„Die alten Säcke sind hier draußen", lachte Larry herzhaft auf. „Ich bin wirklich gespannt wie wir uns beim Stadtfest schlagen werden."

„Ach, das klappt schon. Wir sind immerhin zu viert und können uns abwechseln", antwortete Eugene voller Zuversicht.

„Da seid ihr ja. Ihr kommt genau richtig!", rief Dean den beiden entgegen. „Wir wollten gerade das Dach aufsetzen."

„Genau, das sollten wir besser zusammen machen." Larry nickte zustimmend und sah sich den halb fertigen Stand an. „Wie ich sehe, bist du mit meiner Skizze klargekommen."

Dean winkte gleichmütig ab. „Kinderleicht, du hast es schließlich eindeutig beschriftet."

„Die Bude sieht toll aus", bemerkte auch Jonathan, „und die Idee mit den Regalen an der Seite wirklich praktisch. Da können wir die Preise hinstellen!"

„Du hast die Preise schon mitgebracht?", fragte Eugene überrascht.

„Josephine hat mir die Kiste vorhin in die Hand gedrückt. So können wir gleich schauen, ob sich hier alles verstauen lässt."

Larry warf einen neugierigen Blick in die Kiste. „Da war deine Frau aber großzügig! Bücher, Kuscheltiere und Spiele, die kleinen Besucher von Little Falls werden sich darüber freuen."

„Ganz bestimmt", bemerkte Dean lächelnd und zeigte auf zwei große Plastiksäcke. „Die Blechdosen habe ich auch schon mitgebracht. Wir hatten im B & B mehr als genug davon."

Eugene rieb sich voller Vorfreude die Hände. „Oh, das wird ein Spaß. Wisst ihr, dass ich mich selbst schon richtig darauf freue?"

„Darauf, dass dich ein Dutzend Vierjähriger mit Bällen abwirft?" Dean hob fragend eine Augenbraue.

„Du hast recht ... Es wird wohl besser sein, neben der Bude zu warten", erwiderte Eugene nachdenklich. „So ein Vierjähriger kann schon eine starke Wurfhand haben."

Larry, der sich mittlerweile das Dach geschnappt hatte, sah amüsiert auf. „O ja, das kann ich bestätigen, meine drei Enkelsöhne haben schließlich alle Baseball gespielt."

Mit den Worten „Warte, Larry" kam ihm Jonathan zu Hilfe. „Am besten heben wir es hoch und Dean schraubt es fest."

„Einen Moment, ich bin auch gleich so weit!" Eugene lief eilig um die Bude herum und packte dann ebenfalls an.

Mit vereinten Kräften war das Dach wenige Minuten später fest mit den Seitenteilen verankert und machte mit seiner soliden Bauweise wirklich etwas her.

„Perfekt, oder, Männer?" Mit einem höchst zufriedenen Ausdruck im Gesicht sah sich Eugene um. „Martha wird begeistert sein!"

„Ich hoffe es doch", bemerkte Larry nachdenklich. „Wobei, irgendetwas fehlt noch."

„Mmh, ich weiß, was du meinst … Irgendwie sieht es etwas blass aus. Was haltet ihr davon, wenn wir es noch anstreichen?", schlug Dean lächelnd vor. „Ich hab zufällig einen Eimer Farbe vom Steg übrig."

„Prima Idee. Ich denke, das macht es etwas freundlicher." Jonathan nickte zustimmend. „Und dazu ein kleines Holzschild mit der Aufschrift ‚Wurfbude'. Mittlerweile habe ich Gefallen am Basteln gefunden. Die riesige Krabbe vor dem Buchladen war mein Werk."

„Wirklich? Die ist mir vorhin schon aufgefallen, als ich auf der Leiter war! Du wirst ja auf deine alten Tage ein richtiger Künstler." Larry schlug Jonathan anerkennend auf die Schulter.

„Danke, irgendwas muss ich ja mit meiner freien Zeit anstellen, ich kann ja nicht nur lesen, Schach spielen ... und mit euch abhängen."

„Armer Jonathan, als Rentner hat man es wirklich nicht leicht", bemerkte Dean mit Ironie in der Stimme. „Bevor du noch vor Langeweile eingehst, melde dich im B & B als Minijobber – zum Rasenmähen kann ich immer eine helfende Hand brauchen."

„Also soooo langweilig ist mir auch wieder nicht", erwiderte Jonathan lachend. „Außer du lässt mich deinen neuen Aufsitzmäher benutzen, dann könnten wir ins Geschäft kommen."

Larry und Eugene, die bis jetzt nur zugehört hatten, sahen sich amüsiert an und verfielen in lautes Gelächter.

„Träum weiter, Jonathan. Dean hat die Schlüssel so gut versteckt, dass nicht mal Dorothy weiß, wo sie sind! Vielleicht in einer geheimen Schatzkiste im See!" Larry hielt sich vor Lachen den Bauch.

„Meinen ‚John Deere' rührt niemand an, auch nicht meine liebe Dorothy", stellte Dean mit ernster Stimme klar und wandte sich dann wieder an Jonathan: „Du müsstest mit dem kleinen Rasenmäher auskommen."

„Pah, ich verzichte! Gib mir doch gleich die Sense von deinem Urgroßvater!" Jonathan schüttelte resolut den Kopf. „Nein, lieber bastel ich Schilder und Deko für den Buchladen."

„Huhu, ihr Lieben! Euer Stand sieht grandios aus!" Martha, heute mal in sportlichen Sneakern anstelle von flachen Pumps, kam eilig auf die Gruppe zu. „Super, ich habe doch gleich gewusst, dass ihr die Richtigen dafür seid."

„Hallo, mein Schatz“, begrüßte Eugene seine Frau mit einem Küsschen. „Wir sind noch nicht ganz fertig. Er bekommt noch einen Anstrich und ein Holzschild.“

„Oh, wie wundervoll!“ Martha legte sich die linke Hand auf die ausladende Brust, während sie mit der rechten Hand in ihrer typischen Geste ein imaginäres Schild in die Luft zeichnete. „Wurfbude des Schachclubs.“

„Na ja, das ist vielleicht etwas übertrieben, oder nicht?“, gab Larry zu bedenken. „Wir treffen uns nur zwanglos im Park.“

„Papperlapapp, das geht schon klar“, winkte Martha aufgeregt ab. „So sieht das Ganze viel professioneller aus und zeigt, dass wir ein Ort sind, der vielseitige Interessen pflegt.“

Die Männer sahen sich kurz an und zuckten dann beinahe zeitgleich mit den Schultern. Auch Larry verkniff sich eine Antwort, im Grunde war es ihm egal, was auf dem Schild stand. Er hatte seinen Anteil geleistet und gut. Wenn es für einen guten Zweck war oder um Kindern eine Freude zu bereiten, war er beinahe für jeden Spaß zu haben.

„Wie kommt ihr mit den Tischen voran?“, fragte Eugene in die Stille und deutete mit dem Kopf zum Pavillon.

„Oh, die Tische. Sie sehen einfach entzückend aus! Ich war ja zuerst gegen Wachstuchtischdecken, sie sehen immer etwas lieblos aus, aber Arianna hat mich überzeugt.“

Jetzt fiel Larry auch wieder ein, dass seine Tochter zwei gigantische Rollen davon im Lager verstaut hatte.

„Jaja, ich hab sie schon gesehen und mich gewundert, was sie wohl damit vorhat“, erwiderte Larry schnell.

„Ist das Muster nicht schön? Ich liebe diesen frischen Look. Weiße Polkadots auf grauem Untergrund“, klärte Martha die Männer mit schwärmender Stimme auf. Die sahen sich nur überfordert an, ehe Eugene, mit der Hand am schlechten Ohr, unsicher nachfragte: „Polkatanz? Was hat das mit Tischdecken zu tun?“

Larry, der das besagte Muster schon gesehen hatte, klärte seinen Freund geduldig auf. „So nennt man einen Stoff oder ein Muster mit Punkten drauf. Du kennst doch noch die hübschen Kleider über den Petticoats!“

Eugene kratzte sich nachdenklich am Kopf, dann mischte sich Dean lachend ein. „Oder Micky Mouse, die kennst du hoffentlich?“

„Also Micky wohl eher nicht, wenn dann Minnie!“, bemerkte Jonathan trocken und schüttelte den Kopf.

Eugene schlug sich nun auf die Stirn, weil er ganz offensichtlich verstanden hatte, um was es ging. „Warum sagt ihr das nicht gleich? Natürlich kenn ich das, ich komm ja nicht vom Mond! Martha hat mich doch erst vor Kurzem mit so einem Teil überrascht!“

Martha, die das Schauspiel zwischen den Männern bis jetzt nur amüsiert verfolgt hatte, lief auf einmal knallrot an, dann verfiel sie in ein nervöses Lachen. „Er meint meinen neuen Pyjama ... Huch, jetzt muss ich aber wirklich los, die Arbeit ruft!“

Eilig drehte sie sich auf dem Absatz um und verschwand, so schnell sie konnte, wieder in Richtung Pavillon.

Dean, der immer noch in sich hineingrinste, war der Erste, der den Einblick ins Intimleben der Bürgermeisterin kommentierte. „Jaja, Schlafanzug, wer's glaubt!"

Larry verzog nur den Mund. Auf diese Information hätte er gut und gerne verzichten können und Jonathan ging es wohl ganz genauso.

„Musste das sein? Die neuen Wachstischdecken werden mich ab jetzt mein Leben lang an dieses Gespräch erinnern!"

Eugene jedoch zuckte nur unbeeindruckt mit den Schultern und sah seiner Frau schmunzelnd hinterher.

„Ich denke, wir sind mit dem Aufbau so weit fertig", bemerkte Dean, nun wieder um einen ernsten Tonfall bemüht. „Wenn ihr mich kurz entschuldigt, hol ich schnell den Eimer Farbe und leg gleich los. Das Ding braucht schließlich seine Zeit zum Trocknen."

„Gute Idee. Und ich verkrümel mich derweil in meine Werkstatt und fang mit dem Schild an. Hab da schon was Witziges im Kopf", informierte Jonathan seine Freunde ebenfalls.

„Das hört sich toll an!" Larry wandte sich an Eugene. „Hm, und wir könnten beim Pavillon vorbeischauen. Mal sehen, ob Clayton dort Hilfe braucht."

„Ja, das machen wir ... Außerdem sollte ich mich bei meiner Martha entschuldigen. Hoffentlich nimmt sie es mir nicht allzu übel, dass ich so offenherzig war", bemerkte Eugene nachdenklich.

„Nun ja, es wird ihr vielleicht etwas peinlich sein, aber nachtragend war sie noch nie", beruhigte Larry seinen besten Freund.

Dean und Jonathan nickten zustimmend und machten sich auf den Weg.

„Oh, da fällt mir wieder ein, was ich dich die ganze Zeit fragen wollte. Wo bleiben eigentlich unsere T-Shirts, die Cole uns bestellen wollte?" Eugene warf Larry während ihres Fußmarsches zum Pavillon einen fragenden Blick zu.

„Jetzt, wo du es sagst! Ich werde ihn später mal darauf ansprechen. Die wären auch nicht schlecht für Samstag. Ich meine, für uns vier, dann weiß jeder, dass wir zusammengehören, und nebenbei machen wir noch etwas Werbung für den Diner", schlug Larry lächelnd vor.

„Prima Idee, ich hatte mir auch schon überlegt, dass wir zumindest gleiche Farben tragen können, aber die T-Shirts vom Diner sind natürlich viel besser!"

Larry nickte zufrieden. Warum war er nicht früher darauf gekommen? Ob Cole sich wohl schon um die Bestellung gekümmert hatte? Es brauchte bestimmt seine Zeit, bis so etwas gedruckt war. Lautes Gehämmer riss ihn aus seinen Überlegungen und lenkte seine Aufmerksamkeit zum Pavillon, der wenige Meter vor ihnen aufragte.

Beim Anblick seines Schwiegersohnes und seines mittleren Enkels, die beide fleißig am Pavillon arbeiteten, ging ihm das Herz auf, weil sie sich trotz ihrer zahlreichen Projekte so engagiert fürs Fest einsetzten.

„Logan, Clayton, ihr habt euch selbst übertroffen!" Mit glasigen Augen lief Larry auf die beiden zu, während er gegen den dicken Kloß in seinem Hals ankämpfte. Er konnte kaum glauben, wie sehr sich der Pavillon verändert hatte. Nicht dass dieser zuvor baufällig gewesen wäre, nein, aber man hatte ihm die Spuren der vergangenen Jahre durchaus angesehen. Jetzt jedoch wirkte der Pavillon beinahe makellos und genauso hübsch wie an seinem Hochzeitstag.

Logan kam ihm entgegen und schenkte ihm ein warmherziges Lächeln. „Das freut uns zu hören, Larry. Dann haben sich die Überstunden eindeutig gelohnt."

„Ja, das haben sie, ganz sicher", nickte Larry voll Anerkennung.

„Wirklich unglaublich", lobte nun auch Eugene das Ergebnis, ehe er sich eilig auf den Weg zu Martha machte, die nur einige Meter entfernt an einem Tisch arbeitete.

„Komm, sieh dir die Bänke im Inneren an, die haben wir abgeschliffen und neu lackiert", forderte Logan seinen Schwiegervater auf.

Larry ließ sich nicht zweimal bitten und folgte ihm in den Pavillon hinein.

„Wie schön, dass ihr euch auch darum gekümmert habt. Die waren wirklich sehr abgenutzt und voller Schnitzereien", bemerkte Larry und hielt dann abrupt die Luft an.

„Nein, nein, keine Sorge", erwiderte Logan mit einem leisen Lachen und fuhr mit beruhigender Stimme fort: „Coles Schnitzerei unter der Treppe haben wir nicht angerührt."

„Gott sei Dank!" Larry atmete erleichtert aus. „Woher wusstet ihr davon?"

Logan sah sich kurz prüfend um und erwiderte leise: „Ehrlich gesagt haben wir sie nur zufällig entdeckt – das Brett war bei den Holzteilen dabei, die Clayton vor Kurzem mitgebracht hat."

Larry machte große Augen. „Du meinst die morschen Teile aus dem Schubkarren?“

„Ganz genau. Aber wir haben es nicht übers Herz gebracht, dieses Stück Holz auszutauschen … Und da es unter der Treppe auch nicht weiter auffällt, hat Clayton die Latte an ihren ursprünglichen Platz zurückgetan.“

„Sehr gut, es bringt Unglück, wenn man so etwas wegschmeißt“, orakelte Larry. „Und außerdem hab ich die Hoffnung noch nicht aufgegeben, was die beiden angeht.“

Logan nickte zustimmend. „Ja, da bist du nicht der Einzige. Arianna hat Jenna vor zwei Tagen im B & B getroffen, seitdem hört sie gar nicht mehr auf zu schwärmen.“

„Sie nimmt Jenna nicht mehr übel, dass sie ihren Erstgeborenen hat sitzen lassen?“, fragte Larry überrascht.

„Nein, im Gegenteil. Weißt du, vielleicht war es ganz gut, dass Jenna ihren Träumen gefolgt ist und Cole sich mit der Arbeit im Diner beschäftigt hat. Hätten die beiden damals überstürzt geheiratet – kurz nach der Highschool –, ich weiß nicht, ob das gut ausgegangen wäre.“

Larry nickte andächtig mit dem Kopf. „Ich weiß, was du meinst. Manchmal ist es besser, sich erst zu trennen, damit man sich neu kennenlernt.“

„Na, ihr beiden, was führt ihr denn für tiefschürfende Gespräche?“ Clayton, der seine Arbeit am Dach des Pavillons beendet hatte, kam mit einem breiten Grinsen auf seinen Dad und Larry zu.

„Hallo, Clayton“, begrüßte dieser ihn mit einem liebevollen Tätscheln auf den Rücken und senkte dann die Stimme. „Wir haben uns gerade über Coles Schnitzerei unter der Treppe unterhalten. Danke, dass du das morsche Stück Holz wieder eingesetzt hast.“

„Wie könnte ich auch nicht, jetzt, wo wir alle auf ein Happyend hoffen“, erwiderte Clayton mit einem Augenzwinkern.

„Außerdem würde Cole mir vermutlich den Hals umdrehen, hätte ich seine Teenie-Schnitzereien entsorgt.“ Clayton sah sich kurz um und fuhr dann leise fort: „Also, wenn ihr mich fragt, knistert es noch ganz schön zwischen den beiden, auch wenn er es nie zugeben würde.“

Larry nickte zustimmend und erinnerte sich an das Tête-à-Tête, das er mit Francis und Eugene vom Gehweg aus beobachtet hatte. „Zumindest reden sie wieder miteinander und alles andere lässt sich nicht erzwingen, oder?“

„So sehe ich das auch“, bemerkte Logan lächelnd und sah kurz darauf zur Wurfbude. „Euer Stand macht wirklich was her.“

„Nicht wahr? Dean kommt gleich mit Farbe zurück und wir verpassen dem Ding noch einen Anstrich!“

„Ich hoffe nur, dass es nicht Pink wird“, bemerkte Clayton trocken und verzog das Gesicht. „Mom will dein Meisterwerk neben die Werkstatt stellen, keine Ahnung was sie damit vor hat.“

„Ich kann dich beruhigen, ich glaube Dean streicht es in Weiß, wie den neuen Badesteg“, erwiderte Larry nachdenklich.

Clayton atmete erleichtert aus, dann klärte Logan die beiden Männer über Ariannas Pläne auf.

„Es ist noch nicht offiziell, aber Arianna hat vor, die Wurfbude als Verkaufsstand zu nutzen. Ihr wisst schon, für diese Fixer-Upper-Sachen. Deko, Tapeten, Schilder."

„Oh, das hört sich toll an und ist eine prima Erweiterung zum Baugeschäft", bemerkte Larry sichtlich erfreut. „Schön, dass sie ihren Plan endlich umsetzt."

„Nicht, dass uns Mom noch Konkurrenz macht!" Clayton boxte seinem Dad spielerisch in die Seite.

„Soll sie nur", antwortete Logan grinsend, „ich habe sowieso vor, etwas kürzer zu treten und dir mehr Aufgaben zu übertragen."

Larry sah amüsiert zwischen den beiden hin und her. Claytons überraschter Ausdruck war unbezahlbar. Wurde aber auch Zeit, dass Logan seinem Sohn mehr Verantwortung zugestand, schließlich machten Larrys andere Enkelsöhne schon lange ihr eigenes Ding.

„Dann lass ich euch mal allein", bemerkte Larry mit verheißungsvoller Stimme und verließ den Pavillon. „Bis später, ihr findet mich drüben bei Dean."

„Alles klar, Larry!"

„Bis später, Grandpa!"

Mit einem breiten Lächeln im Gesicht machte sich Larry auf den Weg zurück zur Wurfbude, um Dean zu helfen, als ihn plötzlich ein tiefes Gefühl von Dankbarkeit überkam. Er war wirklich gesegnet, in jeder Hinsicht. Nicht nur mit drei wundervollen Enkelsöhnen, die ihn sehr stolz machten, sondern auch mit diesem wunderschönen Ort, in den er sich gerade wieder neu verliebte.

16

Cole

Cole warf einen letzten Blick nach draußen und drehte endlich das Türschild auf „Geschlossen" um. Nachdem er den Diner heute nur am Abend geöffnet hatte – man hatte ihn tagsüber beim Aufbau der Bühne gebraucht – , war es höchste Zeit sich um seine eigenen Vorbereitungen zu kümmern. Es war dank des Truthahnsandwichs nicht viel, aber dennoch notwendig.

Er ging zu den Kartons hinüber, die sich auf der gegenüberliegenden Wand stapelten und in denen sich die Shirts mit dem Logo des Diners befanden. Er hatte einen der Kartons bereits gestern Abend geöffnet, als sein Grandpa nach dem Aufbau der Wurfbude vorbeigekommen war. Kurz musste er schmunzeln. Die vier älteren Herren wollten doch allesamt in seinem Shirt aufschlagen, weswegen er seinem Grandpa bereitwillig einige Exemplare in verschiedenen Größen ausgehändigt hatte.

Cole schnappte sich den offenen Karton und holte daraus die restlichen Shirts heraus, um sie in das alte Holzregal, in dem er sonst die überzähligen Gewürzstreuer und Speisekarten lagerte, einzuräumen. Zusätzlich zu den Shirts hatte er noch Tassen, Kugelschreiber und kleine Fähnchen für die Sandwiches bestellt. Er konnte immer noch nicht glauben, dass die Kreativität während des Bestellprozesses so mit ihm durchgegangen war. Um ein Haar hätte er auch auf Mauspads und Magnete geklickt!

Das Bimmeln der Türglocke ließ ihn auf einmal genervt aufschnaufen. Wer zum Teufel wollte jetzt schon wieder etwas? Hatte man hier nie seine Ruhe? Der Aufbau der Bühne hatte ihn bereits genug Zeit gekostet!

Mit einem Blick, der töten könnte, drehte sich Cole nach dem Störenfried um und erkannte Jenna, die in der offenen Tür stand.

„Oh, tut mir leid! Ich kann auch wieder gehen!", stammelte sie sichtlich nervös. „Es brannte noch Licht und ich dachte ..."

„Alles gut, komm rein!", forderte er sie nun mit einem Lächeln auf, als er auf sie zu ging. „Aber schließ bitte hinter dir ab."

Jenna tat wie ihr geheißen und Cole merkte erst jetzt, wie seltsam zweideutig diese Bitte war, weswegen er zerknirscht hinzufügte: „Ich hab heute schon genug beim Aufbau geholfen und will endlich meine Ruhe."

Jenna nickte. „Ich verstehe, ich hab euch heute Vormittag gesehen. Was war denn los? Gab es Probleme?"

Cole schüttelte beim Gedanken an die alte Bühne den Kopf. „Es wird Zeit, dass wir mal in so eine neue Konstruktion aus Aluminium investieren. Die kann man ganz einfach ausklappen, wenn man sie braucht. Aber nein, unsere älteren Herrschaften wollen ja unbedingt eine Holzbühne, die von Würmern halb zerfressen ist."

Jennas Mundwinkel verzogen sich zu einem amüsierten Grinsen, weswegen Cole voller Selbstmitleid brummte. „Mir war heute Vormittag überhaupt nicht nach Lachen zumute. Ich dachte schon, wir werden gar nicht mehr fertig.“

„Hm, dann sollte ich vielleicht besser gehen, ich habe nämlich auch ein Attentat auf dich vor“, bemerkte Jenna mit geheimnisvoller Stimme und legte den Kopf schief.

Ihre Worte ließen seinen Puls sogleich aufgeregt ansteigen, denn die Art und Weise, wie sie diese aussprach, war sehr verwirrend.

Doch ehe er sich irgendetwas Unanständiges vorstellen konnte, klärte Jenna ihn über ihren Überraschungsbesuch auf. „Du kannst dieses Sandwich morgen nicht bringen, Cole. Das kannst du Martha nicht antun ... Sie wird am Boden zerstört sein, wenn sie die Wahrheit erfährt!“

Cole klappte die Kinnlade runter. „Deswegen bist du gekommen? Wegen Martha?“

„Nicht nur wegen ihr. Auch alle anderen werden enttäuscht sein, wenn sie merken, dass es sich nur um dein altes Truthahnsandwich handelt.“ Langsam kam Jenna auf ihn zu. „Willst du dir nicht einen Ruck geben? Es ist noch nicht zu spät für einen neuen Plan und ich helf dir auch dabei.“

Cole verzog nachdenklich den Mund. Es hatte ihn bisher nie sonderlich interessiert, was man über ihn dachte, und erst recht nicht ließ er sich zu irgendetwas drängen. Aber die Tatsache, dass sein Grandpa ihm seinen mangelnden Einsatz übel nehmen oder sein Täuschungsversuch gar auf ihn abfallen könnte, war etwas komplett anderes.

Cole atmete tief durch und sah Jenna mit einem schiefen Lächeln an. „Und was schlägst du vor? Komm mir aber nicht mit so einem Schickimicki-Zeug. Ich will was Traditionelles."

Jenna rollte gespielt genervt mit den Augen. „Keine Sorge, ich hab heute schon ein paar Ideen gesammelt, die dir gefallen könnten."

Überrascht sah Cole sie an. „Ok, dann warst du aber sehr siegessicher. Was wäre gewesen, wenn ich Nein gesagt hätte?"

Um Jennas Mund zuckte es amüsiert. „Auch wenn du nach außen hin gerne den Brummbären mimst, steckt tief in dir ein ganz netter Kerl."

Cole verzog das Gesicht, weil er nicht wusste, was er darauf sagen sollte. Wenn er ehrlich war, wollte er nicht nur der nette Kerl sein und der Vergleich mit einem Bären störte ihn auch.

„Hab ich etwas Falsches gesagt?", fragte Jenna nun vorsichtig nach.

„Nein, alles gut", erwiderte er schnell, weil er vor ihr nicht derart empfindlich dastehen wollte. Was war nur mit ihm los, dass er jedes ihrer Worte auf die Goldwaage legte? „Lass mich nur kurz das Regal fertig einräumen, dann können wir anfangen, ok?"

„Alles klar, kein Problem." Jenna folgte ihm und setzte sich auf einen Barhocker, der dem Regal am nächsten stand.

„Wow, du machst Starbucks noch richtig Konkurrenz." Sie lächelte ihm anerkennend zu. „T-Shirts, Tassen, sag mir nicht, dass du demnächst deinen eigenen Kaffee röstest?"

Cole zog kurz eine Augenbraue nach oben, ehe er leicht brummig erwiderte: „Ist ja nicht so, dass ich mir gar keine Gedanken wegen des Jubiläumsfests gemacht habe."

Jenna schenkte ihm ein liebevolles Lächeln und stand dann auf. „Darf ich?", fragte sie, bevor sie sich eine Tasse aus dem Regal schnappte.

„Klar doch!" Cole sah kurz auf und verräumte schnell die restlichen Tassen im Regal. Danach trat er einen Schritt zurück, um sich kritisch sein Werk anzuschauen.

„Wirklich toll, dein neues Logo!", bemerkte Jenna begeistert. „Am besten nehm ich mir gleich eine Tasse mit, bevor ich morgen leer ausgehe." Jenna öffnete ihre Handtasche und zog ihren Geldbeutel heraus.

„Lass stecken, die geht aufs Haus!", bemerkte Cole mit einem tadelnden Blick. „So weit kommt es noch, dass ich dir Geld abknöpfe."

„Warum denn, Geschäft ist Geschäft", erwiderte Jenna fröhlich.

Für einen Moment sah Cole sie irritiert an, denn ihr Satz hatte ihn verletzt. Ging es ihr nur darum? Sein Herz setzte für einen Schlag aus, während er versuchte, einen klaren Gedanken zu fassen.

Schnell drehte er sich um, schnappte sich die leeren Kartons und trug sie ins Lager. Er musste dringend etwas Abstand gewinnen. Plötzlich war ihm gar nicht mehr so wohl dabei, ausgerechnet mit seiner Ex-Freundin an einem neuen Sandwich zu arbeiten.

Um noch etwas Zeit zu schinden, sah er sich im Lager nach möglichen Zutaten um. Aber seine nicht ganz ernst gemeinte Auswahl, die aus einer Packung Sandwichbrot, einer Dose Tunfisch und einer frischen Ananas bestand, ließ selbst seinen robusten Magen kurz rebellieren. Dennoch schleppte er alles in die Küche, wo Jenna bereits auf ihn wartete.

Nach einem Blick auf die Zutaten lachte sie unwillkürlich auf. „Oh, du magst es also exotisch?"

„Haha, sehr witzig", bemerkte er trocken, doch das Grinsen um seinen Mund verriet ihn. „Und komm mir bloß nicht mit Avocados oder Rucola, so etwas hab ich nicht hier."

„Keine Angst", erwiderte Jenna mit einem lauten Lachen. „Wir wollen ja nicht gleich übertreiben. Dein leicht ‚angestaubter' Stil kann ruhig bleiben."

„Na dann bin ich gespannt", erwiderte Cole mit einem Augenzwinkern und atmete innerlich erleichtert auf. „Das heißt, wir ändern das Truthahnsandwich nur etwas ab?"

„Genau. Ich hatte folgende Idee. Wir ersetzen die selbst gemachte Sandwichcreme deines Grandpas durch etwas Coleslaw, der macht es schön cremig und würzig. Dazu feine Tomatenscheiben und als Krönung wird das Ganze gebuttert und in der Pfanne angegrillt. Der Rest bleibt, wie er ist."

Jenna sah Cole erwartungsvoll an, dann fügte sie hinzu: „Es ist zwar aufwändiger, aber ich denke, es passt perfekt zum Jubiläum – es ist etwas Besonderes."

Cole legte nachdenklich die Stirn in Falten und ließ sich Jennas Vorschlag durch den Kopf gehen. Die Idee mit dem Krautsalat gefiel ihm wirklich gut ... Es hatte etwas Foodtruckmäßiges. Der Mehraufwand durchs

Angrillen würde ihn zwar eine Menge Zeit kosten, dennoch wollte er dem Ganzen eine Chance geben.

„Und", fragte Jenna, „was meinst du?"

Um nicht zu euphorisch zu klingen, erwiderte er mit gedehnter Stimme: „Ich könnte mich damit anfreunden, aber lass uns erst einen Testlauf starten."

Jenna nickte ihm zufrieden zu und schnappte sich kurzerhand eine der Grillpfannen, die über dem Gasherd baumelten.

Für einen Moment sah Cole ihr einfach nur fasziniert zu. Die Selbstverständlichkeit, mit der sie sich in seiner Küche bewegte, brachte etwas in seinem Inneren zum Klingen. Auf einmal wünschte er sich nichts mehr, als täglich neben ihr zu sein. Die aufkeimende Sehnsucht, die ihn plötzlich überkam, bereitete ihm beinahe körperlichen Schmerz. In diesem Moment wurde ihm klar, dass er nie aufgehört hatte, sie zu lieben, ungeachtet dessen, was zwischen ihnen geschehen war. Dazu kam tiefes Verständnis. Mittlerweile hatte er erkannt, dass Jenna nach all den Jahren in Little Falls einfach nicht anders gekonnt hatte, als in die große weite Welt aufzubrechen. Er hätte es sich niemals verziehen, wenn er sie daran gehindert hätte. Mit jeder Sekunde wuchs sein Verlangen, sie einfach nur zu berühren.

„Jenna." Coles Stimme klang heiser, als er entschlossen nach ihrer Hand griff und sie langsam zu sich herumdrehte. Dabei verdrängte er den Gedanken an einen möglichen Partner, der in Boston auf sie wartete.

In ihren Augen erkannte er Überraschung, aber auch ein erwartungsvolles Glitzern, das ihn ermutigte. Sein

Blick glitt über ihr Gesicht, dann hob er in einer liebevollen Geste die Hand und streichelte ihr vorsichtig über die Wange.

„Weißt du, dass ich mich in deiner Gegenwart immer noch fühle wie der coole Teenager, der am See todesmutig Saltos vom Steg geschlagen hat?"

Jennas Mund verzog sich zu einem liebevollen Lächeln, ehe sie leise erwiderte: „Die mich übrigens sehr beeindruckt haben. Ein Wunder, dass du dir dabei nicht das Genick gebrochen hast."

Cole zuckte lässig mit den Schultern. „Das wäre es mir wert gewesen."

Jenna schüttelte amüsiert den Kopf und sah sich sichtlich nervös in der Küche um. „Sollten wir nicht mit dem Sandwich weitermachen?"

Bei Jennas seltsamen Ausdruck, den er nicht deuten konnte, rutschte ihm auf einmal das Herz in die Hose. War ihr seine Nähe etwa unangenehm? Das Leuchten ihrer Augen sagten aber eindeutig etwas anderes – er konnte es nur auf eine Art herausfinden. Er fasste all seinen Mut zusammen und zog sie langsam zu sich, danach nahm er ihr Gesicht in beide Hände.

„Das Sandwich kann einen Moment warten, ich muss erst noch was ausprobieren." Cole zwinkerte ihr frech zu, dann küsste er sie mit einer Sanftheit, die sie aufseufzen ließ.

Jenna

Automatisch schloss Jenna die Augen und ließ sich von seinem Kuss forttragen. Sie fühlte sich mit einem Mal schlagartig an einen lauen Sommerabend am See zurückversetzt und wieder wie siebzehn.

„Cole", flüsterte sie, doch ihr schwacher Protest ging in einem leichten Stöhnen unter, als sie seinen Mund plötzlich an ihrer empfindsamsten Stelle am Hals und seine Hände auf ihrer Hüfte spürte. Die Flut an Emotionen, die sie bei dieser vertrauten Geste empfand, überrollte sie und drängte das schlechte Gewissen Eric gegenüber zurück.

„Deine Haut ist so unglaublich weich", murmelte Cole, als er sich wieder nach oben arbeitete und sie unverwandt ansah.

Sein Blick traf sie tief in ihrem Inneren und ließ ihr Herz vor Liebe überfließen. Wie hatte sie diesen Mann nur verlassen können? Vermutlich aus Panik, ihr Leben wirkte damals wie vorherbestimmt. Sie hatte das Gefühl gehabt, in Little Falls zu ersticken.

„Cole, es tut mir so unendlich leid." Jenna erwiderte seinen Kuss, als würde ihr Leben davon abhängen. Beide klammerten sich wie zwei Ertrinkende aneinander, als sich die Leidenschaft zwischen ihnen nach drei Jahren Trennung entlud.

Mit einer unglaublichen Leichtigkeit hob Cole Jenna auf die Kücheninsel und drängte sich zwischen sie. Jenna schnappte überrascht nach Luft, dann zog sie ihn näher zu sich. Sein zärtlicher Kuss und seine rauen

Hände unter ihrem Shirt ließen sie erzittern, gleichzeitig breitete sich ein aufgeregtes Flattern in ihrem Inneren aus.

„Wie ich dich vermisst habe." Coles Küsse wurden zunehmend fordernder und holten sie schlagartig in die Wirklichkeit zurück. Nein, sie konnte jetzt nicht weitergehen, auch wenn das Pulsieren in ihrem Unterkörper etwas ganz anderes wollte.

Zärtlich, aber bestimmt legte sie Cole die Hände auf die Brust und sagte in liebevollem Ton: „Lass uns nichts überstürzen, Cole."

Abrupt hielt er inne und verzog seinen Mund zu einem entschuldigenden Lächeln. „Du hast recht, wir sollten nichts überstürzen ... auch wenn du auf meiner Insel wirklich ein entzückender Anblick bist." Er hob sie wieder herunter. „Hm, ich denke, wir sollten lieber mit dem Sandwich weitermachen."

„Das wäre wohl vernünftiger." Jenna atmete innerlich erleichtert auf, dass Cole ihr die Abfuhr nicht nachtrug. Aber ohne ihre Beziehung erst mit Eric geklärt zu haben, wollte sie sich nicht in etwas Neues stürzen.

Im Grunde ihres Herzens wusste sie schon seit ihrer Rückkehr nach Little Falls, dass ihre Gefühle für Eric erloschen waren. Seine verletzenden Worte, das zerstörte Vertrauen und die Tatsache, dass er sie mit seinem Antrag einfach total übergangen hatte, waren Dinge, mit denen sie nicht leben konnte. Bei dieser Erkenntnis wurde ihr zum ersten Mal seit Wochen leichter ums Herz.

„Wie gut, dass ich von heute noch frischen Coleslaw übrig habe!"

Jenna sah zu Cole, der gerade mit einer Tupperschüssel und einem breiten Strahlen im Gesicht vom Kühlschrank zurückkehrte. Ja, es war eindeutig Cole, der ihr Herz mit seiner unkomplizierten Art zum Klingen brachte.

„Sehr gut, dann steht unserem Testlauf nichts mehr im Weg."

„Und vielen Dank, dass du mir hilfst, ich weiß das wirklich zu schätzen, Jenna."

Sie verzog den Mund zu einem Schmunzeln. „Ich will schließlich nicht riskieren, dass du auf dem Marktplatz geteert und gefedert wirst – so etwas macht man nämlich mit Betrügern!"

„Wie gnädig von dir", bemerkte Cole gespielt beleidigt. „Und ich dachte schon, dir liegt etwas an mir."

Jenna ließ seinen Kommentar unbeantwortet, schenkte ihm jedoch ein hinreißendes Lächeln. „Außerdem will ich nicht auf den besten Kaffee von Little Falls verzichten wollen, sollte man dich nach dem Federn aus der Stadt jagen."

„Ok, ich verstehe, alles nur wegen des Kaffees." Cole zwinkerte ihr kurz zu und schaltete daraufhin den Herd an, um die Grillpfanne aufzuheizen.

Jenna verfolgte für einen Moment fasziniert, wie routiniert und gleichzeitig sexy seine Abläufe in der Küche waren, dann fragte sie neugierig: „Wolltest du eigentlich schon immer den Diner von Larry übernehmen? Du hast damals nie etwas in der Art erwähnt."

Coles Mund verzog sich zu einem Lächeln, als er sich an seine berufliche Laufbahn zurückerinnerte. Nach seinem BWL-Studium hatte er für einen kurzen Zeitraum in einer großen Firma in Hartford gearbeitet, doch dieser Job hatte ihn nie wirklich ausgefüllt. Wenigstens war seine Ausbildung nicht gänzlich umsonst gewesen, denn was die Buchführung im Diner anging, war er sogar überqualifiziert. „Ehrlich gesagt hab ich früher schon ab und zu davon geträumt, gleichzeitig schien es mir auch ziemlich abwegig. Ich konnte mir nie vorstellen, dass mein Grandpa irgendwann aufhören würde."

„Mmh, ich weiß, was du meinst. Larry *ist* der Diner, hier steckt einfach so viel von ihm drin." Jenna schnappte sich die Tomate, die Cole zwischenzeitlich gewaschen hatte, und schnitt sie in feine Scheiben. Für einen Moment arbeiteten sie in stiller Eintracht nebeneinander. „Ich erinnere mich gerne an diese Zeit zurück. Als Kinder kamen wir uns unglaublich erwachsen vor, hier am Tresen zu sitzen und Milchshakes zu schlürfen."

Cole sah mit einem sentimentalen Blick auf. „Seltsam, meine Grandma hat kurz vor ihrem Tod genau dasselbe gesagt. Sie mochte dich wirklich sehr gerne, Jenna." Cole schaute sie spitzbübisch an. „Vielleicht auch, weil du zu diesem Anlass extra in deinen besten Sonntagskleidern aufgeschlagen bist."

Jenna lachte amüsiert auf. „Erinnere mich nur nicht daran! Meine Mom nimmt es mir noch heute übel, dass ich alle Kleider mit Erdbeerflecken ruiniert habe."

„Dafür warst du das hübscheste Mädchen im Diner." Cole zwinkerte ihr zu und fuhr nach kurzem Zögern fort: „Ich hab mir damals sogar ab und zu ausgemalt, wir hätten ein Date."

Jenna sah Cole mit großen Augen an. „Tatsächlich? So hast du dich mit deinem Gerülpse ganz und gar nicht benommen."

Cole hob entschuldigend die Arme. „Wir waren damals kleine Jungs, woher sollte ich wissen, wie man sich in Gegenwart einer Dame benimmt?"

Für einen Moment sahen sich die beiden einfach nur an, während sich ein wohliges Gefühl der Wärme in Jenna ausbreitete. Es war schön, mit Cole Erinnerungen zu teilen, die weit in ihre eigene Vergangenheit zurückreichten. Es fühlte sich richtig und echt an.

17

Larry

Mit zufriedenem Blick sah sich Larry um und staunte nicht schlecht, als er feststellte, wie viele Gäste sich zum diesjährigen Stadtfest eingefunden hatten. Unter dem bunt gemischten Publikum war nahezu jede Altersgruppe vertreten und reichte vom Kleinkind bis zum Rentner. Die ausgelassene Feststimmung, die sich in Little Falls ausbreitete, war in der Luft geradezu greifbar.

Er richtete seine Aufmerksamkeit wieder zurück zur Bühne, wo Martha gerade die Eröffnungsrede anstimmte.

„Liebe Bewohner, liebe Festtagsbesucher, ich möchte Sie als Bürgermeisterin von Little Falls recht herzlich Willkommen heißen. Es freut mich sehr, dass wir uns alle in unserem schönen Städtchen zusammengefunden haben, um diesen besonderen Tag gemeinsam zu verbringen." Sie warf einen strahlenden Blick ins Publikum und fuhr nach einer theatralischen Pause fort. „Wir feiern heute nicht irgendein Stadtfest, nein, wir feiern unser 250. Jubiläum."

Tosender Applaus bekräftigte ihre Ansage, dann nahm sie etwas umständlich das Mikrofon aus der Halterung und löste dadurch mit dem Lautsprecher über ihr eine Rückkopplung aus. Larry verzog ob des schrillen Tons kurz das Gesicht und verfolgte Marthas Rede weiter mit amüsiertem Blick.

„Ups, das war natürlich nicht geplant“, erwiderte die sonst so toughe Frau peinlich berührt, ehe sie sich wieder ihrem Skript zuwandte.

„Wer hätte im Jahr 1771 gedacht, dass sich eine kleine Siedlung unweit des Long Island Sound in ein derart florierendes Städtchen verwandeln würde. Mit nicht mehr als einem Pferdekarren haben sich unsere Vorfahren auf den Weg in eine neue Zukunft gemacht und wurden hier, inmitten von üppigen Wäldern nahe des Dragonfly Lake, fündig. Wer kann es ihnen verdenken?“

Martha wartete einen Moment, bis der Applaus verebbte, und fuhr voller Stolz fort: „Wie schon damals sind es die Bewohner, die unserer Stadt ihren Charme verleihen und Little Falls mit ihrer Emsigkeit zu einem attraktiven Ort für Groß und Klein machen. Ich danke an dieser Stelle allen Mitbürgern, vor allem den Unternehmern unter euch, dass ihr all euer Herzblut schon seit Jahrzehnten in diese Stadt steckt.“

Bei Marthas herzerwärmenden Worten musste sogar Larry die ein oder andere Träne verdrücken, ebenso wie seine Schachfreunde, die in der Menschenmenge dicht neben ihm standen.

Vermutlich hing jeder der älteren Herren irgendeiner Erinnerung nach, so wie er gerade, schließlich hatte er bis jetzt fast jedes Fest in Little Falls mit seiner geliebten

Emilia verbracht. Ihr hätte die diesjährige Deko und sein Einsatz in der Wurfbude bestimmt gefallen. Zusätzlich zu den Girlanden, die sich von Laterne zu Laterne auf der Main Street hangelten, und den Lichterketten in den Bäumen hatte man noch anhängerweise Heuballen und Kürbisse herangekarrt. Es hätte ihn nicht weiter gewundert, wenn die Bauern in den umliegenden Ortschaften nun alle auf dem Trockenen saßen und Halloween im restlichen County ausfiel.

Bei diesem Gedanken musste er zwangsläufig schmunzeln und zog so Eugenes Aufmerksamkeit auf sich. „Mir ist gerade nur aufgefallen, dass wir es mit den Heuballen und Kürbissen eindeutig übertrieben haben. Die stehen ja überall! Auf der Main Street, im Park, vor der Bühne, am Pavillon – Little Falls wirkt wie ein überladenes Filmset!"

„Ist das nicht herrlich? Und wir mittendrin." Eugene sah sich mit leuchtenden Augen um und freute sich wie ein kleines Kind zur Bescherung. „Ich liebe diese Farben!"

Larry schenkte seinem besten Freund ein gutmütiges Lächeln und sah zurück zur Bühne, wo Martha bereits die heutigen Attraktionen anpries. „Für dieses Jahr haben wir uns natürlich etwas ganz Besonderes einfallen lassen." Martha suchte Larrys Blick und fuhr mit feierlicher Stimme fort. „Ein großer Applaus geht an unsere Senioren aus dem Schachclub, die sich ganz selbstlos in die Vorbereitungen einer Spielstraße gestürzt haben. Außerdem möchte ich Sie auf unseren druckfrischen Bildband hinweisen, der neben seltenen Fotos auch

witzige Anekdoten und Informationen zur Stadtgeschichte enthält. Aber es gibt heute auch kulinarische
Genüsse!"

Martha hob in ihrer typischen Geste die Hand und
malte die Worte regelrecht in die Luft. „Das Jubiläumsbrot und Coles Sandwich! Schauen Sie unbedingt in der
Bäckerei und im Diner vorbei und nehmen Sie sich ein
Stück Genuss mit nach Hause."

Martha machte eine kurze Pause und leitete schließlich die Schlussworte ein, die in tosendem Applaus un-
tergingen.

„Nun wünsche ich Ihnen viel Vergnügen, guten Appetit und für heute Abend ein flottes Tanzbein!"

„Los geht's, Männer!" Dean rieb sich aufgeregt die
Hände. „Zeit, dass wir die Wurfbude öffnen!"

Eilig lief die eingeschworene Gruppe zu ihrem Stand,
während sich die Menschenmenge in alle Richtungen
verteilte. Larry fühlte sich beinahe wie bei einem
SWAT-Einsatz, erst recht mit den einheitlichen T-
Shirts vom Diner, die sie als Gruppe trugen.

Wenige Augenblicke später war der Stand aufge-
schlossen und Larry hinter der Theke. Amüsiert betrachtete er die bereits stattliche Schlange junger Festgäste, die sich ganz offensichtlich schon während
Marthas Rede hier postiert hatten. Eugene und er wollten die erste Schicht beim Dosenwerfen übernehmen
und sich später mit Dean und Jonathan abwechseln, die
schon dem ersten Sprössling in einen Jutesack halfen.
Er überlegte für einen Moment, welche Gefahr wohl
größer war, von einem Tennisball abgeschossen zu
werden oder beim Heben einen Hexenschuss zu bekommen. Reflexartig sprang Larry zurück, als ein Ball

knapp sein Ohr verfehlte. Er sollte sich wohl besser auf seinen Job konzentrieren, als zu träumen.

„Das nenn ich mal eine gute Körperbeherrschung!" Eugene warf ihm einen anerkennenden Blick zu und kam zu ihm in die Bude hinein. „So, ich denke, sie haben keine Geschosse mehr. Lass uns die Dosen wieder aufstellen."

Larry sah schnell nach draußen, hob dennoch kurz die Hand und baute mit Eugene den Turm wieder auf.

Mit einem Lächeln wandte sich dieser kurz darauf an den kleinen Schützen. „Respekt, junger Mann. Acht von zehn Dosen, das soll dir erst mal einer nachmachen!"

Auch Larry drehte sich nun um. Beim Anblick des kleinen Jungen, der sich mächtig über seine Treffer freute, ging ihm das Herz auf. Es war gar nicht so lange her, dass Cole, Clayton und Chase dieses stolze Grinsen im Gesicht hatten.

„Glückwunsch, na wenn das keine erprobte Wurfhand ist, fress ich einen Besen!", bemerkte Larry fröhlich.

„Ich spiele erst seit einem Monat Baseball, Mister!", klärte der kleine Junge Larry bereitwillig auf, woraufhin sein Vater stolz nickte.

„Tatsächlich? Dann sollten wir uns wohl lieber vor dir in Acht nehmen, nicht dass uns noch die Preise ausgehen", scherzte Larry mit einem Zwinkern. „Du hast die freie Auswahl!"

Der Junge kam näher, stellte sich auf die Zehenspitzen und warf einen kritischen Blick auf die Trophäen, die Josephine aus dem Buchladen hatte springen lassen. Kurz atmete Larry erleichtert auf, da die Auswahl sehr vielseitig war und auch für kleine Lesemuffel, die sich lieber auf dem Sportplatz austobten, einige Überraschungen bereit hielt. Er kannte ebenfalls so ein Exemplar unter seinen Enkelsöhnen – Chase. Bis heute machte dieser einen großen Bogen um Bücher, außer es handelte sich um Fachliteratur.

Wenn man vom Teufel sprach. „Hallo, Chase!", begrüßte er seinen jüngsten Enkel freudig, der in diesem Moment vor dem Wurfstand auftauchte und heute in seiner Polizeiuniform besonders auffiel. Zur Feier des Tages trug dieser einen braunen Stetson, auf den er unter der Woche für gewöhnlich verzichtete.

„Hi, Grandpa!" Chase nickte Larry lächelnd zu und verfolgte ebenfalls, wie der kleine Junge seine Auswahl traf.

„Ich nehm das Kartenspiel mit den Trucks!"

„Eine sehr gute Wahl", bemerkte Chase mit einem Augenzwinkern, „dafür hätte ich mich auch entschieden."

Der Junge grinste Chase kurz an und nahm freudig den Preis entgegen.

„Bis zum nächsten Mal!", rief Eugene ihm freundlich hinterher und teilte die nächsten Bälle an ein weiteres Kind aus.

Larry verließ vorsichtshalber die Bude und musterte dann seinen Enkelsohn. Dabei pfiff er anerkennend durch die Zähne. „Nicht von schlechten Eltern und sehr autoritär!"

Chase hob skeptisch eine Augenbraue. „Mach dich nur lustig, Clayton hat mir bereits unter die Nase gerieben, dass ich mit meinem Sheriffhut aussehe wie Rick Grimes persönlich."

Verwirrt runzelte Larry die Stirn. „Wer?" Dann erinnerte er sich daran, dass seine Enkel schon mal über diesen Rick Grimes gesprochen hatten. „Ah, ich versteh schon, dieser Zombiejäger! Nein, im Ernst, du siehst toll aus und hast hier alles bestens im Griff." Larry sah sich kurz im Park um. „Täusch ich mich, oder haben wir heute so viele Besucher wie noch nie?"

Chase sah sich ebenfalls um. „Es verteilt sich zum Glück etwas. Aber auf der Main Street ist es mittlerweile so voll, dass man kaum noch durchkommt. In der Bäckerei findet gerade die Verkostung des Jubiläumsbrots statt."

„Sehr schön. Ich hoffe nur, Francis legt mir wie versprochen ein Brot zurück."

Larry und Chase beobachteten für einen Moment, Dean und Jonathan, die nun ebenfalls in zwei Säcke geschlüpft waren und ihrerseits ein kleines Wettspringen veranstalteten. „Wie die kleinen Kinder!" Larry schüttelte amüsiert den Kopf und betrat kurz darauf wieder die Bude um Eugene mit den Dosen zu helfen.

„Ich dreh mal weiter meine Runde, Cole steht als Nächster auf der Liste", bemerkte Chase mit einem Grinsen und hob kurz die Hand.

„Alles klar, wir sehen uns später! Wenn ich nachher Pause hab, werd ich auch mal bei ihm vorbeischauen. Hab das Jubiläumssandwich selbst noch nicht probiert!"

Larry sah Chase kurz nach und verfolgte anschließend für einen Moment das Spektakel auf der Bühne. Dort hatte sich mittlerweile eine regionalbekannte Oldie-Coverband zusammengefunden, die gerade die ersten Takte von „Rockin' Robin" anstimmte. Schlagartig stahl sich ein Lächeln auf Larrys Lippen, dann wippte er automatisch mit dem Fuß zum Rhythmus mit.

„Ich liebe diesen Song", schwärmte Larry, während er wieder einige Dosen auf dem Regalbrett hinter sich aufstellte.

„Dazu kann man richtig schwofen. Wo ist denn meine liebe Martha, wenn man sie braucht?" Eugene reckte kurz den Hals und sah sich um. „Ah, dort hinten am Pavillon! Sie ist in ihrem roten Kostüm gar nicht zu übersehen." Eugenes Mund verzog sich zu einem liebevollen Lächeln.

Larry folgte seinem Blick. „Du kannst sehr stolz auf sie sein, sie hat das alles ganz super hinbekommen und ihre Rede vorhin war das i-Tüpfelchen."

„Das bin ich, darauf kannst du wetten!"

Sie machten sich zurück an die Arbeit, betreuten Kind nach Kind, da die Schlange vor der Bude mittlerweile beachtlich angewachsen war. Nie hätte Larry damit gerechnet, dass man der heutigen Jugend – er entdeckte unter den Kindern auch einige *coole* Teenager – mit so etwas Einfachem wie Dosenwerfen eine Freude bereiten konnte. Nach einer halben Stunde kam Dean auf sie zu.

„Hey ihr beiden, Zeit für einen Wechsel!", forderte er seine Freunde amüsiert auf. „Wir wollen auch mal in die Hütte, dort hat man wenigstens Schatten."

Larry verzog das Gesicht und trat aus der Bude heraus. „Wie läuft es mit dem Sackhüpfen?"

„Ganz gut, aber ich befürchte, uns gehen langsam die Süßigkeiten aus. Habt ihr noch was hier?"

„Ich hab vorhin vorsichtshalber einen Karton im Diner gelagert." Larry sah kurz auf die Uhr. „Ist eh bald Zwölf. Am besten machen wir dann eine kleine Pause und ich bring den Karton mit."

„Gute Idee“, bemerkte Jonathan, „und ich schau derweil mal bei Josephine im Buchladen vorbei.“

Dean nickte zustimmend und bemerkte anerkennend: „Ach übrigens, dein selbst gemachtes Holzschild an der Wurfbude macht wirklich was her. Ich könnte mir so ein Farmhouse-Schild prima im B & B vorstellen.“

„Sag mir, was du willst, und ich mach euch eins“, erwiderte Jonathan sofort. „Was den Buchladen angeht, bin ich erstmal fertig.“

„Sehr gut, Dorothy wird sich freuen. Ich muss nur aufpassen, dass sie es nicht übertreibt“, bemerkte Dean mit einem Augenzwinkern. „Sie hat neulich euren Aufsteller vor dem Buchladen gesehen und will jetzt unbedingt etwas Ähnliches mit der Aufschrift ‚Porch‘ und ‚Dorothy’s Kitchen‘.“

Jonathan lachte laut auf und betrat die Bude, dicht gefolgt von Dean. „Du kannst dich auf mich verlassen, ich werde darauf achten, dass es nicht aus dem Ruder läuft.“

Larry und Eugene, die das Gespräch amüsiert verfolgt hatten, gingen nun rüber zur Sackhüpfstation.

„Lass uns mal weitermachen! Dann haben wir uns das Mittagessen auch wirklich verdient!“ Larry schnappte sich einen der Säcke vom Tisch und winkte fröhlich zwei Mädchen heran, die ebenfalls in Little Falls wohnten und etwas unentschlossen wirkten.

„Traut euch, ihr beiden“, rief Eugene, „ihr habt nur heute die Chance, morgen ist unser Stand schon wieder weg!“

Die Mädchen sahen sich kurz an und kamen daraufhin auf die Männer zu.

„Jetzt müsst ihr nur noch den Hütchen folgen, dort um den Baum herum und ihr gewinnt einen Lolli!“ Eugene sah die beiden erwartungsvoll an, doch deren Freude hielt sich sichtlich in Grenzen. Dennoch schnappten sie sich jeweils einen der Säcke, schlüpften hinein und absolvierten den Parcours.

Larry sah Eugene schmunzelnd an. „Was hätten wir damals nicht alles für einen Lolli gemacht, oder, Eugene? Wir wären mit diesen Säcken einmal rings um Little Falls gehüpft!“

Eugene nickte zustimmend und zuckte dann mit den Schultern. „Du sagst es, aber heute ist es halt so, da ist was Süßes nichts Besonderes mehr.“

Wenige Augenblicke später hatten die Männer die letzten Lollis verteilt, verriegelten die Wurfbude und strömten zur Mittagspause in verschiedene Richtungen aus. Larry peilte voller Vorfreude den Diner an. Es brannte ihm unter den Nägeln zu sehen, wie Cole sich heute schlug. Auf dem Weg dorthin traf er Freunde und Bekannte aus umliegenden Gemeinden, die ebenfalls zum Jubiläumsfest erschienen waren.

Überrascht riss er die Augen auf, als er den Park verließ und die Straße überquerte. Vor dem Diner hatte sich eine lange Schlange bis nach draußen gebildet, für einen Moment konnte er kaum glauben, wie viel bei Cole los war. Es war ja nicht so, dass es heute nur im Diner leckeres Essen gab, nein, überall im Park gab es Buden mit Hotdogs, Tacos und sogar Pizza, um die hungrigen Besucher zu verwöhnen.

Larry kam näher und sein Blick fiel auf das sogenannte Jubiläumssandwich. Natürlich erkannte er sofort, dass es sich um eine brandneue Kreation handelte

– Cole hatte sich offensichtlich doch etwas Pfiffiges einfallen lassen, was ihn ehrlich überraschte. Mit offenem Mund schaute er der älteren Dame hinterher, die sich mit dem Sandwich in der Hand eilig entfernte und dann herzhaft hineinbiss. Er schüttelte sich kurz, für einen Moment dachte er an eine Sinnestäuschung, aber schon kam ihm der nächste Kunde mit seiner Ausbeute entgegen. Entweder war Cole heute krank und sein Assistent für ihn eingesprungen oder sein Enkel von allen guten Geistern verlassen. Ein Sandwich, das von seiner üblichen Norm abwich, passte überhaupt nicht zu ihm.

Larry zwängte sich an der Schlange vorbei hinein in den Diner und verschwand in der Küche, wo Cole und Ricky wie am Fließband produzierten.

„Hi, Grandpa, du kommst gerade richtig!" Er sah ihn bittend an. „Kannst du eben im Lager mehr Sandwichbrot holen?"

„Klar doch, da wollte ich sowieso hin", erwiderte Larry und kehrte kurz darauf mit einem Karton Lollis und mehreren Packungen Sandwichbrot in die Küche zurück.

„Vielen Dank!" Cole schenkte ihm ein dankbares Lächeln, dann widmete er sich wieder dem Sandwich vor ihm.

Larry verzog anerkennend den Mund. „Coleslaw anstelle von Soße, das nenn ich mal raffiniert."

„War Jennas Idee", erwiderte Cole, ohne von seiner Arbeit aufzusehen.

Larry hob fragend eine Augenbraue, weil er sich wunderte, was ausgerechnet Jenna mit dem Sandwich zu schaffen hatte. Hatte Cole sie etwa um Hilfe gebeten? Er schaute zu Ricky, der die fertigen Sandwiches auf der Grillplatte röstete. Dieser schenkte ihm jedoch nur einen vielsagenden Blick.

„Die Leute rennen dir ja geradezu die Bude ein!" Larry warf einen Blick über die Schulter. „Gut, dass du heute nur Take-out machst. Ihr kommt ja so kaum hinterher."

„Wem sagst du das. Hätte ich das gewusst, wär ich beim alten Sandwich geblieben", scherzte Cole.

Larry schüttelte tadelnd den Kopf. „Bloß nicht, diese hier sind perfekt!" Beim Anblick der Sandwiches, aus dem geschmolzener Käse heraustrat, lief Larry das Wasser im Mund zusammen. „Genau das hatte ich vor Kurzem gemeint – Foodporn! Was ist passiert, dass du plötzlich deine Meinung geändert hast?"

Ricky, der mehrere fertige Sandwiches verpackte, unterdrückte ein Prusten und lief kurz darauf mit der heißen Ware zum Tresen.

Larry sah dem jungen Mann hinterher und wandte sich dann schmunzelnd an Cole, der plötzlich knallrot angelaufen war.

„Ah, ich verstehe. Ich hab schon immer gewusst, dass dir Jenna guttut."

„Sie hat mir nur aus reiner Nächstenliebe mit dem Sandwich geholfen und weil sie befürchtet, dass mich Martha sonst mitten im Ort an den Pranger stellt."

„Kluges Mädchen!" Larry verfolgte für einen Augenblick wie Cole ein weiteres Sandwich baute und dann auf den Grill legte.

„Eigentlich wollte ich hier ja eine Kleinigkeit essen", Larry warf einen Blick aus der Küche und auf die Gäste, die trotz der Wartezeit einen gut gelaunten Eindruck machten, „aber ich denke, das verschieben wir lieber auf morgen. Sonst bin ich derjenige, den man an den

Pranger stellt, weil er sich schamlos vordrängelt." Larry nickte Cole kurz zu und wandte sich zum Gehen.

„Ist vielleicht besser so, Grandpa. Oder du kommst noch mal vorbei, wenn der große Mittagansturm vorbei ist."

Larry nickte nachdenklich, dann erwiderte er: „Morgen, du machst mir morgen eines davon. Ich hol mir jetzt einen Taco, muss sowieso zum Stand zurück."

„Alles klar, dann morgen. Mach's gut!" Cole schüttelte amüsiert den Kopf, als Larry nun mit eingezogenem Kopf und dem großen Karton Lollis eilig den Diner durchquerte und ins Freie schlüpfte.

18

„Huhu, Cole! Ich will nicht lange stören, ich sehe, ihr habt zu tun, aber dein Sandwich ist einfach unglaublich!" Martha legte sich in einer theatralischen Geste die Hand auf die Brust, ehe sie mit der anderen Hand einen imaginären Schriftzug in der Luft andeutete. „Das beste Sandwich in ganz Connecticut!"

Cole sah Martha für einen Moment entgeistert an und räumte dann weiter in der Küche auf. Der große Ansturm vom Mittag hatte nachgelassen, sodass Ricky und er nach stundenlanger Arbeit etwas durchatmen konnten. Die Gäste waren mittlerweile in den Park geströmt, um das musikalische Programm auf der Bühne zu verfolgen, das wie in jedem Jahr abends stattfand.

„Es ist noch viel besser, als du es beschrieben hast … Täusch ich mich oder ist der Krautsalat neu? Den hast du neulich nicht erwähnt." Martha zog eine nachdenkliche Schnute, dann winkte sie ab. „Ist ja auch egal, ich wollte dir nur schnell sagen, wie gut es ankommt."

Cole nickte Martha zu und erwiderte ehrlich: „Das freut mich. Aber Jenna gebührt der Dank, sie hatte Ideen für ein Upgrade."

Martha machte große Augen. „Wirklich? Du solltest in Zukunft öfters auf sie hören!“

Cole nickte nur und warf anschließend einen Blick über Marthas Schulter. „Sieht so aus, als würde Eugene dich suchen. Er winkt hinter der Scheibe.“

Überrascht drehte sich Martha um und hob beide Hände in die Luft. „Na endlich, da ist er ja! Ich suche ihn bereits seit Stunden. Dachte schon, er sei verloren gegangen!“

Cole konnte sich ein Grinsen nicht verkneifen und verfolgte wie Eugene, der mittlerweile in einer dicken Strickjacke steckte, aufgeregt den Diner betrat und freudig auf seine Frau zueilte. „Mein Honigtöpfchen, da bist du ja!“

Martha sah sich kurz peinlich berührt um und erwiderte die Umarmung ihres Mannes. „Dasselbe kann ich von dir sagen. Am Stand hab ich dich vorhin auch nicht erwischt.“

Verwundert hob Eugene die Augenbrauen. „Ich war die ganze Zeit dort, nur über den Mittag kurz in der Bäckerei einen Happen essen – das neue Brot ist himmlisch! Hier, ich habe eins für zu Hause mitgebracht.“ Eugene öffnete wie zum Beweis die Stofftasche, die über seiner Schulter baumelte, und zeigte Martha seine Ausbeute.

„Wie gut, dass du daran gedacht hast.“ Erleichtert atmete sie auf. „Ich bin heute so vergesslich, bin einmal hier, einmal dort.“

„Dazu hast du ja mich, meine Zuckerschnecke.“ Eugene tätschelte Martha die Wange und zeigte mit dem Kopf nach draußen. „Und jetzt, wo ich dich endlich gefunden habe, schuldest du mir einen Tanz, meine Liebe. Wir haben schon seit einer Ewigkeit nicht mehr zusammen geschwoft.“

Martha errötete wie ein Schulmädchen und wirkte entgegen ihrer üblichen Art auf einmal sehr verlegen. „Aber natürlich, ich freu mich schon den ganzen Tag darauf.“

Cole, der währenddessen die Spülmaschine ausgeräumt hatte, sah mit einem Lächeln auf. Es war einfach schön, wie sehr sich die beiden trotz ihrer Unterschiede ergänzten und immer noch liebten.

„Na, auf was warten wir?“ Eugene klatschte aufgeregt in die Hände und griff nach Marthas Hand. Kurz darauf waren die beiden schon in Richtung Bühne verschwunden.

Für einen Moment dröhnte der Bass der Band durch die geöffnete Tür, dann verzog Cole nachdenklich das Gesicht. Hier war kaum mehr was los, vielleicht konnte er selbst für eine Weile verschwinden. „Ricky, kommst du kurz allein klar? Ich wollt mal in der Bäckerei vorbeischauen.“

„Geh nur, Boss, ich hab alles im Griff!“, kam die erhoffte Antwort aus der Küche zurück, daraufhin machte sich Cole mit einem aufgeregten Flattern im Bauch auf den Weg zu Jenna.

Erleichtert stellte er fest, dass sich auch vor der Bäckerei der große Ansturm gelegt hatte und die Festbesucher sich, jetzt am Abend, lieber am Pavillon oder vor der Bühne tummelten. Coles Blick wanderte zum Park, der dank der vielen Lichterketten stimmungsvoll leuchtete und wie verzaubert wirkte. Der Aufwand hatte sich eindeutig gelohnt, auch wenn er sich lieber nicht ans Abladen der Kürbisse erinnern wollte. Die

Heuballen standen wild verstreut und wurden als Sitzplätze oder von den Kindern zum Spielen genutzt.

Cole lief weiter und rieb sich kurz über die Oberarme. Mittlerweile hatte es stark abgekühlt, dennoch verzichtete er wie die meiste Zeit im Oktober noch auf eine wärmende Jacke. Sein Gesicht hellte sich schlagartig auf, als er Jenna hinter der Scheibe entdeckte. Mit einem breiten Lächeln trat er ein.

„Hi, immer noch am Arbeiten?", fragte er zwinkernd und legte den Kopf schief.

„Hallo, Cole!", erwiderte Jenna überrascht und strich sich schnell eine Strähne aus der Stirn, die sich aus ihrem Messy Bun gelöst hatte. „Bin für heute so gut wie fertig."

Sie sah sich kurz um und grinste frech. „Die Regale sind alle leer."

Cole nickte anerkennend. „Das freut mich. Euer Brot hat ja eingeschlagen wie eine Bombe. Beinahe jeder meiner Gäste hatte einen Stoffbeutel dabei!"

Jenna lächelte müde ob des langen Tages und antwortete mit Erleichterung in der Stimme: „Ich bin so froh, dass alles geklappt hat! Die Zeit war schon ziemlich knapp. Ein Glück, dass die Druckerei die Stofftaschen rechtzeitig fertig bekommen hat."

„Es konnte ja keiner ahnen, dass du mit so tollen Ideen nach Little Falls zurückkehrst. Mir gefällt der Aufdruck sehr gut. Unser Pavillon als Riesen-Cupcake."

„Danke, dieser Entwurf war auch mein Favorit, dicht gefolgt von der Fassade unserer Bäckerei", klärte Jenna Cole lächelnd auf.

„Ihr solltet davon T-Shirts und Tassen drucken lassen", bemerkte Cole.

„Hört, hört, der Werbeprofi spricht!“ Jennas Mund verzog sich zu einem Grinsen.

„Also, ich hab bis auf zwei Tassen nichts mehr übrig“, fuhr er selbstbewusst fort und kam nach einem Blick zur Backstube auf sie zu. „Bist du allein?“, fragte er und fasste nach ihren Händen.

„Meine Eltern und Francis haben sich vor einer Stunde ebenfalls ins Getümmel gestürzt. Aber ich befürchte, dass sie nicht lange durchhalten werden. Wir sind alle schon seit dem Morgengrauen auf den Beinen.“

Cole nickte verstehend und war in diesem Moment sehr froh, dass er nicht Bäcker, sondern Wirt war. „Dann lass uns auch gehen“, schlug er lächelnd vor. „Nach diesem Tag haben wir uns das wirklich verdient!“

„Gute Idee, ich hol nur schnell meine Jacke und wir können los!“ Jenna verschwand im Nebenraum und kam kurz darauf mit einem grauen Strickmantel und ihrer Handtasche zurück.

Cole ging voraus und verfolgte, wie Jenna das Licht in der Bäckerei ausschaltete und die Tür abschloss.

„Bereit?“, fragte er mit einem charmanten Lächeln und bot ihr galant den Arm an. Heute wollte er einfach nur Spaß haben und den Erfolg des Tages feiern. Ungeachtet davon, ob die Bewohner von Little Falls über sie tuschelten. Und das würden sie, ganz gewiss – aber es war ihm egal.

Jenna hakte sich, ohne zu zögern, bei ihm unter, anschließend überquerten sie gemeinsam die Main Street. Der Park auf der gegenüberliegenden Seite der Läden lag jetzt im Halbdunkeln und wurde lediglich von den Lampions in den Bäumen erleuchtet. Dennoch wirkte der Park mit seinem herbstlichen Blättergewand sehr heimelig und stimmte Cole ein wenig auf das kommende Halloweenfest im Bed & Breakfast ein. Kurz fragte er sich, ob Jenna ihn an diesem Abend wohl begleiten würde. Er konnte sich nichts Schöneres vorstellen. Dann erst fiel ihm ein, dass Jennas Aufenthalt in Little Falls mit dem heutigen Stadtfest bald ebenfalls enden würde. Ihre Eltern wären in der Bäckerei nicht mehr auf zusätzliche Hilfe angewiesen. Wie hatte er diesen Gedanken nur so weit von sich wegschieben können? Das stechende Gefühl, das ihn bei dieser Erkenntnis befiel, verdrängte er schnell. Er wollte lieber den Abend und Jennas Anwesenheit genießen.

Sie nahmen einen schmalen geschwungenen Weg, der an einer Ansammlung von Kürbissen entlangführte, kurz darauf entdeckte er seine Eltern, die es sich unweit des Pavillons gemütlich gemacht hatten. Die beiden saßen auf zwei Heuballen mit einer Decke um die Schultern und hielten in den Händen große Becher aus denen es geheimnisvoll dampfte. Als hätten sie seinen Blick gespürt, sahen sie überrascht auf und winkten ihnen zu.

„Lass uns kurz rübergehen", schlug Cole vor. „Ich hab sie schon seit heute Morgen nicht mehr gesehen."

„Sehr gerne", erwiderte Jenna lächelnd, „dann kann ich deinem Dad endlich Hallo sagen. Wir sind uns bis jetzt nicht begegnet."

„Er war in letzter Zeit ziemlich beschäftigt. Er und Clayton renovieren zusätzlich zu ihren anderen Projekten auch ein altes Haus", klärte Cole Jenna auf und dachte an die baufällige Hütte, an der sein Dad einen Narren gefressen hatte.

„Das hört sich interessant an. Mir gefallen solche Vorher-Nachher-Storys", erwiderte Jenna beeindruckt.

Gemeinsam überquerten sie den Rasen und erreichten schließlich Coles Eltern, die sie freudig erwarteten.

„Hallo, ihr beiden, macht ihr endlich Feierabend?", begrüßte Arianna die Neuankömmlinge schmunzelnd. Dabei sah sie amüsiert zwischen ihnen hin und her.

„Ja, Mom, für heute reicht es mir eindeutig!", erwiderte Cole und fuhr sich müde mit der rechten Hand übers Gesicht. Den linken Arm, an dem sich Jenna eingehakt hatte, hielt er dagegen schön still, denn zu seiner Freude ließ sie ihn selbst vor seinen Eltern nicht los.

„So siehst du auch aus, Junge!" Logan verfiel in ein herzhaftes Lachen und wandte sich danach an Jenna. „Wie geht es dir, Jenna? Schön, dich wiederzusehen."

„Hallo, Logan. Danke, mir geht's gut. Auch wenn mich mein Dad in der Backstube voll in Beschlag nimmt." Sie lächelte erschöpft, dann leuchteten ihre Augen auf einmal auf. „Die Sitzecke, die du für die Bäckerei gebaut hast, ist übrigens sehr schön. Ich hab gar nicht gewusst, dass du Möbel herstellst?"

Sichtlich erfreut über Jennas Kompliment klärte er sie auf. „Nicht nur die Sitzecke, ich habe auch die Möbel fürs Gästezimmer angefertigt. Es war schon immer ein Traum von mir, etwas kreativer zu werden. Und was lag da näher, als maßgefertigte Einzelstücke zu schreinern – zusätzlich zum Innenausbau."

„Eine gute Entscheidung. Der Sekretär hat es mir besonders angetan“, erwiderte Jenna mit ehrlicher Freude.

Logan zwinkerte ihr zu. „Sag Bescheid, wenn du was brauchst oder einen besonderen Wunsch hast. Gerne auch in einer anderen Farbe, ich bin da flexibel.“

Jenna nickte schnell. „Ja, das werde ich auf jeden Fall.“

„Und was habt ihr da Leckeres?“, erkundigte Cole sich nach einer kurzen Pause und sah seine Mutter, die gerade einen weiteren Schluck aus dem Becher genommen hatte, fragend an.

„Heiße Schokolade mit Marshmallows“, erwiderte sie mit einem Grinsen. „Der Eierpunsch war leider schon aus.“

„So weit ist es gekommen, dass ich am Stadtfest Kakao trinke“, brummte Logan.

Cole warf einen Blick in die leere Tasse. „Na so schlecht kann er ja nicht sein, wenn du ihn ganz geleert hast.“

„Irgendwie muss man sich ja aufwärmen. Nur leider hat sich Dorothy, was den Punsch angeht, total verkalkuliert“, klärte Logan seinen Sohn auf.

Cole warf einen Blick zum Getränkestand, wo die Eigentümerin des Bed & Breakfast die Stellung hielt. „Ihre Getränke sind halt heiß begehrt, Dad!“

Logan zuckte die Schultern und sah seine Frau kurz darauf mit Hundeblick an. „Vielleicht macht uns deine Mom morgen ja ihren leckeren Eierpunsch?“

Arianna verzog den Mund zu einem liebevollen Schmunzeln. „Genau dasselbe hat mich mein Dad vorhin auch gefragt.“

„Siehst du, dann steht es schon zwei zu eins." Er gab ihr einen Kuss und legte, nachdem er den Becher am Boden abgestellt hatte, fürsorglich die Decke um sie.

„Sollen wir, Jenna?", fragte Cole mit einem Nicken in Richtung Bühne und fühlte sich dabei wie bei einem ersten Date.

„Ja, gerne. Die Band klingt richtig gut." Die beiden grinsten sich verlegen an und machten sich, nachdem sie sich verabschiedet hatten, auf den Weg zur Bühne, die etwas entfernt auf der anderen Seite des Parks lag.

„Deine Eltern sind einfach nur süß, wie ein frisch verliebtes Paar, findest du nicht?" Jenna sah lächelnd zu Cole auf.

„Mmh", erwiderte er nachdenklich. „Genau so sollte es sein, oder nicht?"

Jenna verzog kurz das Gesicht, dann erwiderte sie traurig: „Nicht jeder hat dieses Glück."

Doch, wir hatten dieses Glück, schoss es ihm durch den Kopf. Dennoch verkniff er sich einen Kommentar, weil er den schönen Abend nicht ruinieren wollte.

Für einen Moment liefen sie stumm nebeneinander her, dann fuhr sie mit heiterer Stimme fort. „Bei dir war heute aber auch einiges los. Ich hab die Schlange vor dem Diner sogar von der Bäckerei aus gesehen."

„Und alles wegen deines Sandwichs! Vielen Dank noch mal für die Hilfe, ich hätte mich heute sonst schrecklich blamiert."

Jenna winkte ab. „Ach, das hab ich gern gemacht. Siehst du, es hat auch gar nicht weh getan, oder?"

Jenna kannte ihn einfach zu gut. Er veränderte nur ungern etwas, wenn es nicht sein musste. Warum auch, wenn alles funktionierte?

„Vielleicht sollte ich das neue Sandwich mit in die Karte aufnehmen", bemerkte Cole gedankenverloren und überraschte sich mit diesem Satz selbst. Warum hatte er in Jennas Gegenwart plötzlich das Bedürfnis, aus seiner Komfortzone auszubrechen?

„Oh, das wär toll! Mach das!", erwiderte Jenna mit leuchtenden Augen.

Bei Jennas Zustimmung fühlte er sich auf einmal wie beflügelt und musste zugeben, dass ihm diese neue experimentierfreudige Seite an ihm gefiel. Es machte alles aufregender und lebendiger.

Tief atmete er die frische Herbstluft ein, die sich mit dem Duft von Zuckerwatte und Corn Dogs vermischte und ihn zurück in die Wirklichkeit holte. Sie hatten fast die Bühne erreicht und passierten gerade den Bereich, wo man die Fressbuden aufgestellt hatte. Cole staunte nicht schlecht, als er sich die diesjährigen Buden genauer ansah, die ebenfalls herbstlich geschmückt waren und sehr einladend wirkten. Ebenso wie die neubezogenen Tische, um die sich seine Mom mit den anderen Frauen gekümmert hatte. Passend zu den grau-gepunkteten Wachstischdecken hatte man Windlichter aufgestellt und sogar Sitzkissen auf den Bänken verteilt. Cole entdeckte Josephine und Jonathan, die sich dort eine Zuckerwatte gönnten, ohne die Oldieband aus den Augen zu lassen.

„Ganz schön voll hier", bemerkte Cole und legte Jenna die Hand auf den Rücken, als sie sich durch die Besuchermenge zur Bühne durchkämpften. Mit der trauten Zweisamkeit war es wohl vorbei.

„Aber wirklich, wo kommen die Leute nur alle her?" Jenna sah sich erstaunt um.

Cole nahm Jenna bei der Hand und führte sie auf die Tanzfläche. Er wollte mit ihr tanzen, sie in seinen Armen spüren und in ihren Augen versinken. Er ignorierte die neugierigen, aber auch überraschten Blicke und zog sie zu sich heran.

„Ist dir klar, dass uns gerade alle anstarren?" Jennas Atem kitzelte an seiner Wange, was ihn erschaudern ließ.

„Na und, geben wir ihnen etwas Gesprächsstoff", raunte Cole ihr heiser zu.

„Martha steht kurz vor einem Infarkt. Sie kriegt den Mund gar nicht mehr zu!", bemerkte Jenna nach einem kurzen Seitenblick zur Bürgermeisterin.

„Du meinst ,Honigtöpfchen'?"

„Wen?" Jenna lachte laut auf.

„Eugene hat sie vorhin so genannt, als er sie zum Tanz abgeholt hat", informierte Cole sie mit verheißungsvoller Stimme.

„Irgendwie süß, auch wenn es nicht gerade schmeichelhaft ist", bemerkte Jenna nachdenklich und verzog den Mund.

„Also, wenn du mich fragst, ich wüsste eindeutig schmeichelhaftere Kosenamen." Cole hob eine Augenbraue und sah Jenna eingehend an.

„Dann lass mal hören", forderte sie ihn übermütig auf.

Cole beugte sich langsam zu ihr hinunter, streifte mit seiner rauen Wange ihr Gesicht und flüsterte: „Wie wär's für den Anfang mit ,Zimtschnecke'?"

„Nicht dein Ernst!" Jenna sah ihn schockiert an, doch ihr amüsiertes Grinsen strafte die Rüge Lügen.

„Was denn, ich liebe Zimtschnecken!“, erwiderte Cole mit Unschuldsmiene.

„Hm, ich weiß nicht. Irgendwie klingt mir das zu sehr nach Porno.“ Jenna verzog kritisch den Mund. „Ist das etwa alles, was du auf Lager hast?“

Cole legte nachdenklich die Stirn in Falten, während er sie zum Takt führte. „Ok, noch ein Versuch. Was sagst du zu ‚Sweetheart‘?“

„Schon besser, auch wenn es nicht gerade kreativ ist“, bemerkte Jenna mit einem Zwinkern.

„Dich kann man aber auch gar nicht zufriedenstellen“, brummte Cole gespielt beleidigt, dann nahm er ihr Gesicht in beide Hände. „Aber vielleicht überzeugt dich ja das?“

Vor aller Augen drückte er ihr einen langen Kuss auf den Mund und tastete sich dabei mit der Zunge vorsichtig vor. Cole schmunzelte. An Jennas Küssen hatte sich nichts verändert – zum Glück. Sie schmeckten immer noch so süß, als hätte sie eben an der Theke in der Bäckerei genascht. Bittersüße Erinnerungen stürzten auf ihn ein und ließen sein Herz vor Glück zerspringen.

„Ähm, also küssen kannst du, ohne Zweifel“, stammelte Jenna atemlos, als sie sich einen Moment später lösten und sie ihn mit verklärtem Blick ansah.

Cole schenkte ihr daraufhin ein selbstzufriedenes Lächeln, danach erwiderte er in liebevollem Ton: „Gut zu wissen, dann werde ich in Zukunft einfach meinen Mund halten und nur noch Taten sprechen lassen, versprochen.“

19

Jenna

Bei Coles verheißungsvollem Versprechen blieb Jennas Herz für einen Moment stehen. Sie konnte sich nur zu gut vorstellen, was er damit meinte. Schon sein letzter Kuss im Diner am Abend zuvor war vielversprechend und ganz anders gewesen. Nicht dass Cole vor drei Jahren ein schlechter Küsser gewesen war, nein. Aber jetzt lag darin eine leidenschaftliche Sehnsucht, der sie sich kaum widersetzen konnte.

„Alles klar?", riss Cole sie aus den Gedanken.

Sie lächelte ihn verlegen an. „Ja, nur werde ich das Gefühl nicht los, dass wir nach dem Kuss noch mehr im Mittelpunkt stehen."

Den neugierigen Blicken zum Trotz sah sich Jenna kurz um. Vor allem Martha hatte die Antennen auf Empfang gestellt, ebenso wie Larry, der zwischenzeitlich ihre Grandma zum Tanz aufgefordert hatte.

„Willst du lieber woandershin?", fragte Cole. „Wir können was essen gehen."

„Gute Idee! Die Corn Dogs haben lecker ausgesehen", erwiderte Jenna schnell.

Gemeinsam bahnten sie sich einen Weg durch die Menge und erreichten nach wenigen Minuten den

Stand, um sich ein Würstchen im frittierten Maisteigmantel schmecken zu lassen.

„Na toll, meine Brüder!" Cole verzog kurz den Mund. „War ja klar, dass wir die beiden genau hier treffen. Bist du sicher, dass du einen Corn Dog willst?"

„Jetzt erst recht!", erwiderte Jenna lachend. „Außerdem wird es höchste Zeit, dass ich sie endlich treffe." Beim Anblick der beiden, die selbst jetzt aussahen, als heckten sie irgendetwas aus, erinnerte sie sich sofort an die vielen Abenteuer aus ihrer Kindheit zurück.

Cole zog skeptisch eine Augenbraue nach oben. „Sag später aber nicht, ich hätte dich nicht gewarnt."

Jenna boxte ihn schmunzelnd in die Seite und begrüßte dann Chase, der sie zuerst entdeckte.

„Hallo, Chase! Also, dich hätte ich ganz sicher nicht mehr erkannt!", bemerkte Jenna ehrlich. Der jüngste Cassidy-Spross wirkte in seiner Polizeiuniform so patent, dass sie für einen Moment ziemlichen Respekt vor ihm hatte.

„Jenna!" Chase nahm beim Gruß kurz seinen Stetson ab und lächelte schief, wobei seine Grübchen zum Vorschein kamen. „Schön, dich zu sehen!"

Clayton, der sich in diesem Moment mit einem Tablett voller Corn Dogs umdrehte, klappte der Mund auf. „Ähm, hallo. Na das ist aber eine Überraschung!"

„Hi, Clayton! Wie ich sehe, hattet ihr dieselbe Idee. Wir wollten uns auch gerade was zu essen holen."

„O ja, die Corn Dogs. Die sind echt gut", stammelte er und warf einen fragenden Blick zu Cole. „Ich wusste gar nicht, dass ihr zusammen herkommt."

„Es war sehr spontan. Jenna hat eben erst den Laden abgeschlossen und Ricky hält drüben alleine die Stellung“, klärte er die beiden auf.

„Ah, ok. Setzt euch doch zu uns, die Ladung sollte für alle reichen“, schlug Clayton mit einem frechen Zwinkern und einem Blick auf seine Ausbeute vor.

„Klar, warum nicht“, erwiderte Jenna und sah zu Cole, der über die Gesellschaft seiner Brüder allerdings nicht begeistert zu sein schien.

„Beinahe so wie früher“, bemerkte Chase mit einem lauten Lachen. „Die Gang ist wieder vereint.“

„Hm, nicht ganz“, widersprach ihm Jenna lächelnd, als sie zu viert an einem Biertisch Platz genommen hatten. „Audrey fehlt noch.“

„Dorothys Nichte?“, fragte Cole prustend und sah amüsiert zu Clayton hinüber.

„Erinnere mich bloß nicht an diese Besserwisserin. Mir klingeln heute noch die Ohren, wenn ich an sie denke!“ Clayton schüttelte sich kurz und griff beherzt nach einem Corn Dog.

„So schlimm war sie nun auch nicht“, entgegnete Jenna mit amüsiertem Blick. „Sie hat sich nur nicht alles von dir gefallen lassen.“

Clayton riss ungläubig die Augen auf. „Ich glaube, es hat ihr einfach nur ziemlichen Spaß gemacht, mich auf die Palme zu bringen. Und da wir uns im Sommer meist am See herumgetrieben haben, hat sie ihre Position natürlich voll ausgenutzt!“

„Na ja, das B & B gehört ja auch ihrer Tante“, sprang Chase für Audrey in die Bresche und schnappte sich ebenfalls ein Würstchen vom Tablett.

„Es gab eine Woche lang nur Zitroneneis – weil Audrey das wollte“, maulte Clayton und klang dabei wieder wie der Zehnjährige, der viel lieber Schokoladeneis aß. „Und könnt ihr euch noch an das spezielle Waffelfest erinnern? Dinkelwaffeln! Wer kommt denn auf so einen Scheiß?“

Cole schenkte Jenna einen vielsagenden Blick und wandte sich dann an seinen Bruder, der so richtig in Fahrt war. „Trotzdem konntet ihr euch nicht aus dem Weg gehen.“

Clayton schüttelte trotzig den Kopf. „Die Klette hat mich ja überallhin verfolgt!“

„Nein, mein Lieber, da muss ich meine Freundin aber in Schutz nehmen“, stoppte Jenna ihn schmunzelnd. „Warst nicht du derjenige, der sie immer wegen ihres Gameboys verfolgt hat?“

„Ja, genau. Daran kann ich mich auch erinnern“, mischte sich Chase ein. „Du warst so süchtig nach Mario Kart, dass du ihr permanent auf den Fersen warst.“

Clayton hob abwehrend die Hand. „Moment mal, nicht ihr, sondern Mario Kart! Kann ich etwas dafür, dass das Spiel so toll ist?“

Cole warf Jenna einen entschuldigenden Blick zu. „Wir hatten das Spiel leider nicht und mussten uns außerdem zu dritt einen Gameboy teilen!“

„Wenn Grandpa ihn uns nicht gerade zum Tetrisspielen abgeknöpft hat!“, bemerkte Chase mit dramatischer Miene.

„Ihr Armen, ihr seid wirklich zu bedauern“, erwiderte Jenna mit gespielt mitfühlender Stimme und bediente sich nun ebenfalls an den Corn Dogs. Es fühlte sich fast so an wie damals. Nur dass die Cassidy-Brüder heute allesamt die Blicke der weiblichen Gäste auf sich zogen und bessere Manieren hatten – keiner würde mehr beim Milchshakeschlürfen im Diner rülpsen oder am Badesee blank ziehen.

„Ach übrigens", griff Chase mit vollem Mund das Gespräch wieder auf. „Deine Zimtschnecken sind echt lecker. Hab neulich eine probiert."

„Oh, danke, das freut mich", erwiderte Jenna lächelnd und fragte sich, ob Chase die traditionelle Rezeptur aufgefallen war.

„Hab deine Grandma letzten Sonntag mit Eugene und Grandpa im Park getroffen. Stellt euch vor, sie haben dort ein Picknick veranstaltet!", klärte Chase die anderen auf.

Es dauerte nicht lange, bis Jenna eins und eins zusammengezählt hatte. Es war ihr an jenem Morgen, als Cole verschlafen hatte, gleich komisch vorgekommen, dass niemand so früh im Diner gewesen war. Hatte ihre Grandma nicht erzählt, dass sie mit den beiden unterwegs gewesen war? Jetzt wusste sie wenigstens, wo.

„Die kommen auf Ideen." Clayton schüttelte leicht den Kopf. „Wenn ihr mich fragt, werden unsere Großeltern immer eigenartiger. Neulich hat Grandpa erzählt, dass er mit seinen Jungs nach Florida will!"

„Könnt ihr euch die vier wirklich am South Beach vorstellen?" Cole unterdrückte ein Schmunzeln. „Eugene wäre der Erste, der sich wegen des Lärms beschwert."

„Und Grandpa über die überteuerten Cocktails!", bemerkte Chase.

Jenna musste bei der Vorstellung daran schmunzeln. Vor allem, weil sie erst vor Kurzem einen Film mit Robert De Niro angesehen hatte, in dem er es mit seinen Freunden in Las Vegas so richtig krachen ließ.

„Ach, warum denn nicht?", erwiderte Jenna lächelnd. „Denen wird schon nichts passieren."

„Ich mach mir eher Sorgen um die anderen. Zum Beispiel wenn sie ein geliehenes Cabrio den Ocean Drive entlanglenken", gab Chase zu bedenken. „Der eine hört nichts, der andere sieht nichts, der andere sagt nichts ..."

„Dann begleite sie doch am besten", schlug Clayton mit einem Kopfschütteln vor. „Vielleicht springt für dich ein fünftes Badehöschen raus."

„Hey, ich mach mir nur Sorgen!", verteidigte sich Chase. „Miami Beach ist schließlich 'ne andere Hausnummer als Little Falls."

„Mach dir nicht ins Hemd. Die kommen schon klar, wenn es so weit ist. Sind schließlich alle erwachsen, nicht wahr, Cole?" Clayton sah erwartungsvoll zu seinem großen Bruder.

„Vorher brauchen unsere Beach Boys erst mal das Ok von ihren Frauen. Ihr glaubt doch nicht, dass Martha ihren Eugene allein in die freie Wildbahn lässt."

„Apropos Beach Boys", erwiderte Jenna amüsiert und sah Cole dabei vielsagend an. Dass die Band ausgerechnet jetzt ihr gemeinsames Lied anstimmte, war wirklich Schicksal. Ein breites Lächeln zeichnete sich auf Coles Lippen ab, als er den Song ebenfalls erkannte, dann griff er nach Jennas Hand. „Jetzt müssen wir aber auf die Tanzfläche – und ich akzeptiere keine Widerrede!"

Ehe Jenna widersprechen konnte, hatte er sie auf die Füße gezogen und wandte sich mit einem Blick über die Schulter an seine Brüder. „War schön mit euch, wir müssen los!"

Jenna kicherte, als sie sich gemeinsam durch die Menge quetschten, um zur Tanzfläche zu gelangen, wo Cole sie einmal im Kreis drehte.

„Übrigens singst du den Text immer noch total falsch mit", bemerkte Jenna schmunzelnd und spielte auf ihren Besuch im Diner an, wo sie ihn aus der Küche heraus hatte singen hören.

„Du hast mich gehört?", fragte er erstaunt und wurde dabei sogar ein bisschen rot.

„Mmh", erwiderte sie, während sie ihn einfach nur ansah. Dabei schlug ihr das Herz bis zum Hals, denn Cole hatte sie viel näher zu sich herangezogen als bei ihrem vorherigen Tanz. Sie konnte seine Hitze regelrecht an ihrem Oberkörper spüren, während sie sich zum langsamen Takt von „Wouldn't it be nice" bewegten. Jenna legte ihren Kopf an seine Schulter und wünschte sich, dass dieser Tanz nie enden würde, als ein dunkler Schatten neben der Bühne ihre volle Aufmerksamkeit erregte. Schlagartig entgleisten ihr die Gesichtszüge – Eric.

Schnell ließ sie die Hände fallen und trat unbewusst einen Schritt zurück, als ihr klar wurde, wer da eilig auf sie zukam. Sie konnte sich nicht mehr rühren, als sie den Mann mit gestriegeltem Scheitel und Polo-Blazer anstarrte. Hoffentlich handelte es sich nur um einen sehr guten Doppelgänger.

„Gott sei Dank geht es dir gut! Ich hab schon den ganzen Tag versucht, dich zu erreichen!" Eric gab Jenna zur

Begrüßung ein Küsschen auf den Mund und sah sich um. „Das hier ist also dein Little Falls." Seine Lippen verzogen sich zu einem spöttischen Lächeln.

„Eric, was machst du denn hier?" Jennas Blick wanderte hektisch zwischen Eric und Cole hin und her.

„Na was wohl? Nach meiner Verlobten sehen! Ich dachte schon, dir sei etwas passiert." Eric zog sie besitzergreifend an sich und wandte sich anschließend mit einem abschätzenden Blick zu Cole.

„Oh, hi, ich bin Eric. Wo sind nur meine Manieren?"

Jennas Herz verkrampfte sich. Der Schmerz und die Enttäuschung in Coles Augen sagten alles.

Er nickte Eric nur kurz zu und sah dann zu Jenna, bevor er sich eilig umdrehte. Sie schaute ihm nach, wie er in der Dunkelheit verschwand und mit ihm die Hoffnung, dass er ihr jemals verzeihen würde. Was hatte sie nur getan? Es fühlte sich an, als hätte man das unsichtbare Band, das seit ihrer Kindheit zwischen ihnen bestand, mit einem Mal zerschnitten. Tränen traten ihr in die Augen. In ihrem ganzen Leben hatte sie sich noch nie so verloren gefühlt.

Sie griff nach Erics Arm und zog ihn von der Tanzfläche, dabei wäre sie in diesem Moment viel lieber Cole hinterhergerannt – vielleicht konnte sie noch etwas retten, wenn sie ihm sofort alles gestand.

Eric hob überrascht eine Augenbraue. „Alles klar? Ich dachte, du freust dich über meinen Besuch."

Doch Jenna zog ihn weiter von der Tanzfläche weg, damit sie nicht länger im Mittelpunkt standen. „Wir müssen reden!"

„Moment mal, bin ich da gerade in etwas hineingeplatzt?" Eric blieb schlagartig stehen und sah ungläubig zur Bühne zurück. „Du und der Kerl? Sag mir nicht, dass zwischen dir und diesem Hinterwäldler was läuft!“

Jenna öffnete den Mund und schloss ihn wieder. Schließlich atmete sie tief durch. „Ich hätte dich schon viel früher anrufen sollen. Aber ich war einfach zu beschäftigt, mit den Vorbereitungen hier und allem.“

Eric kniff argwöhnisch die Augen zusammen und trat näher an sie heran. „Was willst du mir damit sagen? Willst du Schluss machen?“

Jenna atmete tief durch und fuhr nach einer kurzen Pause fort.

„Ich kann dir einfach nicht verzeihen! Du hast mich an diesem Wochenende vor deinen Freunden so verletzt“, platzte es endlich aus ihr heraus. „Ich habe das Gefühl, dich gar nicht mehr zu kennen. Dazu dein Antrag, der mir nur wie ein Rettungsversuch vorkommt.“

„Rettungsversuch? Denkst du allen Ernstes, ich habe es nötig, solche Geschütze aufzufahren?“ Erics Stimme klang plötzlich bedrohlich und fremd. Kurz lachte er auf und sah sich um. „Lässt dich von so einem um den Finger wickeln, wenn du einen Ashcroft haben kannst?“

Jenna trat einen Schritt zurück und antwortete entschlossen: „Es ist vorbei, Eric ... Den Ring gebe ich dir selbstverständlich zurück, sobald ich wieder in Boston bin.“

Eric schüttelte unmerklich den Kopf, dann fasste er grob nach ihrem Unterarm und sah auf ihre Hand. „Alles klar, du hast ihn schon abgelegt.“ Für einen Moment wirkte er sehr traurig und am Boden zerstört.

Jenna schluckte schwer, weil sein Anblick sie trotz allem nicht kaltließ. Sie hatte nie gewollt, dass es auf diese Weise endete.

Sie war kurz davor, sich erneut zu erklären, als er ihr wütend zuzischte: „Was bildest du dir eigentlich ein? Wie steh ich jetzt vor allen da?"

Für einen Moment starrte Jenna ihn einfach nur an, sein erneuter Angriff verschlug ihr die Sprache. „Ist das deine größte Sorge?", fragte sie ungläubig und verletzt. „Wie du vor deinen Eltern dastehst?"

Eric fuhr sich mit der Hand hektisch durchs Haar und antwortete nach einer kurzen Pause mit versöhnlicher Stimme: „Ich liebe dich doch, Jenna, und es tut mir alles schrecklich leid. Wenn du also wieder vernünftig wirst und mit mir Heim kommst, sehe ich über all das hinweg und wir können noch mal von vorne anfangen."

Jenna konnte nicht glauben, was sie da hörte, wie schnell sich Erics Gemütszustand innerhalb wenigen Sekunden änderte. War dies derselbe Mann, den sie seit einem Jahr kannte?

Jenna schüttelte unmerklich den Kopf. „Nein, nein, ich werde nicht mit dir zurückgehen. Du hast mir gerade die Augen geöffnet!"

Jenna drehte sich entschlossen um. Sie wollte nur noch weg, weg von Eric und der negativen Aura, die ihn umgab. Ein unangenehmes Kribbeln breitete sich in ihr aus, weil sie sich in seiner Gegenwart auf einmal sehr unwohl fühlte, matt und ausgelaugt. Tränen stiegen ihr in die Augen, als sie einen Schritt vorwärts machte.

„Hey, bleib doch stehen. Wir können über alles reden." Eric hatte sie eingeholt und hielt sie nun vom Weitergehen ab.

„Eric, lass mich bitte vorbei", bat Jenna mit ängstlicher Stimme und wand sich unter seinen Händen, die jetzt schwer auf ihren Schultern lagen.

„Lassen Sie sofort die junge Dame los oder hören Sie schlecht?" Jenna erkannte Larrys Stimme, der jetzt mit seinen Freunden aus dem Schutz der Dunkelheit eines Baumes auf sie zutrat.

„Gibt es hier ein Problem, Jenna?", fragte Eugene mit zittriger Stimme, kam aber mutig näher.

Eric wandte den Blick kurz ab und sah Jenna dann mit einem Grinsen an. „Sind das etwa deine Bodyguards, eine Gruppe tattriger Rentner?"

„Immer langsam mit den jungen Pferden!", mahnte Jonathan mit bedrohlicher Stimme und postierte sich ebenfalls neben Jenna. „Mit dir werden wir schon noch fertig!"

Eric schüttelte amüsiert den Kopf, ließ aber die Arme sinken. „Ist das etwa dein Opa?", fragte er Jenna.

Mit Larry und seiner Gang im Rücken kehrte langsam die Energie zu Jenna zurück. Tief atmete sie durch und antwortete mit ruhiger Stimme: „Wenn du mir richtig zugehört hättest, wüsstest du, dass mein Grandpa schon vor vielen Jahren verstorben ist. Das hier waren seine Freunde und du kannst darauf wetten, dass sie ebenfalls kurzen Prozess mit dir machen!"

Widerwillig trat Eric den Rückzug an, denn auch Dean, der sich bisher zurückgehalten hatte, aber von allen wegen seiner stämmigen Statur am gefährlichsten wirkte, war aus dem Schatten der Bäume herausgetreten.

„Und lass dich hier ja nicht mehr blicken!", rief Eugene ihm jetzt mutig hinterher und legte den Arm fürsorglich um Jenna. Sie schloss für einen Moment die Augen, doch konnte die Tränen der Erleichterung nun nicht mehr zurückhalten.

„Wird Zeit, dass du ins Bett gehst, Kleine", bemerkte Larry mit einem Lächeln und nahm sie am Arm. „Komm, ich bring dich nach Hause!"

Jenna schenkte den Männern ein dankbares Lächeln und ließ sich schließlich von Larry zur Bäckerei begleiten. Ein Gefühl des Friedens breitete sich schlagartig in ihr aus, als sie den Park verließen und die Main Street überquerten. Plötzlich erkannte sie, was ihr Herz schon lange gewusst hatte. Sie gehörte genau hierhin, in die Bäckerei und zurück nach Little Falls.

Jenna verabschiedete sich von Larry und schloss leise die Tür auf um ihre Eltern nicht zu wecken, die zwischenzeitlich zurückgekehrt waren und schliefen. Mit angehaltenem Atem tapste sie durch den Flur, hielt dann jedoch inne. Anstatt direkt nach oben zu gehen, bog sie in die Backstube ab und setzte sich auf das kleine Bänkchen neben dem Ofen. Das Herz wurde ihr schwer, als sie sich in dem vertrauten Raum umsah und ihr Blick auf die alten Backformen an der Wand fiel. Sofort musste sie an ihren Grandpa denken, den sie heute den ganzen Tag über schmerzlich vermisst hatte. Es war einfach nicht dasselbe gewesen wie früher. Damals hatten sie die Bäckerei immer rechtzeitig geschlossen, um selbst noch etwas vom Stadtfest zu haben. Sich am Abend ebenfalls unter die Festgäste gemischt, getanzt und gegessen.

Wieder kamen die Tränen in ihr hoch, jetzt auch wegen Cole. Sie hatte ihm erneut das Herz gebrochen, doch dieses Mal vor der ganzen Stadt.

20

Cole schulterte den alten Holzbalken, der zur Konstruktion der Bühne gehörte, und machte sich auf den Weg zum Anhänger, der am Straßenrand vor dem Park stand. Vom Stadtfest am Abend zuvor war nicht mehr viel übrig geblieben außer einigen Heuballen, die jetzt aufgetürmt neben dem Pavillon standen, und einem Berg Kürbissen, die man für weitere Dekorationen nutzen wollte. *All der Aufwand für einen einzigen Tag*, schoss es ihm durch den Kopf, als er einen Blick über die Schulter warf. Neben dem Pavillon entdeckte er seinen Grandpa und dessen Freunde, die mit langen Zangen und Plastiksäcken den Müll einsammelten und dabei offensichtlich ihren Spaß hatten. Für diese Mission waren sie extra in passende Overalls geschlüpft und durchkämmten die Büsche im Park akribisch nach Spuren. So wie es aussah, wollten sie ganz sicher gehen, dass sich darin keine Scherben oder anderer Unrat befanden, an dem man sich verletzen könnte. Als sein Blick auf Eugene fiel, der sogar mit Handschuhen und Schutzbrille ausgestattet war, musste Cole unwillkürlich auflachen.

Die Fressstände waren mittlerweile auch verschwunden, ebenso die Wurfbude, die sein Dad bereits am frühen Morgen abgeholt hatte, um sie neben dem Holzlager aufzustellen.

Viel lieber würde sich Cole heute im letzten Winkel verkriechen und allen aus dem Weg gehen, um nicht mehr an das Debakel am Vorabend erinnert zu werden. Leider hatte er versprochen, beim Abbau der Bühne mitzuhelfen. Unbewusst presste er die Kiefer aufeinander, als er an den aufgeblasenen Schnösel dachte, der ihn auf der Tanzfläche wie ein lästiges Insekt gemustert hatte. Es war auf den ersten Blick ersichtlich gewesen, dass er aus reichem Hause stammte und sein Geld nicht mit dem Servieren von Burgern und Pancakes verdiente.

An Jenna wollte er erst gar nicht denken – sie hatte ihn schon den Schlaf von letzter Nacht gekostet. Wie hatte er sich von ihr nur wieder dermaßen hörnen lassen? Nach diesem Vorfall hatte er endgültig mit ihr abgeschlossen. Er konnte nicht ausdrücken, wie enttäuscht er von ihr war. Waren ihre Gefühle ihm gegenüber etwa die ganze Zeit nur Einbildung gewesen?

Mit grimmiger Miene und dem Holzbalken auf der Schulter durchquerte er die Wiese. Die Tatsache, dass er von Holzwürmern zerfressene Bühnenteile durch die Gegend schleppte, machte den Tag nicht besser.

„Das wäre doch die Gelegenheit, alles zu entsorgen, oder glaubt ihr, das Ding macht noch ein weiteres Stadtfest mit?", bemerkte Cole, als er seine Brüder erreichte, die den Anhänger beluden.

Clayton drehte sich zu seinem älteren Bruder um. „Genau meine Worte, in den Balken stecken schon die

Holzwürmer der achten Generation. Also, ich übernehme keine Verantwortung dafür, wenn das Teil irgendwann unter Martha zusammenbricht! Das würde glatt als fahrlässige Tötung durchgehen."

„Wow, wir sind mal alle einer Meinung!", bemerkte nun Chase mit einem breiten Grinsen.

Bildete es sich Cole nur ein oder benahmen sich seine Brüder heute betont fröhlich, um seine miese Stimmung auszugleichen? Argwöhnisch kniff er die Augen zusammen, schmiss den Balken auf den Anhänger, sodass der Staub nur so aufwirbelte, und lief zurück zum Park, wo noch eine ganze Ladung Bretter auf sie wartete. Kurz musste er bitter auflachen. Der Bretterhaufen, der vom Fest übrig geblieben war, spiegelte seine heutige Verfassung eins zu eins wider.

Cole schüttelte sich kurz, doch es fiel ihm schwer, seine Gedanken auf etwas anderes zu richten als ihren Verrat. Die ganze Stadt hatte gesehen, wie er mit eingezogenem Schwanz davongedackelt war.

Er schnappte sich einen weiteren Stützbalken – harte Arbeit und Ablenkung hatten ihm schließlich schon einmal geholfen – und lief erneut zum Anhänger. Als er jedoch bemerkte, wer da aus der Bäckerei und direkt auf ihn zukam, blieb ihm beinahe das Herz stehen. Automatisch versteifte er sich, während er mit aller Macht gegen die Wut ankämpfte, die in ihm hochstieg. Schnell wandte er den Blick ab, als hätte er sie nicht gesehen, und schmiss die Bretter regelrecht auf den Hänger, wo sie mit einem lauten Knall landeten. Eiligen Schrittes trat er die Flucht an, aber es war zu spät, Jenna stand schon hinter ihm.

„Cole, bitte warte!"

Doch er lief weiter, hinein in den Park, als hätte er sie nicht gehört, auch wenn es total kindisch war. Sie konnte sich ihre Erklärungen sparen. Nach dem gestrigen Abend wusste er alles, was er wissen musste – Jenna war verlobt. Der Schmerz saß so tief, dass er ihr nicht in die Augen sehen konnte, ohne ihr seine wahren Gefühle zu offenbaren.

Cole schaute sich kurz um, hoffte für einen Moment auf die Unterstützung seiner Brüder, nur waren die natürlich nirgends zu sehen. Na toll, jetzt war er zu allem Überdruss ganz alleine mit ihr.

„Bitte, Cole, lass es mich erklären.“ Ihre Stimme direkt hinter ihm, war nur ein flehentliches Wispern, das ihn überrascht herumfahren ließ.

Als er in ihr fleckiges Gesicht und die geröteten Augen sah, setzte sein Herz für einen Schlag aus, dann erinnerte er sich wieder, dass *er* derjenige war, der betrogen worden war. „Du bist noch hier? Ich dachte, du bist längst wieder in Boston.“ Er erschrak selbst, wie kalt seine Stimme auf einmal klang.

Jennas Augen füllten sich mit Tränen, ihre Antwort war nicht mehr als ein Flüstern. „Eric und ich haben uns getrennt.“

Cole hob abfällig eine Augenbraue. „Aha, und darüber soll ich mich freuen, oder wie?“ Er sah wie Jenna unter seinen Worten in sich zusammensank, doch er blieb hart. „Auf solche Typen stehst du also mittlerweile? Yale-Typen in rosafarbenen Chino-Shorts? Da kann ich natürlich nicht mithalten.“

Noch bevor er die Worte ausgesprochen hatte, bereute er sie. Nicht nur, weil Jenna auf einmal wirkte, als stünde sie kurz vor einem Zusammenbruch, sondern, weil sich plötzlich eine leise Stimme in ihm meldete. Was, wenn er Jenna unrecht tat? Er hatte sie noch nie so aufgelöst gesehen, dabei kannte er sie beinahe sein ganzes Leben lang.

Cole atmete tief durch, wollte etwas sagen, aber der Stolz in ihm war letztendlich größer, weswegen er eisern schwieg.

Nach einer gefühlten Ewigkeit drehte sich Jenna um und lief mit hängenden Schultern zurück zur Bäckerei. Cole hielt sie nicht auf.

Er fuhr sich mit den Händen übers Gesicht, schloss für einen Moment die Augen, als wollte er damit die gesagten Worte ungeschehen machen, doch vor seinem geistigen Auge sah er nur Jenna, die ihn traurig ansah. Er konnte sich nicht erinnern, dass er sich in seinem Leben jemals so mies gefühlt hätte.

Eilig durchschritt Cole den Park, überquerte die Straße und betrat den Diner. Sollten seine Brüder nur alleine den Bretterhaufen aufräumen, wenn sie ihn nicht einmal vor Jenna oder sich selbst schützen konnten. Wahrscheinlich lauerten sie hinter der Hecke, um auch ja nichts zu verpassen.

Laut ließ er die Tür ins Schloss fallen, drehte das Schild hinter der Scheibe auf „Geschlossen“ und verbarrikadierte sich, indem er abschloss. Er hatte genug für heute. Nein, er hatte genug für eine ganze Weile.

Cole stürmte die Stufen hinauf in seine Wohnung, die sich direkt über dem Diner befand, und warf sich auf die abgewetzte Ledercouch von der er sich seit seinen Teenagerjahren nie hatte trennen können. Tausende von Gedanken gingen ihm durch den Kopf, als er an die letzten Tage und die Zeit mit Jenna zurückdachte. Er wusste selbst nicht genau, was das zwischen ihnen war. Waren die alten Gefühle auf einmal wieder an die Oberfläche gekommen oder war es nicht viel mehr als Flirterei?

Cole schnaufte laut auf und stapfte in die Küchennische, um sich eine Flasche Bier aus dem Kühlschrank zu holen. Kurz starrte er das kühle Getränk an, zuckte dann jedoch mit den Schultern und öffnete es. Sonntagvormittag hin oder her, was soll's. Er war kein Kirchgänger und Besuch erwartete er schon zweimal nicht. Er wollte sich nur seinem Elend hingeben.

Missmutig trat er ans Fenster und warf unauffällig einen Blick hinaus. Und zum ersten Mal in seinem Leben spielte er tatsächlich mit dem Gedanken, Little Falls zu verlassen. Nur war das leichter gesagt als getan, schließlich verdiente er mit dem Diner sein Geld. Gleichzeitig hielt es ihn wie eine Fußfessel zurück. Cole verzog nachdenklich die Stirn. Vielleicht gab es auch für ihn mehr zu entdecken. Irgendwo, wo ihn niemand kannte und man nicht über sein Pech mit Frauen sprach. Was war er nur für ein Jammerlappen!

Ein lautes Klopfen an seiner Wohnungstür ließ ihn schlagartig herumfahren. Genau das meinte er, nirgends hatte man seine Ruhe. Wer zum Teufel kam bitte auf die Idee, sich einfach den Ersatzschlüssel bei seinen Eltern zu holen, um sich Zutritt zum Diner zu verschaffen? Kopfschüttelnd verließ Cole den Platz am Fenster, doch noch während er das Zimmer durchstreifte, wurde einfach ein Schlüssel ins Schloss gesteckt und die Tür geöffnet.

Für einen Moment rechnete er mit seiner Mom, aber

es waren seine Brüder Clayton und Chase, die besorgt vor ihm standen.

„Wo wart ihr vorhin, als ich euch brauchte?", herrschte er sie an und kam mit der Bierflasche in der Hand auf sie zu.

Clayton hob abwehrend die Hände. „Langsam, Kumpel. Wir haben uns zurückgezogen, damit du dich mit Jenna aussprichst!"

Chase nickte schnell. „Aber es scheint wohl nicht besonders gut gelaufen zu sein."

Cole nahm einen Schluck aus der Flasche und schüttelte lachend den Kopf. „Hört, hört, der Frauenversteher spricht. Was weißt du schon von Beziehungen?"

Dass ausgerechnet Chase seinen Senf dazugab, war der Witz. Als Deputy Sheriff konnte er nicht einmal privat aus seiner Haut fahren. Wenn er nicht gerade mit voller Hingabe die gestärkten Hemden seiner Uniform bügelte, absolvierte er irgendeinen Hindernisparcour, um besser auf flüchtende Verbrecher vorbereitet zu sein. Fehlte nur noch, dass er vor jedem Date die Namen der Damen durch den Computer jagte.

Für einen Moment wirkte Chase gekränkt, dann funkelte er seinen Bruder angriffslustig an. „Immerhin mache ich es nicht schlimmer, als es schon ist. Jenna sah aus wie ein Häufchen Elend, als sie von dir zurückkam."

Cole zuckte mit den Schultern. „Jetzt bin ich also der Böse. Schon vergessen, was gestern passiert ist? Ihr wart doch live dabei, als ihr Macker aufgetaucht ist, oder nicht?"

Bittere Galle stieg in ihm auf, als er Eric vor sich sah, wie dieser Jenna besitzergreifend an sich gezogen und geküsst hatte.

Clayton und Chase sahen sich vielsagend an und nahmen dann ungefragt auf der Couch Platz. „Waren wir, wer war es nicht?", scherzte Clayton. „Aber wir haben auch gesehen, wie es ausging, nachdem du den Schwanz eingezogen und die Flucht ergriffen hast."

Cole funkelte seinen Bruder böse an. „Ach, hätte ich den beiden beim Rumschäkern zuschauen sollen, oder wie?"

„Also nach schäkern hat das zwischen den beiden überhaupt nicht ausgesehen", bemerkte Clayton gelassen, dann mischte sich Chase lachend ein. „Grandpa und seine Gang hätten den Lackaffen um ein Haar vermöbelt! Also eines weiß ich, ich hätte ausnahmsweise weggesehen und sie gelassen. Eid hin oder her."

Cole kam näher und setzte sich auf den braunen Ledersessel, der noch abgewetzter als die alte Couch war und ihm als Leseplatz diente. Chase hätte weggesehen? Der Chase, der sonst ältere Damen zurechtwies, wenn sie auf der Main Street im Halteverbot parkten, um eben mal in der Bäckerei was zu holen? Oder wie im letzten Jahr sogar seinen eigenen Grandpa darauf ansprach, weil er mit den Schachfreunden stundenlang die Tische im Park blockierte?

Coles Neugierde war geweckt. „Was ist denn passiert?"

„Dieser Psycho hat sie einfach nicht in Ruhe gelassen", erwiderte Clayton wütend, „hat nicht kapiert, dass es zwischen ihnen vorbei ist. Grandpa hat gemeint, es sei mehr als gruselig gewesen, vor allem, weil der Kerl so unberechenbar war."

Chase verzog das Gesicht zu einem schiefen Lächeln. „Der arme Eugene ist immer noch ganz verstört, sagt, er habe noch nie so eine Gänsehaut bekommen."

Cole versuchte, das Gehörte zu verarbeiten, während er unruhig die Flasche in den Händen drehte. Er wusste ehrlich nicht, was er von alldem halten sollte. Warum hatte Jenna die Karten nicht von Anfang an auf den Tisch gelegt? Dann würde die Sache ganz anders aussehen.

Mit argwöhnischem Ton fragte er: „Aber sie war doch noch mit ihm zusammen, oder nicht?"

„Was spielt das für eine Rolle?" Clayton schnaufte genervt auf. „Der Typ ist verrückt. Wer weiß, ob sie nicht vor ihm davongelaufen ist, so bereitwillig, wie sie zurück nach Little Falls kam", orakelte Clayton und hob fragend eine Augenbraue.

Cole nickte. An dieser Theorie könnte durchaus etwas dran sein und würde auch erklären, warum Jenna so traurig gewesen war. Die Erinnerung an jenen Morgen im Diner, als sie in Tränen ausgebrochen war, traf ihn wie ein Stich ins Herz. Warum hatte er sie danach nicht noch einmal auf ihre Probleme angesprochen? Stattdessen waren sie zu lockerem Smalltalk und Flirten übergegangen.

Die Wut auf Jenna verpuffte allmählich, zurück blieb nur ein fahler Beigeschmack von Selbsthass – und Bier.

Cole stand wortlos auf und kippte den Rest der Flasche ins Spülbecken, dann füllte er ein Glas Wasser direkt am Hahn auf und leerte es in einem Zug. Er musste mit ihr reden, gleich morgen früh, wenn er wieder er selbst war und nicht wie ein altes Bierfass roch. Denn eines war ihm jetzt klar, er liebte Jenna noch immer und würde sie nicht noch einmal gehen lassen. Ganz egal, was er heute Morgen noch gedacht hatte. Diese Gefühle bestätigten es nur.

„Und, kommst du jetzt wieder mit runter und hilfst uns, die alten Bretter wegzuschaffen, bevor unser Tatort-Reinigungsteam auf dumme Gedanken kommt?", fragte Clayton mit erwartungsvollem Blick und stand auf.

„Bleibt mir denn etwas anderes übrig?" Cole hoffte für einen Moment mit einem „Ja", da ihm überhaupt nicht danach zumute war, noch einmal in den Park zu gehen. Er hätte seinen Frust viel lieber bei einem schnellen Sprint durch den Wald abgelassen, wie schon vor Kurzem. Zumindest was seine Fitness anging, hatte Jenna einen guten Einfluss auf ihn.

„Nein, am besten gehen wir gleich wieder runter. Wenn mich nicht alles täuscht, gab es unten gerade einen lauten Knall." Mit einem Satz war Chase aufgesprungen, um einen Blick aus dem Fenster zu werfen. „Da, ich sag's doch. Grandpa ist auf dem Hänger! Die kann man keinen Moment aus den Augen lassen!"

„Wie kleine Kinder!", bemerkte nun auch Clayton mit einem Kopfschütteln und wandte sich ungeduldig an Cole. „Also, kommst du jetzt mit oder willst du hier oben Trübsal blasen?"

Cole schnappte sich den Schlüssel, der auf der Kommode lag. „Lasst uns schnell gehen. Nicht dass es einen weiteren Verletzten gibt. Es reicht schon, dass Francis durch die Gegend humpelt." Wobei sie ihm gestern

Abend auf der Tanzfläche trotz Krücken doch recht fit vorgekommen war.

Wenige Augenblicke später waren die Brüder wieder im Freien, um die älteren Herren vor sich selbst zu schützen. Wie zu erwarten, hatte sich ausgerechnet Eugene den letzten schweren Holzbalken genommen, den er jetzt keuchend über den Rasen im Park zog, während Larry viel zu hektisch auf dem Anhänger herumturnte.

Cole schnalzte mit der Zunge, als er Marthas Mann erreichte. „Ihr könnt es nicht gut sein lassen, oder?"

„Wir wollen doch nur helfen. Oder sind wir Alten nur zum Müllsammeln gut?", antwortete er leicht beleidigt, während er an dem Holzträger zerrte.

„Natürlich nicht", erwiderte Cole schnell und schenkte Eugene ein versöhnliches Lächeln. „Aber wenn dir das schwere Ding auf den Fuß fliegt, habt ihr niemandem geholfen."

Eugene legte den Balken ergeben hin und fragte nach einer kurzen Pause: „Wie geht es eigentlich Jenna? Hat sie sich von dem Vorfall gestern erholt?"

Cole, der sich gerade den Balken schnappen wollte, sah überrascht auf. Eugenes ehrliche Anteilnahme, die sich in seiner besorgten Stimme bemerkbar machte, war einfach nur rührend. Nur was sollte er ihm antworten? Dass er keine Ahnung hatte, wie es ihr ging, oder dass er ihr kurz zuvor den Rest gegeben hatte? Cole verzog den Mund und erwiderte stattdessen: „Ein Glück, dass ihr da wart. Vielen Dank, Eugene."

Der ältere Herr machte eine wegwerfende Handbewegung. „Kein Ding. Jenna kann nur froh sein, dass sie diesen Verrückten ein für alle mal los ist. Und sollte er noch einmal einen Fuß nach Little Falls setzen, werde ich mich persönlich darum kümmern, dass er den Sicherheitsabstand auch einhält!“

Cole musste über Eugenes Worte schmunzeln, schließlich hatte er den besten Freund seines Grandpas selten so kämpferisch gesehen. Dennoch war er sich sicher, dass dieser sein Versprechen einhalten würde. Vielleicht wäre es gar nicht so schlecht, wenn Jenna einen weiteren Beschützer hatte, auch wenn er diese Aufgabe in Zukunft nur allzu gerne selbst übernehmen würde.

21

„Das hat er nicht wirklich gemacht, oder?" Francis sah ihre Enkelin fassungslos an. „Nicht nur, dass er aus heiterem Himmel auf dem Stadtfest auftaucht und dich bedroht, er ist auch schuld daran, dass du gefeuert wurdest?"

Jenna nickte mit versteinerter Miene, als sie an das Telefonat mit ihrem Vorgesetzten dachte. „Genau das ist er."

So wie es aussah, hatte ihr Ex keine Zeit verloren, sie vor den Partnern schlecht zu machen. Sie kannte zwar nicht die Einzelheiten, aber offensichtlich hatte er alle Register gezogen, die letztendlich in einer fristlosen Kündigung endeten. Man hatte ihr nicht einmal die Gelegenheit gegeben sich zu erklären. Sie wollte gar nicht wissen, was Eric den gestandenen Anwälten aufgetischt hatte, schließlich brauchte es einiges an Beweisen, um die ausgefuchsten Männer zu überzeugen. Aber noch mehr ärgerte sie sich, dass sie ihm einfach glaubten.

„Ich mach mir solche Vorwürfe, dass wir nicht mehr da waren. Nur eine halbe Stunde länger, dann hätte er mich kennengelernt!", polterte Henry mit hochrotem

Kopf, der es schrecklich bereute, nicht für seine Tochter dagewesen zu sein.

„So weit wärst du gar nicht gekommen!“ Francis reckte kämpferisch eine Krücke in die Höhe. „Ich hätte ihm mit diesem Teil hier eins verpasst, dass ihm Hören und Sehen vergeht. Das könnt ihr mir glauben. Ein Glück, dass Larry mit den Jungs in der Nähe war.“

Claire nickte zustimmend. „Ein Glück, ja! Und ich bin so froh, dass alles gut ausgegangen ist. Eugene redet von nichts anderem mehr.“

Jenna verzog das Gesicht zu einem Lächeln, als sie an Marthas Mann dachte, der sich trotz seiner eigenen Angst schützend neben sie gestellt hatte.

„Wundert euch das? Solche Leute halten wir uns sonst vom Leib. Soll er in Boston Unruhe stiften, nach Little Falls wird er nicht noch mal einen Fuß setzen, nur über meine Leiche!“ Henry sah Jenna besorgt an. „Und du willst wirklich heute noch losfahren?“

„Ja, in der nächsten halben Stunde. Dann schaffe ich es rechtzeitig in die Kanzlei!“, erwiderte Jenna entschlossen, während sie ihre Klamotten eilig in die Reisetasche stopfte.

„Aber, Kind, überstürz doch nichts! Du musst jetzt einen klaren Kopf bewahren und in dieser Stimmung solltest du schon gar nicht Auto fahren.“ Francis legte Jenna eine Hand auf die Schulter und sah sie flehentlich an.

„Ich muss, ich kann nicht hierbleiben und darauf warten, dass alles wieder gut wird – so etwas lasse ich nicht auf mir sitzen!“ Jenna verzog entschuldigend das Gesicht, dann lief sie mit ihrer Familie hinunter ins Erdgeschoss.

„Ich melde mich, sobald ich in Boston angekommen bin, versprochen."

Henry nickte ihr nur zu und verschwand eilig hinterm Tresen, wo er etwas Proviant einpackte, den er anschließend in ihr Auto brachte.

Claire drückte ihre Tochter an sich und schluchzte kurz auf. „Mach nur keine Dummheiten. Vielleicht solltest du besser eine Nacht darüber schlafen."

„Nein, ich muss das heute klären, Mom", antwortete Jenna mit einem flauen Gefühl im Magen und trat nach draußen.

Claire und Francis schienen endlich verstanden zu haben, wie dringlich es Jenna war, denn sie nickten ihr nun lächelnd zu.

„Dann wünsch ich dir eine gute Fahrt ... und zeig es diesen Anzugträgern!", rief ihre Grandma ihr in dem Moment hinterher, als sie im Auto verschwand.

Wenige Augenblicke später verließ sie Little Falls auf demselben Weg, den sie hergekommen war, aber dieses Mal als eine Frau, die genau wusste, was sie wollte.

Ihr Herz zog sich schmerzvoll zusammen, als sie ein letztes Mal in den Rückspiegel sah und dann hinter dem Ortsschild Gas gab. Es war bereits Mittag und wenn sie Glück hatte, sollte sie Boston in zweieinhalb Stunden erreicht haben. An jedem anderen Tag hätte sie die Farbenpracht am Straßenrand bewundert, die sich von gelb, über orange bis ins Rote färbte, nur heute hatte sie dafür keine Augen.

Ihr ging einfach zu viel im Kopf herum, was es schwierig machte, sich auf die regennasse Straße vor ihr zu konzentrieren. Im Moment kam einfach alles zusammen. Eric, die Kündigung ... Aber damit konnte sie leben. Es war Coles kalter Blick gewesen und seine zynischen Worte, die sie bis ins Mark getroffen hatten. So sehr, dass seine Abfuhr ihr körperlichen Schmerz bereitete. Nach ihrem Vertrauensbruch konnte sie sich nicht vorstellen, dass er an seiner Meinung etwas ändern könnte – er war ja nicht einmal bereit gewesen, sie anzuhören.

Traurigkeit stieg in ihr auf, weil ihr auf einmal klar wurde, dass sie mit ihm auch nie wieder in gemeinsamen Kindheitserinnerungen schwelgen konnte.

Jenna verließ die schmale Landstraße, passierte New Haven und erreichte schließlich die Interstate 91, die sie bis hoch nach Boston führte. Zuerst würde sie in die Kanzlei fahren. Ihr war egal, ob sie nach der Fahrt völlig zerknautscht war oder in ihrer ältesten Strickjacke dort aufschlug. Sie wollte diesen Job ohnehin nicht mehr zurück. Aber sie wollte ihren guten Ruf wiederherstellen, den Eric zweifelsohne zerstört hatte. Sie war schließlich schon viel länger in der Kanzlei als er und hatte sich in all den Jahren nie etwas zuschulden kommen lassen.

Ein entschlossenes Lächeln zeichnete sich auf ihrem Gesicht ab, dann stellte sie das Radio an. Positive Vibes und dazu etwas Nervennahrung konnten sicherlich nicht schaden. Sie nahm einen Schluck Kaffee aus dem To-go-Becher, den ihr Vater vor der Abfahrt in die Halterung gestellt hatte, und eine Zimtschnecke aus der Tüte, die verlockend auf dem Beifahrersitz lag. Bei so viel Unterstützung konnte heute gar nichts mehr schiefgehen. Was Cole anging, war sie sich jedoch nicht so sicher. Aber eins nach dem anderen. Sie musste erst die alten Brücken abreißen, bevor sie neue aufbaute.

Zwei Stunden später erreichte sie nach einer ruhigen Fahrt endlich Boston und das imposante Gebäude, in dem sich die Kanzlei ihres Arbeitgebers befand. Jenna parkte den Mietwagen direkt vor dem Eingang, wechselte ein paar Worte mit dem Pförtner, der versprach, sie nicht abschleppen zu lassen, und fuhr auf direktem Weg in den zehnten Stock hinauf. Im Fahrstuhl warf sie einen kurzen Blick auf die verspiegelte Wand und verzog schmunzelnd den Mund. Entgegen ihrer üblichen Garderobe, die aus feinen Hosenanzügen oder Kostümen bestand, steckte sie heute in alten Jeans, T-Shirt, einer kuscheligen Strickjacke und warmen Stiefeln. Die Haare hatte sie notdürftig zu einem unordentlichen Dutt aufgesteckt, der nach der langen Fahrt ziemlich zerrupft aussah.

Das Pling im Aufzug kündigte ihr Stockwerk an, dann öffneten sich die Türen. Vorsichtig sah sich Jenna um – sie wollte nicht ausgerechnet Eric zuerst begegnen – und trat, nachdem sie sich vergewissert hatte, einen Schritt nach vorne. Gänzlich ungeschminkt stand sie jetzt in dem Großraumbüro, das sie drei Jahre ihren Arbeitsplatz genannt hatte.

Einige Kollegen sahen überrascht auf, wandten sich aber kurz darauf wieder ihrer Arbeit zu, weil sie sie in ihrem natürlichen Look ohne Make-up nicht erkannten. Jenna schüttelte amüsiert den Kopf und lief ohne weiteren Umweg zu den Büros der Partner, die sich entlang der Fensterfront befanden und einen grandiosen Blick auf den Charles River darunter zuließen. Doch die Aussicht juckte sie heute wenig.

Ohne anzuklopfen, platzte Jenna mitten in eine Besprechung hinein, in der sich alle wichtigen Personen befanden – ebenso wie Eric, der sie überrascht anstarrte. Perfekt. Sein Mund verzog sich missbilligend, als er sie von oben bis unten musterte und sein Blick an ihrer Frisur hängen blieb. Ganz offensichtlich war ihm der verhasste Dutt aufgefallen. *Ja, schau nur hin*, schoss es ihr durch den Kopf. Ihm war deutlich anzusehen, wie sehr er sich für ihren Aufzug schämte.

Mit den Worten „Miss Anderson" kam nun einer der älteren Partner besorgt auf sie zu. „Geht es Ihnen gut?"

Jenna schenkte ihm ein tapferes Lächeln, dann atmete sie tief durch. Es war wohl am besten, gleich zum Punkt zu kommen. „Ich hab keine Ahnung, was Eric Ihnen erzählt hat, aber das alles hat überhaupt nichts mit meiner Arbeit zu tun."

„Setzen Sie sich doch erst einmal", forderte er sie freundlich auf und führte sie zu einem Sessel.

Jenna rechnete es ihrem ehemaligen Vorgesetzten hoch an, dass er sie nicht hochkant aus dem Besprechungsraum schmiss, sondern ihr vor allen die Chance gab, sich zu erklären.

Dennoch antwortete sie lächelnd: „Danke, aber ich bleibe nicht lange. Ich möchte Ihnen nur sagen, dass nichts von dem wahr ist, was Eric hier verbreitet. Ich habe weder Klientendaten weitergegeben noch mit der Konkurrenz angebandelt."

Aus dem Augenwinkel erkannte sie, wie ihr Exfreund rot anlief und die Fäuste ballte, aber sie ignorierte ihn geflissentlich.

„Alles, was ich getan habe, war, meine Beziehung zu Mr Ashcroft zu beenden. Offensichtlich verträgt er kein Nein." Jenna verzog kurz das Gesicht. „In Zukunft werde ich mir ganz sicher zweimal überlegen, auf wen ich mich einlasse. Und das sollten Sie auch."

Jenna sah den älteren Mann und anschließend die Partner bedeutungsvoll an, dann lief sie mit erhobenem Kopf zur Tür, doch bevor sie das Zimmer endgültig verließ, drehte sie sich ein letztes Mal um.

„Und, Eric, bestell deinen Kumpanen von der Columbia schöne Grüße, wenn du sie siehst. Vielleicht wirst du bald öfter zum Feiern kommen."

Jenna zwinkerte ihm kurz zu, anschließend lief sie eilig zu ihrem Schreibtisch, um wenigstens die persönlichen Dinge mitzunehmen – darunter ein Familienfoto –, und verließ beflügelt die Kanzlei.

Im Aufzug atmete sie erleichtert auf. Sie konnte selbst kaum glauben, dass sie sich diesen Auftritt tatsächlich getraut hatte – andererseits hatte sie nichts zu verlieren gehabt. Als sie das Foyer erreichte und zum Ausgang lief, nickte sie dem Portier freundlich zu und brauste kurz darauf mit ihrem Mietwagen davon.

Als Nächstes wollte sie nach Beacon Hill, wo ihre kleine Wohnung lag, und dort ihre Angelegenheiten regeln. Mit der Vermieterin sprechen, einen Umzugswagen mieten und vor allem mit Packen anfangen. Es war Zeit, ihre Zelte in Boston abzubrechen, auch wenn sie sehr gerne hier gelebt hatte. Aber letztendlich kam es doch auf die Menschen an, mit denen man gerne seine Zeit verbrachte, oder nicht? Und die waren nun mal alle in Little Falls.

Nach einer Viertelstunde erreichte Jenna das Backsteinhaus, in dem sie seit drei Jahren lebte. Nun wurde ihr doch etwas schwer ums Herz. Jetzt, im Herbst, wirkte diese kleine Straße noch einladender als sonst. Die Blätter an den Bäumen leuchteten in allen Farben und auf den imposanten Steinstufen luden Kürbisse zum Verweilen ein. Es wunderte sie nicht, dass Beacon Hill ein beliebter Fotospot für Touristen war.

Wehmütig schloss sie ihre Wohnung auf, ließ ihr Gepäck achtlos auf den Boden fallen und schmiss sich auf den Sessel. Mittlerweile war sie ziemlich erledigt. Gedankenverloren schaute sie aus dem Fenster und entdeckte dort ein munteres Eichhörnchen, das quer über die Straße huschte und auf einem Baum verschwand. Sie gestand sich ein, dass sie Boston mit all seinen Annehmlichkeiten vermissen würde – besonders die Leckereien von der *Magnolia*, die ihr mehrmals die Woche den Tag versüßt hatten. Dann schüttelte sie über sich selbst den Kopf. Bald hätte sie eine ganze Bäckerei, also sollte es kein Problem sein, den Blutzuckerspiegel konstant zu halten.

Sie konnte selbst kaum glauben, was sich seit ihrer Abreise alles verändert hatte. Wenn das Wochenende auf Cape Cod und der Unfall ihrer Grandma nicht gewesen wären ... Sie weigerte sich, den Gedanken zu Ende zu bringen. Der Verlobungsring!

Eilig sprang Jenna auf und lief zur Kommode, wo sie das Schmuckstück aufbewahrt hatte. Sie würde es auf dem Heimweg am Empfang der Kanzlei abgeben, das war am einfachsten. Aber eins nach dem anderen. Sie musste sich einen Plan machen und ganz oben stand erst einmal das Gespräch mit ihrer Vermieterin.

Jenna schnappte sich die Gebäcktüte mit den Zimtschnecken, die ihr Dad für die Fahrt nach Boston eingepackt hatte, und machte sich auf den Weg zu ihrer Vermieterin, um die Wohnung zu kündigen. Sie wollte keine Zeit verlieren, denn sie befürchtete, dass jeder weitere Tag die Kluft zwischen Cole und ihr vergrößern könnte. Aber nicht nur das, die Sehnsucht nach ihm und die Ungewissheit, ob er ihr überhaupt noch mal eine zweite Chance geben würde, fraßen sie beinahe auf.

„Hallo, Jenna!", begrüßte die ältere Dame ihre junge Mieterin überrascht und bat sie mit einem Wink herein. „Ich habe noch gar nicht mit deiner Rückkehr gerechnet!"

„Hallo, Elisa. Es war auch ziemlich überraschend." Sie folgte ihr ins Wohnzimmer, wo sie beide Platz nahmen.

„Alles in Ordnung? Du wirkst irgendwie verändert", fragte Elisa mit einem verschmitzten Grinsen, das sie um Jahre jünger wirken ließ. „Oh, und wie geht es deiner Grandma?"

„Ihr geht es bestens. Der Knöchel verheilt sehr gut und ich denke, der Gips kommt in zwei Wochen ab."

„Das freut mich zu hören. Aber da ist doch noch was anderes. Raus mit der Sprache!", forderte sie die junge Frau ungeduldig auf.

„Wollen Sie die Kurzfassung hören?", fragte Jenna mit einem Zwinkern.

„Ja, die Kurzfassung. In meinem Alter hat man schließlich nicht mehr viel Zeit!" Elisa schaltete den Fernseher auf stumm, in dem wie immer „Magnum" in Dauerschleife lief, und wandte sich aufmerksam an ihre Mieterin.

„Also gut." Jenna machte eine bedeutungsvolle Pause, dann sprudelte es aus ihr heraus: „Ich habe mich wieder in meinen Jugendfreund verliebt, mich von Eric und der Kanzlei getrennt und möchte für immer zurück nach Little Falls."

Elisa klappte der Mund auf. „Na, das sind ja allerhand Neuigkeiten!" Die alte Dame schien zu überlegen. „Hm, das würde aber auch bedeuten, dass du unser schönes Backsteinhaus verlässt, nicht wahr?"

Jenna schluckte, weil es ihr darum am meisten leidtat. „Ja, das stimmt leider. Und ich weiß, dass es sehr kurzfristig kommt, aber ich vermisse Cole und meine Familie jetzt schon", Jenna warf einen Blick auf die Uhr, „dabei bin ich noch nicht einmal vier Stunden von ihnen getrennt."

Elisas Blick wurde weich, dann griff sie nach Jennas Hand. „Ich verstehe natürlich, wenn einen die Sehnsucht treibt. Schließlich war ich auch mal jung. Na los, erzähl schon, wie ist dieser Cole so? Sieht er gut aus?" Elisa riss erwartungsvoll die Augen auf.

Jenna verzog den Mund zu einem Lächeln und überlegte für einen Moment, wen die ältere Dame wohl als Maßstab nahm. Womöglich ihren Tom Selleck, der gerade waghalsig aus einem Helikopter sprang. Ob Cole im Hawaiihemd auch so eine gute Figur machte? Nein, das graue Shirt mit dem Logo vom Diner darauf war einfach zu perfekt. Allein wie es sich um seine Oberarme spannte. Nicht wie ein luftiges Hemd, das einem regelrecht am Körper schlackerte.

„Jenna?", fragte Elisa amüsiert und holte sie so aus ihren Fantasien zurück.

„Ähm, ja, Cole. Ja, der sieht wirklich zum Anbeißen aus“, erwiderte Jenna schnell und presste sich verlegen die Hand auf den Mund. Hatte sie gerade laut ausgesprochen, was sie dachte?

Elisa kicherte wie ein junges Mädchen. „Ich sehe, dein Aufenthalt in der alten Heimat war in vielerlei Hinsicht lohnenswert. Endlich bist du diesen arroganten Schnösel los – entschuldige meinen Ausdruck, aber jetzt, wo ihr getrennt seid, kann ich’s dir ja sagen. Ich habe ihn noch nie gemocht. Allein schon, wie er hier immer die Treppen hochkam ...“

Jenna lächelte, als sich ihr Verdacht nun bestätigte. Ihre Vermieterin hatte tatsächlich nie einen Hehl daraus gemacht, dass sie Eric lieber von hinten als von vorne sah. Was nicht nur daran lag, dass er seinen Porsche zu gerne direkt vor dem Eingang geparkt hatte.

„Ich frage mich schon die ganze Zeit, was du da wohl Leckeres in der Tüte hast“, wechselte Elisa plötzlich das Thema und sah interessiert auf Jennas Mitbringsel.

„Oh, die hab ich ganz vergessen! Das ist Gebäck aus unserer Bäckerei!“ Schnell öffnete sie die Tüte und bot sie ihrer Vermieterin an.

„Die riechen köstlich, meine Liebe. Weißt du, was, ich mach uns erst mal einen leckeren Filterkaffee und dann feiern wir eine kleine Abschiedsparty, bevor du gehst.“ Sie schmunzelte kurz. „Ich sehe doch, dass du auf gepackten Koffern sitzt!“

„Na ja, so schnell werden Sie mich nicht los, Elisa. Ich hab ja noch nicht mal einen Umzugswagen bestellt“, erwiderte Jenna lächelnd. Diesen Punkt auf ihrer To-do-Liste wollte sie gleich als Nächstes erledigen und wenn alles gut lief, könnte sie sich spätestens übermorgen auf den Weg nach Hause machen.

22

Cole

„Wenn du den Tresen weiterhin so malträtierst, geht noch der Lack ab und der hat bis jetzt immerhin fünfzig Jahre gehalten!", bemerkte Larry mit einem Kopfschütteln, während er nach seiner Kaffeetasse griff. „Was ist eigentlich los?"

Cole sah überrascht auf. „Was los ist? Hast du es etwa noch nicht mitbekommen?"

Entschuldigend hob Larry die Schultern und sah sich kurz um, als könnte er im Diner irgendwo die Antwort finden.

„Jenna ist weg, zurück nach Boston!", herrschte Cole seinen Grandpa an, dann biss er sich schnell auf die Lippe, weil er es sogleich bereute. „Tut mir leid, ich habe kein Recht, meine Laune an dir auszulassen."

Larry winkte lapidar ab. „Ist schon gut, ich seh dir doch an, dass du völlig neben dir stehst. Jenna ist zurück nach Boston? Nein, davon höre ich jetzt zum ersten Mal."

Er konnte kaum glauben, dass seinem Grandpa diese Neuigkeit nicht zu Ohren gekommen war. „Ich wollte mich bei ihr entschuldigen, mich mit ihr aussprechen", klärte er ihn eilig auf, „und da sagt mir Henry, dass sie zurück nach Boston gefahren sei. Sie konnte mal wieder nicht schnell genug von hier fort – ohne ein Wort." Cole presste angespannt die Kiefer aufeinander, als er sich an seinen Besuch von vorgestern in der Bäckerei erinnerte. Er wollte Jenna um Verzeihung bitten, hatte sogar einen Strauß Blumen mitgenommen, nur für alle Fälle. Als Henry ihm dann sagte, dass seine Tochter nicht da sei, dachte er für einen kurzen Moment an einen schlechten Scherz, doch Francis' kummervolles Gesicht hatte Bände gesprochen.

Larry kratzte sich am Kinn. „Hm, sehr seltsam. Also, ich denke nicht, dass ihre Abreise irgendetwas mit diesem Kerl zu tun hat. Glaub mir, das ist zu Ende. Vielleicht muss sie einfach wieder arbeiten? Das Stadtfest ist schließlich vorbei."

„Ich denke vielmehr, dass sie wegen mir abgehauen ist", murmelte Cole und sah seinen Grandpa verlegen an.

Fragend hob Larry eine Augenbraue. „Wegen dir? Was hast du ihr denn getan?"

„Muss ich mir etwa Sorgen um dich machen, Grandpa?" Cole zwinkerte ihm kurz zu. „Sonst weißt du doch auch über alles bestens Bescheid."

Larry verzog missmutig das Gesicht. „Da spielt man mal ein paar Tage kein Schach und schon zieht das soziale Leben an einem vorbei."

Cole nickte verstehend. Er wusste, dass sich die Schachfreunde in den letzten Tagen nicht im Park getroffen hatten, denn seit Jennas Abreise herrschte – passend zu seiner Stimmung – Dauerregen. Dazu kam, dass sich die Herren nach den Verpflichtungen fürs Stadtfest wieder um ihren eigenen Kram kümmern mussten. Dean hatte auf dem parkähnlichen Anwesen des Bed & Breakfast gerade jetzt im Herbst ordentlich zu tun. Jonathan unterstützte seine Frau in der Buchhandlung und sein Grandpa ließ es sich nicht nehmen, den kleinen Verkaufsstand gemeinsam mit seiner Tochter für die große Eröffnung vorzubereiten.

„Also, raus mit der Sprache", forderte Larry ihn auf, der immer noch auf eine Erklärung wartete, „spann mich nicht so auf die Folter!"

Cole sah sich kurz prüfend um, ob niemand der anderen Gäste ihn brauchte, dann klärte er seinen Grandpa mit gedämpfter Stimme auf. „Jenna wollte mit mir reden, als wir am Sonntag die Bühne abgebaut haben. Doch ich wollte davon nichts wissen, hab sie sogar heruntergeputzt ... Dabei sah sie schon aus wie ein Häufchen Elend. Es wundert mich nicht, dass sie gegangen ist. Ich würde mir so auch nicht mehr über den Weg laufen wollen."

Als er seinen Fehler jetzt offen vor Larry zugab, fühlte er sich noch schlechter. Dieser schüttelte unmerklich den Kopf und Cole hoffte, dass sein Grandpa irgendeinen Tipp oder eine seiner typischen Weisheiten für ihn übrig hatte. Aber Larry nagte nur leicht auf seiner Lippe, schien in Gedanken. Nach einer gefühlten Ewigkeit antwortete er.

„Ich kann verstehen, dass du verletzt bist. Da taucht sie nach drei Jahren mir nichts, dir nichts auf, weckt in dir Gefühle, von denen du dachtest, sie würden nie wieder an die Oberfläche kommen, und dann ist auch schon alles wieder vorbei, ehe es richtig angefangen hat."

Cole schluckte hart. Die Wahrheit so direkt von seinem Grandpa zu hören, war bitter, aber er traf den Nagel auf den Kopf. Seine Gefühle waren mit aller Macht an die Oberfläche gekommen und er konnte nichts dagegen tun. Vielen Dank auch.

„Es ist beängstigend, wie schnell sie sich wieder in mein Herz geschlichen hat", sprach Cole seine Gedanken laut aus. „Ich meine, wir waren so viele Jahre getrennt, jeder hatte sein eigenes Leben. Ich dachte wirklich, ich sehe sie nie wieder." Cole fuhr sich mit der Hand müde übers Gesicht.

Larry atmete tief durch. „Nun ja, das *dachtest* du vielleicht. Aber warum hast du dich wohl nie an eine andere Frau gebunden? So weit ich informiert bin, hattest du durchaus einige nette Bekanntschaften, auch wenn du sie vor uns allen geheim gehalten hast."

Cole starrte seine Grandpa überrascht an. Es war tatsächlich so, dass er in den letzten Jahren niemanden mit nach Hause gebracht hatte. Irgendwie war es ihm falsch erschienen.

„Und was willst du jetzt tun?", fragte Larry in die Stille hinein und sah seinen Enkel erwartungsvoll an.

Er wusste selbst nicht genau, was er wollte. Nach Boston fahren und sich mit Jenna aussprechen? Francis würde ihm, ohne zu zögern, ihre Adresse geben. Und dann? Was, wenn Jenna gar nicht an einer Beziehung mit ihm interessiert war und nur Ablenkung suchte?

„Keine Ahnung, sie wird sowieso nicht nach Little Falls zurückkehren. Was macht es dann für einen Sinn?" Cole zuckte mit den Schultern und lief zu einem der Tische, um abzuräumen, dabei entging ihm nicht, wie Larry mit den Augen rollte und laut aufschnaufte.

Sein Grandpa hatte gut reden. Er war über fünfzig Jahre mit einer einzigen Frau glücklich gewesen. Demnach war seine Sicht der Dinge wohl etwas verzerrt, schließlich liefen Beziehungen heutzutage ganz anders. Es wurde höchste Zeit, dass sich Clayton und Chase nach einer Freundin umsahen, so wäre er endlich aus der Schusslinie. Aber seine Brüder ließen sich ja alle Zeit der Welt. Dazu kam, dass die beiden nicht gerade einfach zu handhaben waren. Clayton war dermaßen von sich selbst überzeugt und Chase furchtbar anstrengend.

Cole kam mit einer Ladung dreckigem Geschirr zurück, brachte es in die Küche und trat anschließend wieder hinter den Tresen.

„Toll, dass du das Jubiläumssandwich mit auf die Karte genommen hast!", bemerkte Larry sichtlich erfreut, der zwischenzeitlich interessiert die Speisekarte inspizierte. Er richtete seine Brille und verzog konzentriert den Mund, als hoffte er, weitere Veränderungen zu finden.

„Mach dir keine Hoffnungen, das Sandwich ist das einzig Neue", bemerkte Cole grinsend.

„Na, aber immerhin schon mal ein Anfang." Larry lächelte über den Brillenrand. „Warum hast du mir nichts gesagt, in dem Fall hätte ich mich jetzt nicht mit Pancakes vollgestopft."

Cole hob entschuldigend die Hände. „Mittwochs isst du doch immer Pancakes."

„Stimmt auch wieder, dann eben morgen." Larry klopfte sich auf den leichten Bauchansatz. „Aber jetzt werd ich mich verdünnisieren, bevor dieses schicke T-Shirt noch platzt – das übrigens superbequem ist."

Cole freute sich, als er das Shirt vom Diner unter der dicken Strickjacke seines Grandpas hervorblitzen sah. „Ich habe noch einen Karton nachbestellt, also keine Sorge.“

„Gut zu wissen!“ Larry erhob sich vom Barhocker und schnappte sich dann seinen Schachkasten. „Ich treff mich endlich wieder mit den Jungs im Park, das schöne Wetter ausnutzen, solange es nicht zu kalt ist.“

Er warf einen skeptischen Blick nach draußen und verzog das Gesicht. „Heute ist es zwar etwas trüb, aber das hält uns nicht davon ab, nicht wahr?“

„Warum spielt ihr eigentlich nicht im Gemeindesaal? Der steht doch die meiste Zeit leer?“, fragte Cole als er seinen Grandpa zur Tür begleitete.

„Damit Martha uns auf der Pelle hockt? Nein, solange es nicht schneit, bleibt es beim Park – und dann sehen wir weiter“, bemerkte Larry mit einem verschmitzten Grinsen.

„Ich kann euch auch hier einen Tisch reservieren“, schlug Cole seinem Grandpa zum gefühlt hundertsten Mal vor, dabei kannte er die Antwort. Die älteren Herren liebten das Abenteuer draußen in der Natur.

„Danke, mein Junge. Nichts für ungut, aber wir lieben es im Park!“

Larry öffnete die Tür, danach drehte er sich noch einmal mit einem liebevollen Lächeln zu seinem Enkel um.

„Und wenn du einen Rat von mir hören willst: Wirf deinen Stolz über Bord und schnapp dir das Mädel – so jemand begegnet dir nur einmal im Leben.“

Cole nickte seinem Grandpa nachdenklich zu und verfolgte, wie dieser kurz darauf die Straße überquerte und hinter der Hecke im Stadtpark verschwand. Kaum zu glauben, dass das Fest erst wenige Tage zurücklag. Jetzt jedenfalls wirkte die Main Street wie ausgestorben. Auch die farbenfrohen Bäume hatten mittlerweile durch den Wind und Regen einige Blätter gelassen, die nun überall auf dem Gehweg und der Fahrbahn verstreut waren. Immerhin hatte er nun von hier aus wieder einen freien Blick auf den Pavillon, vor dem er bereits drei Gestalten – Dean, Jonathan und Eugene – erkannte. Sein Grandpa und die Gang waren wirklich unerschütterlich. Wenn ihn nicht alles täuschte, hatten die Männer sogar Decken und Thermoskannen dabei.

Cole schmunzelte, als sein Blick auf die Ansammlung von Heuballen und Kürbissen fiel, die man überall entlang der Main Street und auch direkt vor seiner Fensterscheibe aufgestellt hatte. Wenn er ehrlich war, sah die Deko gar nicht mal so schlecht aus. Sie brachte Farbe in das neblige Grau und stimmte auf Halloween ein, das kurz bevorstand.

Cole betrat wieder den Diner und sah sich nachdenklich um. Vielleicht könnte er in diesem Jahr auch hier drinnen etwas dekorieren oder sogar ein besonderes Getränk auf die Karte nehmen. Pumpkin Spice Latte oder irgendein anderes hippes Getränk.

Cole blieb schlagartig stehen und schüttelte über sich selbst den Kopf, als ihm klar wurde, wie die Kreativität plötzlich aus ihm heraussprudelte. Es war Jenna, die ihn aus seiner Bequemlichkeit herausgeholt und wachgerüttelt hatte. Mehr denn je wurde ihm bewusst, wie sehr er sie brauchte. Nicht nur als Partnerin, sondern auch als beste Freundin. Sie hatte sein Herz schon damals zum Hüpfen gebracht und wusste genau, wie man ihn aus der Reserve lockte. In ihrer Gegenwart war er nie zu cool gewesen, um Kürbisse zu schnitzen oder an Heufahrten teilzunehmen – solange sie neben ihm war.

„Kann ich dir noch was bringen?“ Cole ging auf Matt zu, der gerade die letzten Reste auf seinem Teller zusammenkratzte und lächelnd aufsah. Der junge Mann hatte erst vor Kurzem das alte Kino am Ende der Main Street übernommen und war noch etwas scheu. Er konnte es ihm nicht verdenken, schließlich war es für ihn mit Sicherheit eine große Umstellung mit all den neugierigen Einwohnern um ihn herum. Soweit Cole mitbekommen hatte, war Matt der einzige Erbe von Al, der vor einem halben Jahr von ihnen gegangen war.

„Nein danke, Cole, ich muss gleich los“, erwiderte Matt schnell. „Dein Dad und Clayton kommen später vorbei.“

„Mmh, ich hab schon gehört, dass du im Kino einiges verändern willst. Bin sehr gespannt, was du daraus machst. Dein Großonkel stand ja eher auf den alten Charme.“ Bei seinen Worten musste er kurz grinsen, weil er selbst auch nicht viel besser war. Für einen Moment hoffte er, dass Matt aus dem alten Kino nicht irgendein modernes Ding machte, schließlich erinnerte er sich nur zu gern an die Kinonachmittage im „Hollywood“ zurück.

„Die Sitze kommen auf jeden Fall raus“, klärte Matt ihn nachdenklich auf, „die sind leider total durch. Nur wie ich das Foyer gestalte, weiß ich noch nicht. Mal sehen, ob dein Dad irgendwelche Vorschläge hat.“

„Da bin ich mir sicher“, beruhigte Cole den jüngeren Mann, der ziemlich ratlos aussah. „Und dein Frühstück geht heute auf mich, schließlich sind wir Geschäftsnachbarn.“

„Oh, vielen Dank!“ Matt zögerte, dann fuhr er nach einer kurzen Pause fort. „Hast du vielleicht einen Tipp für mich? Ich meine, was die Leute hier angeht. Ich hatte leider nicht viel Kontakt zu meinem Großonkel, aber er hat immer wieder betont, wie groß der Zusammenhalt sei.“

Cole verzog nachdenklich den Mund, sollte er Matt wirklich sagen, wie sehr man hier an manchen Tagen unter Beobachtung stand? Nein, das konnte er nicht riskieren, schließlich wollte er nicht, dass das Kino für immer schloss. Trotzdem wollte er den jungen Mann nicht anlügen, weswegen er mit amüsierter Stimme antwortete: „Mach dich darauf gefasst, dass du kein Privatleben mehr hast!“

Matt lachte zu Coles Überraschung laut auf. „Ok, das hab ich mir nach meinen letzten Besuchen im Diner schon gedacht. Besonders die älteren Ladys scheinen sehr gut informiert zu sein. Aber weißt du, was, irgendwie finde ich sie drollig ... Sie erinnern mich an meine Grandma.“

Innerlich atmete Cole erleichtert auf. Es war schonmal ein gutes Zeichen, dass Matt die Lage perfekt eingeschätzt hatte, so gab es keine bösen Überraschungen. „Und wenn du im Kino Hilfe brauchst, melde dich. Uns liegt allen daran, dass es zu neuem Leben erwacht.“

Matt grinste schief und stand dann auf. „Alles klar, Cole, und danke noch mal fürs Frühstück.“

Cole sah seinem neuen Nachbarn zufrieden nach und marschierte dann in die Küche, wo Ricky eine neue Ladung Krautsalat zubereitete.

„Schon wieder eine Schüssel?“, bemerkte er schmunzelnd. „Wir haben doch erst heute früh eine vorbereitet.“

„Die so gut wie leer ist.“ Amüsiert zeigte Ricky auf den kleinen Laptop, den sie für Reservierungen oder Take-out-Bestellungen nutzten. „Dein Sandwich ist seit dem Fest in aller Munde – irgendjemand hat den Hashtag #colessandwich ins Leben gerufen und mittlerweile sind bestimmt fünfzig Fotos dazu hochgeladen worden.“

„Was? Alle vom Stadtfest?“ Cole setzte sich vor den Laptop und sah sich auf Instagram den entsprechenden Feed an. Auch wenn ihm diese Aufmerksamkeit etwas Angst machte, musste er zugeben, dass er dennoch stolz war. Nicht, weil man seinen Diner auf einmal mit dem Wörtchen „Foodporn“ markierte, sondern weil er all die glücklichen Gesichter sah.

Er scrollte weiter, dann hielt er überrascht inne. „Moment mal, das ist doch Martha!“ Das Foto zeigte die Bürgermeisterin in ihrer typischen Pose und einem verräterischen Rest Soße im Mundwinkel.

„Mmh, nur dass man hier nicht mehr viel vom Sandwich erkennt“, bemerkte Ricky trocken, nachdem er einen Blick auf das Bild geworfen hatte. „Vielleicht sollte man der guten Frau mal erklären, dass man davor ein Foto macht und nicht danach.“

„Der war gut!“ Cole lachte laut auf. „Aber das sagst du ihr besser selbst. Jetzt, wo ich mich so gut mit ihr verstehe, möchte ich nichts riskieren.“

„Feigling“, scherzte Ricky und zuckte gleichgültig mit den Schultern. „Kein Problem, ich glaube, Martha hat einen Narren an mir gefressen, weswegen sie mir kaum etwas übel nimmt. Vielleicht, weil ich ihr immer einen extra Schuss Ahornsirup auf ihre Pancakes kippe."

Cole hob eine Augenbraue und grinste dabei frech. „Soso, das erklärt natürlich alles."

Ricky verzog das Gesicht und wandte sich dann wieder der großen Schüssel zu. „Ach ja, die Online-Bestellungen habe ich gerade schon gecheckt. Darunter ist auch eine über zwanzig Sandwiches mit Beilagen für neunzehn Uhr."

„Wow, ok, 'ne ganze Menge." Kurz fragte Cole sich, wer in Little Falls wohl so eine Bestellung aufgab – und dazu noch online –, dann klärte Ricky ihn auf. „Ist für einen Besteller aus New Haven, ein Geburtstag, wenn mich nicht alles täuscht."

„Ok, mir soll's recht sein", erwiderte Cole überrascht und wunderte sich gleichzeitig, dass sein Sandwich so hohe Wellen schlug, dass die Gäste extra aus New Haven angereist kamen. Als ob es dort keine Sandwiches gäbe.

Dann verzog er nachdenklich das Gesicht. „Sag mal, Ricky, wie sieht es bei dir aus, willst du immer noch deine Arbeitszeit aufstocken? Ich könnte deine Hilfe hier mehr als gebrauchen, jetzt, wo mir alle den Diner einrennen."

Ricky drehte sich mit einem überraschten Lächeln um. „Das wär super und ich kann zusätzliches Geld wirklich brauchen, weil ich von daheim ausziehen will."

Cole nickte dem jungen Mann zufrieden zu. „Sehr gut, das freut mich. Ohne dich wäre ich nämlich ziemlich aufgeschmissen."

Ricky schenkte seinem Boss ein schiefes Lächeln und
knetete daraufhin den Krautsalat noch eifriger durch,
was Cole schmunzeln ließ.

„Ich schließ dann mal vorne ab“, bemerkte er nach einem Blick auf die Uhr. „Matt war der Letzte und ist
mittlerweile fort.“

„Alles klar, Boss.“

Cole verließ die Küche, sammelte das restliche Geschirr ein und wischte anschließend die Tische ab, als
ein kleiner Transporter vor der Bäckerei seine volle
Aufmerksamkeit erregte.

Mit schief gelegtem Kopf lief er zum Fenster, kniff
argwöhnisch die Augen zusammen, dann klappte ihm
ohne Vorwarnung die Kinnlade herunter.

23

Jenna

„Ui, ich bin ja so aufgeregt, wir werden Zimmernachbarinnen." Francis zwinkerte ihrer Enkelin zu und ließ es sich nicht nehmen, trotz Krücke beim Abladen von Jennas Habseligkeiten zu helfen, indem sie sich eine große Badetasche über die Schulter hängte.

Jenna lächelte ihrer Grandma zu und schnappte sich dann den letzten der beiden Kartons, in dem sie ihre Bücher verstaut hatte. Außer ihren Klamotten und einigen persönlichen Dingen hatte sie fast alles in dem kleinen Appartement zurückgelassen, da sie vorerst ohnehin keine Möbel brauchte. Lediglich der gemütliche Sessel, der vor dem Erkerfenster gestanden hatte und ihr zwei Männer aus der Nachbarschaft freundlicherweise heruntergetragen hatten, durfte mit.

„Ich frage mich immer noch, wie du das alles so schnell erledigen konntest!" Claire zog ihre Tochter erneut in die Arme und kämpfte mit den Tränen, die ihr seit Jennas Ankunft vor einer Viertelstunde übers Gesicht liefen. „Jetzt bist du erst mal hier bei uns. Ich weiß, das Zimmer ist nicht groß, aber ich habe bereits mit Dorothy gesprochen, falls es dir doch zu eng wird."

„Mom, alles gut. Mir reicht das Zimmer vorerst, so viel kleiner als meine Wohnung in Boston ist es auch nicht", scherzte Jenna, um ihre Mom zum Lachen zu bringen. Ehrlich gesagt hätte sie auch im Pavillon im Park geschlafen, solange sie nur hier in Little Falls war. Nach drei Jahren Anonymität und oberflächlichen Freundschaften wurden ihr die Unterschiede nur allzu deutlich.

„Aber dort hattest du wenigstens eine Küche und ein Badezimmer, oder etwa nicht?", fragte Francis für einen Moment sichtlich irritiert, ehe ihr aufging, dass ihre Enkelin nur scherzte. Prustend hielt sie sich die Hand vor den Mund. Jenna und Claire fielen in ihr Lachen ein, als Henry wieder aus der Bäckerei kam. „Ich sehe schon, ihr drei werdet eine Menge Spaß haben!"

Glücklich lächelte er den Frauen zu und verkündete dann stolz: „Und dein Sessel steht auch schon. Jonathan und ich haben ihn eben hochgetragen."

Kurz sah sich Jenna verwundert um, da sie ihren Nachbarn nirgends sah.

„Er war eben in der Bäckerei", klärte Henry sie auf, „da hab ich ihn mir mal kurz geschnappt."

„Ah, ok. Wo ist er denn jetzt, schon wieder weg?" Jenna hätte sich gerne bei ihm bedankt.

„Ja, gerade wieder in den Buchladen. Er hat nur ein paar Kürbismuffins für Josephine abgeholt."

„Heute Nachmittag findet nämlich eine kleine Lesung im Buchladen statt", informierte Francis sie aufgeregt. „Du kommst also genau richtig."

Jenna lächelte kurz, denn plötzlich wurde ihr klar, dass sie tatsächlich angekommen war. Die Geschäftigkeit, die kleinen Events, die es rund ums Jahr in Little

Falls gab – dieses Jahr würde sie auch wieder an Halloween dabei sein. Die Wärme, die sich plötzlich in ihrem Körper ausbreitete, war überwältigend. Sie konnte es nun kaum mehr erwarten, sich überall hineinzustürzen.

„Alles klar, mein Kind?“ Claire sah ihre Tochter fragend an.

„Ja, Mom“, erwiderte Jenna schnell, „ich habe nur daran gedacht, wie gemütlich der Herbst dieses Jahr für mich sein wird.“ Beim Gedanken daran, dass sie sich ab heute nie wieder in ein unbequemes Kostüm und Pumps zwängen musste, lachte sie unwillkürlich auf. Nur noch kuschelige Strickjacken, warme Stiefel und Kaffee im Park.

In den Diner traute sie sich vorerst noch nicht. Nicht, bevor sie und Cole sich ausgesprochen hatten. Automatisch sah sie hinüber und erkannte hinter der Scheibe einen Schatten, der jetzt schnell zur Seite huschte – Cole. Also wusste er nun auch, dass sie zurück war.

Beim Gedanken an Cole rutschte ihr das Herz in die Hose. Wie er wohl auf ihren Umzug zurück nach Little Falls reagieren würde? Sie hoffte, dass er ihr irgendwann verzeihen konnte, weil sie ihm, was Eric anging, keinen reinen Wein eingeschenkt hatte.

Nachdenklich schnappte sie sich ihre Reisetasche, die auf dem Beifahrersitz lag, und folgte dann ihrer Familie in die Bäckerei.

„Und du bist dir wirklich sicher, dass du uns in der Backstube unterstützen willst? In New Haven gibt es genügend Kanzleien, die sich sicher um dich reißen würden.“ Henry sah seine Tochter ernst an.

„Ich möchte nichts lieber, als neben dir in der Backstube zu stehen“, antwortete Jenna voller Überzeugung. Mittlerweile bereute sie, dass sie nach der Highschool eine Ausbildung zur Anwaltsgehilfin gemacht hatte. Der Job war nicht nur sterbenslangweilig, sondern passte auch überhaupt nicht zu ihr. Sie wollte backen – nicht nur in ihrer Freizeit, sondern aus Berufung – und in die Fußstapfen ihres Großvaters und Vaters treten.

Henry nickte, dann legte er seiner Tochter den Arm um die Schulter. „Du glaubst gar nicht, wie glücklich du mich damit machst.“

„Jetzt lassen wir dich erst mal ankommen. Richte dich oben ein und melde dich, wenn du irgendetwas brauchst“, bemerkte Claire mit einem Zwinkern.

Jenna nickte ihren Eltern und Francis, die zwischenzeitlich Platz genommen hatte, zu und stieg anschließend die Stufen in den ersten Stock hinauf. Hier war sie nun wieder, keine zwei Tage später und dieses Mal ohne Rückfahrticket. Ein Glück, dass ihre Vermieterin so viel Verständnis gezeigt hatte und Beacon Hill so beliebt war, sonst hätte sie gegenüber Elisa ein schrecklich schlechtes Gewissen gehabt. Aber so, wie es aussah, hatte die alte Dame schon einen Interessenten im Ärmel.

Jenna betrat das Gästezimmer und sah sich zufrieden um. Ihr Sessel machte sich wirklich sehr gut vor dem Dachfenster und harmonierte perfekt mit der Kommode und dem Sekretär, die sich bereits in dem Zimmer befanden. Obwohl sie sich sofort wie zu Hause fühlte und der Raum auch genügend Platz bot, wollte sie sich in naher Zukunft nach einer eigenen Bleibe umschauen. Etwas Privatsphäre konnte dennoch nicht schaden, erst recht nicht, wenn sie alle unter einem Dach arbeiteten.

Jenna schnappte sich den Bildband über Little Falls, der immer noch auf der Kommode lag, und setzte sich damit in den Sessel. Einen Moment zögerte sie, überlegte, ob sie sich weiter quälen sollte, dann schlug sie entschlossen die Seite auf, die sie sich vor ihrer Reise nach Boston immer wieder angesehen hatte. Coles Foto traf sie bis ins Mark, nicht nur, weil sein mürrischer Blick perfekt zu ihrem gegenwärtigen Verhältnis passte, sondern ihren Puls rasant ansteigen ließ.

Für einen Moment verlor sie sich in Erinnerungen, als sich seine kräftigen Hände um ihre Taille geschlossen und er sie mit einer Leichtigkeit auf den Küchentresen gehoben hatte. Ihm völlig ausgeliefert, unfähig, zu protestieren. Jenna öffnete leicht den Mund, denn sie spürte seinen fordernden Kuss wieder auf ihren Lippen und die Leidenschaft, als er sie besitzergreifend an sich gezogen hatte. Tränen stiegen in ihr hoch, weil sie befürchtete, all dies verspielt zu haben – sie konnte es ihm nicht einmal verübeln.

Eilig sprang Jenna auf, als es auf einmal an ihrer Tür klopfte und ihre Grandma kurz darauf hereinkam. Francis' Blick fiel auf den Bildband, dann lächelte sie wissend. „Es wird alles gut werden, mein Schatz, glaub mir."

Jenna nickte nur matt und verzog anschließend das Gesicht. „Ich hoffe es so sehr. Es wäre wirklich Ironie des Schicksals, wenn mich Cole, jetzt, wo ich wieder hier bin, nicht mehr will."

„So darfst du nicht denken. Auch wenn er verletzt ist, bin ich mir ziemlich sicher, dass er dich immer noch liebt. Ich glaube sogar, dass er nie damit aufgehört hat."

Jenna juckte es auf einmal in den Fingern, ihre Grandma nach ihm auszufragen. Es war doch gut möglich, dass Cole die ein oder andere Freundin präsentiert hatte. Doch sie biss sich auf die Zunge. Es war schließlich sein gutes Recht gewesen, sein Leben weiterzuleben, ohne sie. Und ob sie wirklich so genau Bescheid wissen wollte, stand auf einer anderen Karte.

Jenna atmete tief durch und zwang sich zu einem Lächeln. „Weißt du, was, vielleicht sollte ich später mit zur Lesung kommen, etwas Ablenkung kann bestimmt nicht schaden."

„Deswegen bin ich hier und es freut mich riesig, dass du mich begleitest. Stell dir vor, Josephine liest heute aus dem neuen Buch ihrer Enkelin vor, die seit letztem Jahr ziemlich erfolgreich Bücher veröffentlicht. Isabelle Clark ist ihr Name."

Jenna legte nachdenklich die Stirn in Falten. „Hm, ich glaube, ich habe den Namen schon einmal gehört."

Francis sah sich kurz um und beugte sich verschwörerisch zu Jenna. „Sie schreibt Bücher, in denen es auch mal etwas, na ja, du weißt schon, zur Sache geht. So wie dieser Autor, Mr Grey."

„Mr Grey?", fragte Jenna etwas stumpfsinnig und hielt sich dann prustend die Hand vor den Mund, als ihr klar wurde, dass ihre Grandma etwas leicht durcheinanderbrachte. „Ok, ich verstehe. Und die hast du gelesen?", fragte Jenna überrascht.

Francis hob entschuldigend die Arme. „Josephine hat ja keine Ruhe gegeben, sie hat mir das Buch regelrecht untergeschoben. Ein Glück, dass sie es nicht vor versammelter Mannschaft getan hat, zum Beispiel im Diner!"

Um Jennas Mund zuckte ein amüsiertes Lächeln, als sie bemerkte, wie Francis errötete. Alles klar, untergeschoben. „Na, dann bin ich jetzt aber wirklich gespannt auf die Lesung", bemerkte Jenna mit einem frechen Zwinkern.

„Wir sollten los, damit wir noch einen Sitzplatz bekommen", schlug Francis eilig vor. „Ich hoffe nur, dass Eugene nicht wieder kommt. Ich sag dir, das war letztes Mal vielleicht peinlich!"

„Eugene? Aber es gab doch sicher ein Programm oder hat er sich blind ins Abenteuer gestürzt?" Jenna sah Francis ungläubig an.

„Nun ja, Isabelles letztes Buch hatte den Titel ‚Secret Santa'. Keine Ahnung, was er sich darunter vorgestellt hat."

Francis zuckte mit den Schultern. „Ums Wichteln ging es auf jeden Fall nicht!"

Gemeinsam verließen die beiden Frauen wenige Augenblicke später gut gelaunt die Bäckerei und betraten den Buchladen, der bereits zum Bersten voll war. „Ah, da hinten, schau, Josephine hat uns zwei Plätze frei gehalten!"

Jenna und Francis kämpften sich zwischen den anderen Besuchern durch, wobei Jenna nach Eugene Ausschau hielt. Entweder war der Gute spät dran oder hatte beim letzten Mal heiße Ohren bekommen und schämte sich nun. Jenna setzte sich neben Francis, die am Kamin Platz genommen hatte, in dem heute passend zum grauen Wetter ein gemütliches Feuer prasselte. Zudem war der Raum mit kleinen Kürbissen dekoriert und auf dem Verkaufstresen ein Buffet aufgebaut worden. Jennas Vorfreude auf den Nachmittag wuchs ins Unermessliche. Diese Szene erinnerte sie sehr an ihre Kindheit, als Josephine ihnen jeden ersten Sonntag im Monat Märchen vorgelesen hatte.

Sie lächelte Francis zu, die ihr glückselig die Hand tätschelte, und wandte den Blick anschließend zur Tür, die sich plötzlich öffnete. Traute sich Eugene doch noch einmal zu einer Lesung von Isabelle Clark?

Unwillkürlich musste Jenna grinsen, als sie den Neuankömmling neugierig erwartete. Die Gesichtszüge entgleisten ihr jedoch schlagartig, denn es war kein anderer als Cole, der mit skeptischem Blick eintrat. Erschrocken schnappte sie nach Luft, rutschte etwas weiter nach links, in der Hoffnung, er könnte sie hinter den anderen Besuchern nicht sehen. Auf ein Aufeinandertreffen war sie nicht vorbereitet. Aber es war zu spät.

Der Blick, den er ihr quer durch den Buchladen zuwarf, traf sie bis ins Mark. Hätte sie nicht schon gesessen, hätte es ihr mit Sicherheit beide Beine weggezogen. Ein unruhiges Kribbeln breitete sich in ihrem Körper aus, als er sie weiterhin unverwandt anstarrte. Jenna schluckte fest, denn plötzlich war ihr Hals ganz trocken. Dann fiel ihr wieder ein, um welche Art von Literatur es heute ging – Erotik. Allein der Gedanke daran, Cole im selben Raum zu wissen, ließ sie erschaudern.

„Alles klar, Schätzchen?", fragte Francis, die bis eben in ein Programmheft vertieft gewesen war, und hielt ihr den Teller mit den Keksen hin.

„Ähm, ja, ich schau mich nur um", erwiderte sie schnell, schnappte sich einen Keks und reichte den Teller weiter.

„Es geht gleich los", raunte Francis ihr dann mit verheißungsvoller Stimme zu und wandte den Blick zu Josephine, die es sich in dem Sessel gemütlich gemacht hatte und nun ein Taschenbuch aufschlug, dessen Cover einen halb nackten Kerl im Anzug zeigte.

Jenna warf einen hektischen Blick zur Tür, wo Cole immer noch stand, sich zwischenzeitlich aber lässig gegen die Wand gelehnt hatte und interessiert zu Josephine schaute. Er wollte doch nicht etwa hierbleiben? Argwöhnisch kniff sie die Augen zusammen und musterte ihn für einen Moment. Auf der anderen Seite war es gar nicht so abwegig. Sie wusste, dass Cole schon immer gerne gelesen hatte ... aber Dark Romance?

Schlagartig wurde ihr klar, warum er wirklich hier war – wegen ihr. Warum sonst sollte er eine Lesung besuchen, auf der Kekse mit einer sehr eindeutigen, nicht jugendfreien Form herumgereicht wurden? Die stammten auf jeden Fall nicht aus der Bäckerei ihrer Eltern. Außerdem müsste ihm mittlerweile das riesige Poster hinter Josephine aufgefallen sein, das eine Großaufnahme des Buchcovers zeigte.

Jennas Herzschlag beschleunigte sich, was nicht nur an dem ersten Absatz und dem unersättlichen Millionär im Sportwagen lag. Schnell wandte sie den Blick ab und konzentrierte sich auf Josephine, die das neueste Werk ihrer Enkelin munter vorlas und selbst bei expliziten Stellen keinerlei Scham zeigte.

Ein Königreich für Coles Gedanken, schoss es ihr plötzlich durch den Kopf, als sie ihn verstohlen aus dem Augenwinkel beobachtete. Na, so ganz wohl schien er sich bei dieser Geschichte ja nicht zu fühlen. Etwas hilflos sah er sich um und spielte nervös an seiner Weste. Sie rechnete fest damit, dass er den Laden jeden Moment wieder verlassen würde.

„Ui, der neue Roman von Isabelle hat es ganz schön in sich", flüsterte Francis ihr zu und lenkte so Jennas Aufmerksamkeit zurück zur Lesung. „Dieses Bürschchen sollte mir mal unter die Augen kommen, dann würde er das arme Mädel nicht mehr so respektlos behandeln." Sie schnaufte kurz auf. „Hoffentlich kriegt der sein Fett noch weg, denkt wohl nur mit seinem ... Dieser Lustmolch."

„Da bin ich ganz deiner Meinung, Francis", bemerkte plötzlich eine ernste Stimme neben ihnen.

Erschrocken drehte sich Jenna nach Cole um, der sich unbemerkt bis zum Kamin vorgearbeitet hatte und nun mit einem amüsierten Grinsen direkt neben ihrem Stuhl stand. „Hi, Jenna!"

„Cole", stammelte sie verlegen und starrte ihn einfach nur an. Ihn direkt neben sich zu spüren, in diesem Raum, der heute brechend voll war, ließ ihr Herz kurz aussetzen. War Cole ihr denn nicht mehr böse? Seine gute Laune verwirrte sie, gleichzeitig wuchs der Funken Hoffnung in ihr auf ein Happyend.

Mit dem Kopf zeigte er zu Josephine und bemerkte im Plauderton: „Ich war zwar lange nicht mehr hier, aber die Märchen früher haben sich irgendwie anders angehört."

Francis nickte eilig und wandte sich dann sehr demonstrativ wieder der Vorleserin zu.

Jenna, die sich zwischenzeitlich wieder gefasst hatte, ging auf seinen Smalltalk ein. Es war ein gutes Zeichen, wenn Cole scherzte, besser, als seine Vorwürfe neulich im Park. „Ja, das stimmt; und es wundert mich ehrlich gesagt, dass man ihr noch nicht den Riegel vorgeschoben hat. Gibt es bei den Stadtversammlungen denn keinen Verräter?"

Cole lachte leise auf und sah sich kurz um. „Also, Chase ist nicht in Sicht und seine Freundin Martha auch nicht", bemerkte er mit einem Zwinkern und ging kurz darauf in die Hocke, um auf ihrer Höhe zu sein.

Ein angenehmes Kribbeln breitete sich in Jennas Körper aus, als Cole zu ihr aufschaute und sie nicht wusste, was sie von alldem halten sollte. Zu allem Überfluss nahm sie sein Aftershave nun deutlich wahr und spürte die Hitze, die von ihm ausging, da er sich mit der Hand lässig an der Stuhllehne abgestützt hatte.

In ihrem Kopf schwirrten Hunderte Gedanken. Sollte sie sich entschuldigen, ihm noch einmal erklären, warum sie ihm nichts erzählt hatte?

Ehe Jenna irgendetwas unternehmen konnte, wurde ihr innerer Konflikt von tosendem Applaus unterbrochen. Überrascht sah sie auf und bemerkte, dass Josephine eine Pause eingelegt hatte und die Besucher nun zum Buffet strömten.

„Ich hol mir auch mal einen Happen", klärte Francis sie mit einem Zwinkern auf und stürzte sich dann ins Getümmel.

Cole erhob sich ebenfalls, was Jenna auf einmal schrecklich bedauerte, doch er blieb stehen und sah sie erwartungsvoll an. „Wir müssen reden, Jenna. Gerne später, nach der Lesung, wenn du bleiben willst. Aber lass es uns bitte noch heute klären", platzte es aus Cole hervor.

Der Stein, der Jenna plötzlich vom Herzen fiel, war unbeschreiblich. Cole wollte mit ihr reden, es war also doch nicht alles verloren.

Ihr Mund verzog sich zu einem erleichterten Lächeln, ehe sie aufstand. „Ich sag nur Francis Bescheid, dann können wir gehen."

„Alles klar, aber wenn du noch bleiben willst, nur zu." Cole hob abwehrend die Hände. „Ich kann warten."

Jenna schüttelte lächelnd den Kopf. „Nein, ich will, dass wir die Dinge zwischen uns endlich klären."

Sie lief zu Francis, verabschiedete sich mit einem breiten Lächeln für den restlichen Nachmittag und schwebte beinahe zurück zu Cole, der an der Tür auf sie wartete. Sie konnte nicht beschreiben, wie erleichtert sie war. Die Sorgen der letzten Tage und die Traurigkeit über den Verlust fielen mit einem Mal von ihr ab.

„In den Park oder an den See?", fragte er mit liebevoller Stimme und nahm sie an die Hand. Bei seiner unerwarteten Berührung überkam sie ein wohliger Schauer, der sich in ihrem ganzen Körper ausbreitete.

„Warum nicht beides? Lass uns einen Spaziergang machen", schlug sie gut gelaunt vor.

„Alles klar … Ich habe schon seit Ewigkeiten keinen Spaziergang mehr gemacht", bemerkte Cole und verzog dabei das Gesicht. „Und da die halbe Stadt im Buchladen ist, sollten wir auch ungestört sein." Cole öffnete die Tür und gemeinsam überquerten sie die Main Street zum Park.

24

Cole

Cole zog den Reißverschluss seiner Weste nach oben und schenkte Jenna, die sich zwischenzeitlich den Strickmantel zugeknöpft hatte, ein zerknirschtes Lächeln. „Es tut mir leid, wie ich mich am Sonntag nach dem Fest verhalten habe. Wie die Axt im Walde!"

Die Tatsache, sie in diesem erbärmlichen Zustand einfach so abgewiesen zu haben, hatte ihm nicht nur körperlichen Schmerz bereitet, sondern auch einige schlaflose Nächte.

Jenna verzog das Gesicht, bevor sie leise erwiderte: „Ich hab es nicht anders verdient. Ich war nicht ehrlich zu dir, was ich wirklich bedauere."

Für einen Moment liefen sie still nebeneinanderher, ehe Cole fragte: „Du warst wegen ihm so niedergeschlagen, oder? An dem Morgen, als du in den Diner kamst."

Jenna nickte nur und blieb dann stehen. „Wir kannten uns über ein Jahr und dann lerne ich ihn erst richtig kennen, wenn er auf seine alten Freunde trifft. Ich war so naiv."

Cole schluckte fest. Ehrlich gesagt wollte er nicht weiter über diesen Typen nachdenken. Seine Brüder hatten ihn bereits ausreichend aufgeklärt und diese Informationen reichten vollkommen aus, um ihn als riesengroßes Arschloch einzustufen. Er wischte Jenna eine Träne von der Wange und hörte ihr weiter zu. Auch wenn es ihm einen Stich verpasste, mehr über ihren Exverlobten zu erfahren, war es doch wichtig, dass sie offen darüber sprachen.

„Als der Anruf von meinen Eltern kam, hab ich keine Sekunde gezögert. Nicht nur wegen Francis – ich wollte einfach nur noch weg aus Boston.“

Langsam setzten sie ihren Weg fort und bogen dann zum Pavillon ab, an dem immer noch die Lichterketten vom Fest hingen.

Cole dachte über Jennas letzten Satz nach, während er versuchte, seinen gekränkten Stolz herunterzuschlucken. Sie war also nur wegen Francis' Unfall zurückgekommen? Auf der anderen Seite hatte er in den letzten Jahren auch keinen Versuch unternommen, Kontakt zu ihr aufzunehmen.

Die Blätter am Boden raschelten unter ihren Füßen und Cole fühlte sich auf einmal ziemlich beschissen. Dennoch brannte ihm die nächste Frage unter den Nägeln.

„Apropos Boston. Hast du dort jetzt alles aufgegeben und willst in Little Falls leben?“

Jenna sah ihn an, sie musste den Argwohn in seiner Stimme gehört haben. Vorsichtig hob sie die Hand und legte sie an seine Wange. „Ich bin wegen dir zurückgekommen, Cole. Mir ist klar, dass ich dich verletzt habe, damals wie heute.“ Verlegen nagte sie an ihrer Lippe und fuhr mit liebevoller Stimme fort: „Aber ich weiß mittlerweile, dass ich an keinem Ort lieber sein möchte als hier bei dir in Little Falls."

Coles Mund verzog sich zu einem Lächeln, das schließlich auch seine Augen erreichte. Wie oft hatte er sich während ihrer Abwesenheit ausgemalt, dass sie ihren Entschluss fortzugehen irgendwann bereute und ihm bei ihrer Wiederkehr genau diese Worte gestand.

„Das war genau das, was ich hören wollte", erwiderte Cole. „Noch mal würde ich das Ganze nicht ertragen."

Jenna nickte entschlossen. „Keine Sorge, du wirst mich nicht mehr los."

Cole zog sie langsam an sich und sah sie lange an, dann fragte er mit amüsierter Stimme: „Und wie stellst du dir das zwischen uns vor? Kommst du ab und zu mal auf 'nen Kaffee in den Diner oder sind wir jetzt wieder ein Paar?"

Jenna legte nachdenklich die Stirn in Falten. „Hm, so gut dein Kaffee auch ist, aber ich denke, der wird mir in Zukunft nicht mehr ausreichen. Gibt es den mürrischen Eigentümer aus dem Bildband dazu?"

„Du meinst den Muskelprotz im coolen Shirt?" Cole wackelte frech mit den Augenbrauen.

„Genau den!" Jenna legte nachdenklich den Kopf schief. „Raus mit der Sprache, Martha hat doch bestimmt etwas an dem Bild gedreht, oder nicht? Du hast doch nicht wirklich solche Oberarme."

Cole hob abwehrend die Hände. „Das musst du schon selbst überprüfen", erwiderte er mit verheißungsvoller Stimme. „Also ich finde, der Fotograf hat mich ganz gut getroffen."

Jenna schüttelte schmunzelnd den Kopf und legte ihre Hände dann um besagte Oberarme. „Mmh, also in den letzten drei Jahren hast du ganz eindeutig zugelegt, da gebe ich dir recht."

Für einen Moment schien die Zeit zwischen ihnen stillzustehen, während der Wind um sie herum die Blätter aufwirbelte und die Lichterketten in den Bäumen zum Schaukeln brachte. Wie hatte er nur ohne Jenna leben können? War er wirklich so gut darin gewesen, seine Gefühle zu verdrängen?

Trotz der Frische, die nun aufzog, breitete sich ein warmes Gefühl in seinem Körper aus und ließ sein Herz aufgeregt klopfen. Er würde sie nie wieder loslassen, so viel war sicher.

Erwartungsvoll zog er sie an sich und küsste sie auf den Mund. Erst zaghaft, dann immer fordernder. Als er ihre Zunge an seiner spürte, hielt er für einen Moment inne, weil er sich plötzlich wieder wie der aufgeregte Teenager fühlte. Voller Neugierde ihren Körper zu entdecken. Erst als er seine Hand unter ihren Strickmantel schob, wurde ihm wieder klar, dass sie mitten im Park standen. „Also, entweder verkrümeln wir uns zum Knutschen in den Pavillon, so wie damals, oder wir setzen unseren Spaziergang fort, ehe ich zu gar nichts mehr fähig bin."

Jenna nahm ihn an der Hand und zog ihn mit zum Pavillon. „Lass uns noch zum See laufen, aber erst will ich etwas überprüfen."

„Ah, ich kann mir schon denken, was. Aber da muss ich dich enttäuschen. Clayton hat den Pavillon komplett erneuert und die morschen Teile alle ausgetauscht", klärte er Jenna mit bedauernder Miene auf.

Hätte er seinen Bruder nur rechtzeitig davon abgehalten, doch leider hatte er in den letzten Tagen gar nicht mehr daran gedacht.

„Moment mal, da ist es ja noch!", rief Jenna überrascht und schaute zu Cole auf, der nun auch einen Blick unter die Treppe warf.

„Sicher? Hier sind überall neue Bretter." Dann verzogen sich seine Lippen zu einem breiten Lächeln, als er ebenfalls das einzige alte Stück entdeckte. „Clayton! Er hat es wieder eingebaut." Er konnte sich nicht erinnern, dass sein Bruder jemals etwas Schöneres für ihn getan hätte.

Jenna strahlte ihn an. „Das ist so lieb! Na, wenn dein Bruder dafür nicht lebenslanges Essen im Diner kriegt."

„Sag das nicht zu laut, er zahlt ja jetzt schon nichts und hat dazu noch Sonderwünsche für sein Omelette." Doch Coles Lächeln strafte die Rüge Lügen. Wenn es sein musste, würde er seinem Bruder das Omelette ab sofort sogar auf dem Silbertablett servieren.

Langsam standen sie auf, dann sah sich Jenna glücklich um. „Weißt du, es fühlt sich einfach unglaublich an, wieder hier zu sein. Es sind nicht nur die Menschen, sondern zudem die unzähligen Erinnerungen an jeder Ecke. Das weiß ich nun umso mehr zu schätzen."

Cole nickte zustimmend. Er wusste genau, was Jenna meinte. Auch wenn es vor drei Jahren eine Zeit gegeben hatte, als er am liebsten jede Erinnerung an sie ausgelöscht hätte. Interessiert horchte er auf, als sie gedankenverloren fortfuhr.

„Hier kann ich sein, wie ich bin. In Boston hatte ich immer das Gefühl, eine Rolle zu spielen."

„Na ja, wenn ich ehrlich bin, konnte ich mir dich auch nie wirklich in einer Kanzlei vorstellen. Anwälte, die den ganzen Tag nur über Paragraphen reden, und du mittendrin in einem unbequemen Kostüm." Cole ließ seinen Blick über sie gleiten. „In Jeans und Strickjacke gefällst du mir viel besser." Sein Puls beschleunigte sich, dabei zeigte sie nicht einmal Haut. Es war einfach ihr Körper, der sich unter dem Mantel vorteilhaft abzeichnete und ihn auf einmal sehr heiß machte. Doch er mahnte sich zur Ruhe – sie hatten schließlich alle Zeit der Welt. Auch wenn er sie sich nach dem Zwischenfall im Diner bereits mehr als einmal in seinem Bett vorgestellt hatte.

Sie liefen Hand in Hand weiter und überquerten erneut die Main Street, allerdings nun an der Stelle, die zum Bed & Breakfast führte.

„Genau daran habe ich heute auch schon gedacht – nie wieder Hosenanzüge und Paragraphen." Jenna grinste bis über beide Ohren.

„Das heißt, du wirst nicht mehr als Anwaltsgehilfin arbeiten?" Überrascht sah Cole sie an. Er hatte fest damit gerechnet, dass sich Jenna hier, wenn auch nicht direkt in Little Falls, bei einem Anwalt vorstellen würde.

Sie schüttelte vehement den Kopf und antwortete entschlossen: „Nein, ich will in die Bäckerei einsteigen. Tatsächlich habe ich in den letzten Jahren nie aufgehört zu backen, auch wenn meine Küche nicht viel größer als ein Schuhkarton war. Die alten Rezepte meines Großvaters kenne ich immer noch im Schlaf."

„Du überraschst mich immer wieder." Cole sah Jenna mit unverkennbarem Stolz an, dann verzog er nachdenklich den Mund. „Hm, aber einen Nachteil gibt es dennoch."

„Nachteil?", hakte Jenna nach, während sie am B & B vorbeiliefen und auf den Little Pond zusteuerten, der direkt dahinter lag.

„Du musst mitten in der Nacht raus und schläfst schon, wenn ich Feierabend mache. Kann ja durchaus seine Vorteile haben ... Wir werden uns zum Beispiel nie ums Abendprogramm streiten." Er zwinkerte ihr frech zu. „Aber ich glaube, ich werde dich schrecklich vermissen." Cole zog eine Schnute, die Jenna zum Lachen brachte.

„Da gibt es eine ganz einfache Lösung. Ich werde dir eben im Diner auf die Nerven fallen! Oder denkst du, ich komme nicht mehr zum Frühstück vorbei?" Jenna hob fragend eine Augenbraue.

„Ich werde dich nach den Strapazen der Nacht auf jeden Fall aufpäppeln", entgegnete er grinsend und merkte erst jetzt, dass man diesen Kommentar auch ganz anders verstehen konnte. Er räusperte sich schnell. „Ich meine natürlich, nach den anstrengenden Stunden in der Backstube."

Jenna schenkte ihm einen Blick, der ihm verriet, dass sie ihn schon verstanden hatte, und schüttelte amüsiert den Kopf. „Solange du genügend Kaffee und French Toast dahast, mach ich mir keine Sorgen."

Sie erreichten den See, der jetzt am späten Nachmittag mit der untergehenden Herbstsonne und dem bunten Laub ringsum sehr geheimnisvoll wirkte.

„Warst du schon hier, seit du wieder zurück bist?“, fragte Cole in das Rascheln ihrer Schritte hinein.

„Ich war einmal zum Nachmittagstee hier“, klärte sie Cole auf. „Das solltest du unbedingt mal ausprobieren!“

„Du meinst so ein Teekränzchen?“, skeptisch kniff er die Augenbrauen zusammen. „Wie in England?“

„Nein, eher wie im Plaza Hotel“, erwiderte Jenna lachend. „Vielleicht hast du schon vom ‚Afternoon Tea‘ gehört. Man bekommt eine mehrstöckige Etagere, die prall gefüllt ist mit allerlei Leckereien.“

„Ich erinnere mich, dass meine Mom neulich was erwähnt hat. Sie war in letzter Zeit öfters bei Dorothy, um einige Zimmer zu verschönern. Da ist sie wohl auch in den Genuss gekommen.“

„Ja, wir sind uns im B & B auch begegnet“, klärte Jenna ihn auf und wurde dabei auf einmal rot. „Ich muss sagen, dass ich schon etwas Respekt vor ihr hatte.“

Cole sah sie erstaunt an. „Du meinst, weil du mir das Herz gebrochen hast?“

„Genau deswegen“, erwiderte Jenna zerknirscht.

„Was Beziehungen angeht, hat sich meine Mom immer rausgehalten. Sie sagt lieber gar nichts, wenn es nicht nett ist. Aber ich kann mir gut vorstellen, dass sie es schade fand. Sie mag dich wirklich sehr.“

„Mir geht es genauso, deine Mom ist toll. Ehrlich gesagt bewundere ich sie insgeheim. Mit fünf Männern unter einem Dach zu leben, ist bestimmt nicht ohne!“

„Wem sagst du das, aber mittlerweile bin ich ja ausgezogen“, erwiderte Cole schnell. „Jetzt hat sie nur noch

Clayton und Chase an der Backe – und natürlich meinen Dad und Grandpa." Cole überlegte kurz und nickte entschlossen. „Ja, sie ist wirklich zu bedauern."

Die beiden kamen näher ans Ufer und nahmen dann den Steg, der aufs Wasser hinausführte. Cole wurde klar, dass er schon seit einer halben Ewigkeit nicht mehr hier gewesen war.

Er fasste erneut nach Jennas Hand. „Schade, dass es mittlerweile zu kalt zum Baden ist, sonst hätte ich dir jetzt einen meiner berüchtigten Saltos vorgeführt."

Jenna grinste ihn frech an. „Ja klar, das Wetter vorschieben, ich glaube eher, dass du etwas aus der Übung bist."

Cole sah Jenna schockiert an, bevor er sie kurzerhand über seine Schulter warf. „Aus der Übung? Ich bin zwar kein Teenager mehr, aber immer noch topfit!"

„Hey, lass mich sofort runter", protestierte Jenna lachend und schnappte überrascht nach Luft, als Cole sie über dem Wasser baumeln ließ.

„Nur wenn du den Satz zurücknimmst", forderte er sie mit gespielt ernster Stimme auf. Er spürte ihre Hände, die sich in seine Weste krallten und schmunzelte. Wie sehr hatte er diese Neckereien von früher vermisst.

„Ok, dann bist du eben topfit", erwiderte sie lachend.

„Na, sehr überzeugend hat sich das aber nicht angehört. Wie wär's mit: ‚Du bist der stärkste Mann der Welt'?"

„Also an Selbstbewusstsein mangelt es dir offensichtlich nicht – Superman!"

Cole stellte Jenna wieder auf die Füße, er wollte schließlich nicht, dass ihr das Blut zu sehr in den Kopf stieg, und zog sie stürmisch an sich. „Ok, mit Superman kann ich leben!“

Er legte seine Lippen entschlossen auf ihre, während seine Arme ihren Oberkörper fest umfingen. Er musste sie auf der Stelle küssen, ungeachtet der neugierigen Gäste, die vom Teezimmer des B & B zweifelsohne den perfekten Ausblick auf sie hatten.

„Jenna“, stöhnte er leise, als sich ihre Lippen öffneten und er mit der Zunge ihren Mund erforschte. Er wollte ihr nahe sein, sich in ihr verlieren und dem Ziehen in seinen Lenden endlich nachgeben. Besonders jetzt, wo sich Jenna so hingebungsvoll an ihn schmiegte. Für einen kurzen Moment überlegte er, ob sie zu ihm nach Hause gehen sollten, dann schüttelte er innerlich entschieden den Kopf. Nein, nicht heute. Sie hatten sich eben erst versöhnt und er wollte nichts überstürzen.

Mit den Händen umfasste er ihr Gesicht und sah sie liebevoll an. „Ich glaube, wir sollten den Steg lieber verlassen.“ Er räusperte sich kurz. „Der Nachmittagstee wurde wohl nach draußen verlegt.“

Überrascht sah Jenna auf und an ihm vorbei, dann lief ihr Gesicht knallrot an. „Das gibt’s doch nicht. Noch offensichtlicher geht’s wohl kaum.“

Mittlerweile hatten es sich einige Gäste, vor allem die älteren Herrschaften, auf den Sonnenliegen der Veranda bequem gemacht und sahen erwartungsvoll auf den See hinaus.

„Komm, lass uns gehen“, erwiderte Cole mit einem breiten Grinsen. „Ich finde, die haben genug gesehen.“

Eilig nickte Jenna mit dem Kopf. „Aber so was von. Wenn da nicht eine Etagere bei Dorothy herausspringt, dann weiß ich auch nicht.“

Hand in Hand liefen die beiden über den Steg zurück zur Wiese und betraten das B & B über die hintere Veranda. Dabei konnte sich Cole ein amüsiertes Schmunzeln beim Anblick der Senioren, die nun peinlich berührt wegsahen, nicht verkneifen.

Er nickte einem älteren Ehepaar, das ihn mit offenem Mund anstarrte, gut gelaunt zu und folgte Jenna ins Teezimmer.

„Hach, wie schön, dass ihr noch reinkommt!" Erfreut klatschte Dorothy in die Hände und sah mit einem wissenden Lächeln zwischen Jenna und Cole hin und her. „Ich freu mich ja so!"

Die beiden nahmen an einem kleinen Tischchen Platz und Cole fühlte sich mit einem Mal in seine Kindheit zurückversetzt. Es war nicht nur der Duft von frisch gebackenen Waffeln, der in ihm schöne Erinnerungen weckte, sondern auch der Umstand, dass es wie damals Jenna war, mit der er sich einen Tisch im B & B teilte.

„Ich glaube, ich war nicht mehr hier drinnen seit meinem letzten Waffelfest", bemerkte Cole nachdenklich.

„Da könntest du recht haben, mein Lieber. Es war höchste Zeit, dass du dich mal wieder blicken lässt", tadelte ihn Dorothy mit strenger Stimme. „Und ihr kommt genau richtig. Ich habe eben eine ganze Ladung gebacken."

„Mmh, lecker, da sagen wir nicht Nein." Jenna strahlte Dorothy an und fuhr mit einem Blick zum Steg verlegen fort: „Ich hoffe, wir haben hier nicht zu viel Aufruhr veranstaltet."

Dorothy winkte lapidar ab. „Auch wenn wir hier nicht jeden Tag so viel Leidenschaft sehen“, sie zwinkerte der jungen Frau frech zu, „heißt das nicht, dass wir zum alten Eisen gehören!“

Mit diesen Worten drehte sie sich um und verschwand in der angrenzenden Küche, aus der es kurz darauf geschäftig klapperte.

Cole sah Dorothy mit offenem Mund hinterher. Also auf diesen Einblick hätte er gut und gerne verzichten können. Er atmete kurz durch und wandte sich kopfschüttelnd an Jenna. „Ich möchte gar nicht wissen, was die sonst so bereden – vor allem nicht, nachdem ich weiß, auf welche Art von Literatur die Golden Girls stehen.“ Er senkte die Stimme. „Ich bekomme im Diner ja ab und zu etwas mit, aber glaub mir, Josephine ist die Schlimmste von allen!“

Jenna lachte herzhaft auf. „Wegen der Lesung?“

„Nicht nur, mir sind da noch ein paar andere Dinge zu Ohren gekommen.“ Cole verstummte schlagartig, als Dorothy auf einmal mit einer Platte voll Waffeln neben ihnen stand.

„Also, wenn ich euch beide so sehe, wie ihr die Köpfe zusammensteckt, geht mir einfach das Herz auf“, schwärmte die ältere Frau mit einem breiten Lächeln und stellte die Platte mitten auf den Tisch. „Lasst es euch schmecken!“

Cole, der froh war, dass Dorothy nichts von ihrem Gespräch mitbekommen hatte, griff beherzt zu. Er wollte sich jetzt lieber auf die Waffeln konzentrieren als auf Josephines Vorliebe für Rollenspiele. Herrgott, die Frau war im selben Alter wie sein Grandpa!

Epilog

Martha

Zwei Wochen später

Laut dröhnte der Bass von *Bobby Picketts* Hit „Monster Mash" aus dem Bed & Breakfast, als sich die Bewohner von Little Falls auf den Weg zur alljährlichen Halloweenparty machten. Über der Stadt lag, passend zum Event, ein dunkler, nebliger Schleier, der den Vollmond auf geheimnisvolle Weise verhüllte und nur wenig Licht auf die Main Street durchließ. Auch die Laternen waren eigens zu diesem Spektakel heruntergedreht worden, sodass die beleuchteten Kürbisse und die schaurige Deko an den Häusern besser zur Geltung kam – selbst der Park lag an diesem Abend im Halbdunkeln.

Martha rieb sich aufgeregt die Hände und hakte sich dann bei Eugene unter, der neben ihr am Treppenabsatz des Rathauses stand. Von hier oben aus hatte die Bürgermeisterin den perfekten Ausblick und verfolgte mit einem zufriedenen Lächeln, wie verkleidete Schatten aus den Gebäuden traten und zum B & B ausströmten.

„Lass uns mal losgehen, mein Honigtöpfchen“, bemerkte Eugene in liebevollem Ton und rückte sich die Augenklappe zurecht, die zu seinem Piratenkostüm gehörte.

Martha nickte ihrem Mann freudig zu und konzentrierte sich auf die Stufen, da es in ihrem bauschigen Rock gar nicht so einfach war, die Rathaustreppen hinunterzusteigen. Sie mimte in diesem Jahr eine Saloondame aus dem Wilden Westen und trug zum roten Rock eine weiße Rüschenbluse und ein schwarzes Korsett.

„Hach, ich bin ja so aufgeregt! Und sieh nur, wie schaurig das B & B aussieht. Dorothy und Dean haben ganze Arbeit geleistet!“, schwärmte Martha mit aufgeregter Stimme, als sie dem Gebäude immer näher kamen. Das schummrige Licht und die Plastikskelette, die im Garten des herrschaftlichen Hauses aufgestellt worden waren, verwandelten das sonst so gemütliche B & B in ein Spukschloss, das seinesgleichen suchte. „Oh, und sieh nur, dort ist Herman Munster!“ Martha legte sich erstaunt die Hand auf die ausladende Brust und staunte nicht schlecht.

Eugene kniff angestrengt die Augen zusammen. „Du meinst auf der Bank?“

„Genau! Hm, irgendwie sieht der ziemlich echt aus oder nicht?“ Sie legte den Kopf schief und lachte auf, als sie erkannte, wer in dieser Verkleidung steckte.

Auch Eugene schien seinen Freund Jonathan endlich erkannt zu haben und machte große Augen. „Schau dir nur seinen eckigen Kopf und die hohe Stirn an. Wie hat er das nur so gut hinbekommen?“

„Das fragen wie ihn gleich. Einfach perfekt, wie er da in seinem schwarzen Totengräberanzug und den riesigen Schuhen sitzt!" Martha lief eilig über den Rasen auf Jonathan zu.

„Huhu, mein Lieber! Na, wenn du heute mit deinem Kostüm nicht den Wettbewerb gewinnst, dann weiß ich auch nicht", bemerkte sie anerkennend.

„Hallo, Martha und Eugene! Ihr gebt heute aber auch ein sehr wildes Paar ab", begrüßte er die beiden und erhob sich dann von der Bank.

Überrascht riss Eugene die Augen auf. „Sag mal, hast du da etwa Plateauschuhe an?"

Jonathan, der die beiden nun um einen ganzen Kopf überragte, grinste frech. „Schick, oder?"

Martha hob in ihrer typischen Geste sogleich die Hand und malte einen imaginären Titel in den Nachthimmel.

„Herman Munster lebt, besuchen Sie Little Falls und überzeugen Sie sich selbst!"

Die Männer tauschten einen amüsierten Blick und betraten mit der Bürgermeisterin das B & B. „Sehr originell, diese Nebelmaschine", rief Martha ihren Begleitern zu, die vom Dunst kurz verschluckt wurden und dann schemenhaft wieder neben ihr auftauchten. „Ich muss gleich mal zu Dorothy und Dean und ihnen sagen, wie begeistert ich bin!"

Ohne Eugenes Antwort abzuwarten, verschwand sie eilig im Getümmel, um sich auf die Suche nach den Gastgebern zu machen. Dabei ließ sie sich ebenfalls von der Musik mitreißen und verfiel in ein rhythmisches Hoppeln, als sie den Raum durchstreifte. Auf der hinteren Veranda, die mit unzähligen Kürbissen dekoriert worden war, stieß sie auf Dorothy, Dean und die übliche Seniorentruppe. Sie winkte freudig in die Runde, nickte Larry zu, der heute mit seinem grauen Schnauzbart, der getönten Brille und dem grünen Pullunder einmal mehr wie Stan Lee aus dem Marvel-Universum aussah, und schenkte Josephine, die Lily Munster mimte, ein anerkennendes Lächeln.

„Wundervoll! Ich glaube, das ist die beste Halloweenparty aller Zeiten!

„Hallo, Martha, vielen Dank!" Dorothy, die in einer blutgetränkten Zimmermädchenuniform steckte, legte der Bürgermeisterin die Hand auf den Arm. „Du siehst in deinem Kostüm aber auch umwerfend aus."

„Ich fühle mich darin auch pudelwohl, wie eine Granddame, die gerade einen Saloon für die Raufbolde der Stadt eröffnet hat." Sie kicherte wie ein kleines Mädchen und sah hinaus auf den Steg, der ebenfalls mit ausgehöhlten Kürbissen geschmückt war.

„Ich kann euch gar nicht sagen, wie sehr es mir gefällt!" Ein Schatten rechts von ihr lenkte ihre Aufmerksamkeit auf einen Untoten in Polizeiuniform. Ungläubig riss sie die Augen auf. „Chase?" Kurz musste sie schmunzeln, weil der junge Mann selbst an Halloween nicht aus seiner Haut fahren konnte. Auch wenn diese gerade ziemlich verwest und schwammig aussah.

„Martha!", rief der jüngste der Cassidy-Brüder erfreut und legte seine Hand in einer gespielten Geste blitzschnell an seinen Gürtel, in dem heute eine neonfarbene Wasserpistole steckte.

Martha lachte ob seines Witzes hell auf und hob abwehrend die Hände. „Du bist mir aber einer." Dann fuhr sie mit ehrfurchtsvoller Stimme fort: „Aber etwas

Angst machst du mir mit deinem Zombielook schon. So möchte ich dir nicht alleine im Dunkeln begegnen."

„Dafür hast du ja mich an deiner Seite." Eugene erschien auf einmal neben ihr und reckte seinen Piratenhaken kämpferisch in die Luft. „Ich habe nicht umsonst mehrere Folgen von ‚The Walking Dead' gesehen ... Verlass dich also ganz auf mich, mein Honigtöpfchen."

Selbst hier im Dunkeln konnte man sehen, wie Martha rot anlief und sich dann an ihren Mann kuschelte.

„Dann verzieh ich mich wohl lieber", antwortete Chase schmunzelnd und salutierte einmal, bevor er sich umdrehte und aufs Buffet zusteuerte.

„Warte, ich komme mit", rief Larry seinem Enkelsohn hinterher und folgte ihm eilig nach drinnen.

„Ah, die beiden kosten von der Bowle!", stellte Dorothy mit erfreuter Stimme fest.

Martha drehte den Kopf und warf ebenfalls einen Blick aufs Buffet, auf dem eine riesige Glasschüssel mit einer grellgrünen Flüssigkeit stand.

„Die ist mir eben schon aufgefallen. Was ist das?", fragte sie neugierig. Beim Anblick der runden schwammigen Stückchen, die sich am Boden der Schüssel abgesetzt hatten, bekam sie sofort eine Gänsehaut – handelte es sich dabei etwa um verfaulte Augen?

Dorothy beugte sich verschwörerisch zu ihr. „Ich hab diese Idee aus dem Internet. Das ist Waldmeisterlimonade mit Litschis."

Martha schürzte die Lippen. „Wie genial ist das denn, auch wenn es etwas makaber ist. Die Litschis schauen einen ja regelrecht an."

Eugene, der mit offenem Mund die Bowle anstarrte, bemerkte ehrfurchtsvoll: „Wie tote Augen."

Dorothy grinste zufrieden. „Das ist auch der Sinn dahinter! Oh, seht nur, der Rest der Cassidys ist im Anmarsch, ebenso Francis."

Martha sah erneut durch die Fliegengittertür nach innen, dabei hellte sich ihr Gesicht schlagartig auf. Sie konnte nicht beschreiben, wie sehr ihr diese Familie in den letzten Jahren ans Herz gewachsen war. Besonders beim Anblick von Cole und Jenna, die endlich wieder glücklich vereint waren, breitete sich ein warmes Gefühl in ihrem Herzen aus. Man hatte dem Jungen schon auf zehn Meilen gegen den Wind angesehen, dass er nie über seine Jugendliebe hinweggekommen war.

„Eugene, lass uns reingehen. Ich will auch von diesem grünen Gebräu kosten!" Sie hakte sich übermütig bei ihrem Mann unter, der mit seiner Hakenhand etwas umständlich die Tür öffnete und sie einließ.

„Huhu, ihr Lieben!", rief sie Cole und Clayton entgegen, die sich gerade Bowle in Becher füllten. „Und was stellt ihr heute dar?"

„Erkennt man das etwa nicht?", fragte Clayton mit hochgezogener Augenbraue. „Dabei haben wir uns so viel Mühe gegeben."

Martha legte nachdenklich den Kopf schief, doch Eugene war schneller als seine Frau und rief aufgeregt: „Cole sieht aus wie ein Würstchen und Clayton wie eine Flasche!"

Cole klappte der Mund auf. „Würstchen? Hot Dog, wenn ich bitten darf, und Clayton ist der Ketchup!"

Larry, der sich zu den beiden dazugesellt hatte, hielt sich vor Lachen den Bauch.

„O ja, jetzt erkenn ich es auch, und wie passend zum Diner!", rief Martha erfreut. „Aber an dem Hot-Dog-Brötchen müsst ihr noch arbeiten, Jungs, das muss schön fluffig sein."

Clayton rollte mit den Augen und antwortete frech. „Am besten gehen wir nächstes Jahr einfach als rosafarbene Cupcakes, sind die fluffig genug?"

Martha kicherte verhalten und drehte sich zu Jenna und Francis, die ebenfalls mit einem Becher Bowle in der Hand näher kamen.

„Köstlich, dieser Drink", schwärmte Francis und fischte mit einem kleinen Löffelchen eine Litschi aus der Limo.

Eugene verzog dabei angeekelt das Gesicht und wandte sich dann an die Neuankömmlinge. „Hallo, ihr beiden. Wie ich sehe, bist du die Krücken endlich los."

„Hallo zusammen. Ja, seit gestern! Ist das zu fassen? Und ich kann meinen Fuß wieder in alle Richtungen bewegen."

Wie zum Beweis führte Francis mit kreisenden Bewegungen vor, wie beweglich sie wieder war.

„Das freut mich! Ich hatte solche Gewissensbisse, dass dir das ausgerechnet am Rathaus passiert ist." Martha legte sich betroffen die Hand auf die Brust und verzog das Gesicht.

„Nun, es hatte ja auch etwas Gutes", bemerkte Francis mit einem breiten Lächeln und schaute zu Jenna, die wie ihre Großmutter als Hexe verkleidet war. Die beiden Frauen trugen auf dem Kopf spitze Hüte und im Gesicht aufgeklebte Nasen samt Warzen.

Jenna lächelte erst ihrer Grandma zu, dann sah sie zu Cole. „Das stimmt allerdings."

Cole legte den Arm um seine Freundin, ehe er nachdenklich fortfuhr: „Obwohl mich deine Verkleidung schon etwas beunruhigt. Kaum sind wir wieder ein Paar, mutierst du zur Hexe mit Warzen."

Jenna boxte ihrem Freund in gespielter Empörung auf den Oberarm, was ihr durch den dicken Plüsch, den er trug, jedoch nicht wirklich gelang.

Martha, die dem neckischen Treiben der Beiden amüsiert zusah, tauschte einen zufriedenen Blick mit Francis und fuhr an Clayton gewandt fort: „Und was ist mit dir, mein Lieber? Ich hatte ja gehofft, dass wir heute auch mal deine Freundin kennenlernen." Abwartend sah sie ihn an und hoffte, dass sie ihm so etwas entlockte.

„Dann weißt du mehr als ich, liebe Martha." Clayton hob abwehrend die Hände und wirkte auf einmal sehr nervös, als sich nun auch Dorothy dazugesellte und interessiert die Ohren spitzte.

„Schade, dass meine Audrey nicht kommen konnte. Dann hättest du jemanden zum Tanzen gehabt", bemerkte die ältere Dame wenig taktvoll.

Clayton, dem die Situation sichtlich unangenehm war, tappte von einem Bein aufs andere und verzog dabei leicht genervt das Gesicht.

Unterstützung kam von Larry. „Ich glaube, Clayton ist ganz froh, wenn er nicht tanzen muss, nicht wahr?" Er nickte seinem Enkel kurz zu, hakte aber dennoch nach: „Audrey, deine Nichte, die hier immer den Sommer verbracht hat?"

Martha sah zwischen den beiden hin und her und saugte die Informationen auf wie ein trockener Schwamm. Klar, sie erinnerte sich sofort an die kleine

Audrey mit der großen Brille, die immer einen etwas altklugen Eindruck auf sie gemacht hatte. Ihr Mund verzog sich zu einem amüsierten Grinsen. Wenn die Gute heute nur halb so schlagfertig war wie damals, würde sie dem selbstbewussten Clayton ganz schön den Marsch blasen. So eine Frau wäre genau richtig für ihn, schließlich musste man den mittleren Cassidy-Spross ab und zu auf den Boden der Tatsachen zurückholen. Charme hin oder her.

„Willst du auch etwas trinken, mein Honigfässchen?", riss Eugene sie aus ihren Gedanken und sah sie erwartungsvoll an.

„Ja, ich komme mit", erwiderte sie eilig und hakte sich bei ihm unter. Mit einem verschmitzten Lächeln entgegnete sie: „Und nach dem Drink schwingen wir das Tanzbein! Schließlich habe ich nicht jeden Tag die Gelegenheit mit einem einarmigen Piraten zu tanzen."

Gemeinsam liefen sie zum Buffet und füllten sich ebenfalls zwei Gläser mit der giftgrünen Flüssigkeit.

„Also, vom Geruch ist es schonmal ok", informierte Eugene sie. „Aber vielleicht kostest du doch lieber vor?"

Marthas Mund verzog sich zu einem nachsichtigen Lächeln, schließlich wusste sie, wie empfindlich sein Magen war. Zudem kam, dass die Litschis, die nun ziemlich aufgequollen in der Waldmeisterbowle schwammen, ganz und gar nicht appetitlich aussahen. Da konnte es einem schon vergehen.

„Ich stell mir einfach vor, es ist grüner Tee", redete sich Martha mit munterer Stimme zu, schloss jedoch kurz die Augen, bevor sie das Gebräu herunter kippte.

Bewundernd sah Eugene sie an. „Hach, du bist einfach die Mutigere von uns, mein Honigtöpfchen." Er fasste sich an die Nase, als wollte er jeden Moment abtauchen, und leerte das Getränk dann ebenfalls in einem Zug. „Brrr, das prickelt vielleicht. Und um ein Haar hätte ich noch die Litschi verschluckt.“

Martha schlug sich lachend die Hand auf den Mund. „O mein Gott!“

„Ich hätte an dem Ding ersticken können!“, bemerkte Eugene ebenfalls unter Lachtränen. Jetzt war er es, der eine imaginäre Schlagzeile in die Luft zeichnete. „Die verhängnisvolle Halloweenparty – Mann von Bürgermeisterin erstickt an Litschi!“

Martha schenkte ihrem Mann einen tadelnden Blick. „Ich möchte mir das gar nicht vorstellen, mein Lieber! Lass uns besser schnell auf die Tanzfläche gehen.“

„Nicht, bevor ich mir noch ein paar Köstlichkeiten vom Buffet gegönnt habe“, erwiderte er schnell. „Es sieht zwar alles widerlich aus, aber wo ich schon mal so mutig bin ...“

Martha warf einen bewundernden Blick zum Buffet, das unter dem vielfältigen Angebot beinahe zusammenbrach. Jedoch konnte sie bei den kunstvoll arrangierten Gerichten nicht wirklich erkennen, um welche Art von Lebensmittel es sich handelte. Immerhin hatte die Besitzerin des B & B vor jede Platte ein hinweisgebendes Namensschild platziert.

„Dorothy ist wirklich eine Künstlerin! Was haben wir denn da?“

Martha kniff die Augen zusammen, weil das Licht gedimmt war, und las die gruseligen Namen mit geheimnisvoller Stimme vor. „Blutsuppe, Wolfshirn auf Baguette und Friedhofserde!“

Sie warf einen Blick zu Eugene, der mittlerweile leicht grün angelaufen war und aussah, als müsse er sich jeden Moment übergeben. „Dann bleib ich doch lieber bei der Bowle ... Allein der Anblick dreht mir den Magen um.“

Larry gesellte sich mit vollem Mund zu ihnen. „Keine Sorge, Eugene, es schmeckt köstlich. Es handelt sich nur um eine leckere Tomatensuppe und das überbackene Wolfshirn besteht lediglich aus Schinkenwürfel und Käse.“

Dennoch war Eugene, seinem skeptischen Gesichtsausdruck nach zu urteilen, nicht völlig überzeugt. „Hm, ich weiß nicht. Ich mach lieber keine Experimente.“

Martha, die mit dem Nachtisch startete, verzog genießerisch den Mund. „Lecker, Schokopudding mit zerbröselten Oreokeksen!“ Mit den Fingern zog sie etwas langes aus ihrem Schüsselchen. „Huch, und sogar mit Gummiwürmern!“

Sie hob ihrem Mann den nächsten Löffel hin, den er nach einem kurzen Zögern doch annahm.

„Ok, es sieht tatsächlich schlimmer aus, als es ist“, erwiderte er mit kritischem Blick, nachdem er von Marthas Portion gekostet hatte. „Aber ich denke, wir sollten lieber tanzen gehen, mein Honigtöpfchen – erst recht bei diesem Song.“

Martha spitzte die Ohren und erkannte sofort das beliebte Lied, das auch zu Beginn schon gespielt worden und sozusagen das inoffizielle Halloweenlied von Little Falls war. Schnell stellte sie ihr Schüsselchen zur Seite und nahm ihren Mann an die Hand. Wie auf Kommando strömten auch die anderen Partygäste aufs Parkett im Nebenraum, in dem sich die Musikanlage befand.

Martha konnte sich nun nicht mehr zurückhalten und hoppelte wie zuvor auch zum Takt auf den DJ zu. Überrascht leuchtete ihr Gesicht auf, als sie erkannte, wer heute für die Musik zuständig war – Matt, der neue Kinobesitzer, der erst seit kurzem Einwohner von Little Falls war. Sie nickte ihm freundlich zu und wandte sich dann mit einem breiten Grinsen an ihren Eugene, der bei seinem Lieblingssong wie immer ganz aus dem Häuschen war.

Ende von Band 1

Nachwort

Nach etlichen Schreibstunden fällt es mir unglaublich schwer, mich von Little Falls zu trennen. Besonders von Martha und Eugene, die im ersten Band wider Erwarten eine größere Rolle fanden. Dabei ging es doch eigentlich um Cole und Jenna. Es sollte ein klassischer Liebesroman werden, nur die beiden …

Aber wie es in Kleinstädten nun mal so ist, hat man nie wirklich seine Ruhe vor der üblichen Meute. Die lieben Einwohner haben sich nicht nur in Coles und Jennas Leben eingemischt, sondern auch in meinen Plot. Gut so, denn sonst wäre es nur eine halbe Geschichte. Mehr als einmal habe ich mir während des Schreibens ausgemalt, wie es wohl wäre, ebenfalls im Diner oder unterm Pavillon zu sitzen. Ok, manchmal war da auch ein leichtes Schmachten. Die Cassidy-Brüder haben ja alle ihre Vorzüge ;-)

Zum Glück geht es bald weiter … und zwar im zweiten Band mit Clayton und Audrey. Ja, genau, Dorothys Nichte, die den smarten Bauunternehmer schon als neunmalkluges Mädchen auf die Palme brachte.

Und ich verspreche euch schon jetzt, die liebenswerten Einwohner von Little Falls werden auch wieder dabei sein.

Danksagung

Ein ganz herzliches Dankeschön geht zu allererst an meine Leserinnen und Leser. Ich hoffe, dass euch der 1. Band von „Verliebt in Little Falls" gefallen hat, und freue mich schon jetzt auf eure Rückmeldungen, die mir immer sehr viel bedeuten und mein größter Ansporn sind.

Als Nächstes möchte ich mich beim Verlag Digital Publishers bedanken, der übrigens der erste und bis jetzt einzige Verlag ist, mit dem ich zusammengearbeitet habe. Selten trifft man gleich beim ersten Mal „den Richtigen", aber mit euch ist mir das tatsächlich passiert. Es passt einfach alles und es macht einen Riesenspaß. Vielen Dank für euer Vertrauen in mich und meine Bücher.

Es geht weiter mit meinen beiden Autorenkolleginnen M.L. Busch und Talina Leandro, die mich von Anfang an bei der Entstehung von „Verliebt in Little Falls" im „Writer's Room" begleitet haben. Dank euch konnte ich das ein oder andere Plothole stopfen und habe es sogar geschafft, mein bisher längstes Manuskript abzuliefern.

Ein dickes Dankeschön geht an meine Lektorin Carolin Diefenbach. Ich freu mich sehr darüber, dass wir ein weiteres Mal zusammenarbeiten durften. Es macht so viel Spaß und deine Anmerkungen bringen mich immer wieder auf neue Ideen.

Vielen lieben Dank auch an „meine" Bloggerinnen auf Instagram. Mit eurem selbstlosen Einsatz helft ihr mir, meine Bücher bekannt zu machen und neue Leserinnen und Leser zu finden. Ihr seid einfach nur toll!

Aber zwei besondere Menschen habe ich mir für den Schluss aufgehoben – meinen Mann und unseren Sohn. Ohne euch gäbe es *Karin Bell* nicht. Vielen Dank für eure Geduld und Unterstützung. Ihr nehmt es mir nicht übel, wenn die Küche mal kalt bleibt oder ich in Gedanken bei meinen Protas bin :-)

Alles liebe

eure Karin